Åke Smedberg
Verschollen

ÅKE SMEDBERG

Verschollen

Roman

Aus dem Schwedischen
von Kerstin Schöps

Goldmann Verlag

Die schwedische Originalausgabe erschien 2001
unter dem Titel »Försvinnanden« bei Albert Bonniers Förlag

Umwelthinweis:
Dieses Buch und der Schutzumschlag
wurden auf chlorfrei gebleichtem Papier gedruckt.
Die Einschrumpffolie (zum Schutz vor Verschmutzung)
ist aus umweltschonender und recyclingfähiger PE-Folie.

2. Auflage
Copyright © der Originalausgabe 2001
by Åke Smedberg
First published by Albert Bonniers Förlag AB, Sweden
All rights reserved
Published by arrangement with Linda Michaels Limited,
International Literary Agents
Copyright © der deutschsprachigen Erstveröffentlichung 2002
by Wilhelm Goldmann Verlag, München,
in der Verlagsgruppe Random House GmbH
Satz: Uhl + Massopust, Aalen
Druck und Bindung: GGP Media, Pößneck
Printed in Germany
ISBN 3-442-31011-3
www.goldmann-verlag.de

Eine alte Geschichte

Er hatte sich durch das Gebüsch am Wegesrand gezwängt und gerade einen halben Schritt auf den Weg getan, als er das Auto und die Männer sah. Einer von ihnen stand ihm zugewandt. Er erkannte ihn sofort wieder, ließ den Plastiksack fallen, drehte sich um und begann zu rennen.

»Hol dir den Dreckskerl! Ihm nach, verdammt noch mal!«

Er warf einen Blick über die Schulter. Er hatte etwa fünfundzwanzig Meter Vorsprung, erkannte jedoch, dass dies niemals ausreichen würde. Sein Verfolger war um die dreißig und lief mit weit ausholenden Schritten.

Hastig zerrte er seine Kapuze aus der Trainingsjacke hervor und zog sie sich im Lauf über den Kopf.

Sie hatten also auf ihn gewartet. Er war nicht sonderlich überrascht, aber er hatte etwas anderes im Sinn gehabt.

Kurz vor der Ortschaft war er abgebogen und nach Norden gefahren. Zuerst einige Kilometer lang auf rissigem Asphalt, dann weiter auf einem Waldweg, der geradewegs nach Osten führte. Der Weg war wohl erst vor kurzem angelegt worden. Damals hatte es ihn noch nicht gegeben. Die alte Landstraße verlief näher am See entlang. Als der Weg hinauf zu dem lang gestreckten Bergrücken anstieg, hielt er kurz an, kurbelte das Fenster herunter und blickte hinaus. Zu seiner Linken, in einigen Kilometern Entfernung, lagen der längliche See und dahinter ein paar Häuser und Felder. Er warf einen Blick auf die Karte auf dem Beifahrersitz.

Hundegebell ließ ihn plötzlich aufsehen. Er nahm das Fernglas aus dem Handschuhfach, setzte es an. Aus einem der Schornsteine stieg Rauch auf, er fixierte die Stelle. Registrierte das Auto vor dem Haus. Und den Hundezwinger, in dem er den hartnäckig bellenden Hund erkennen konnte.

Dann legte er das Fernglas beiseite und fuhr weiter.

Nach einer Weile überquerte er den Fluss. Es gab kein Brückengeländer, das verraten hätte, dass er dort verlief, nur ein Rohr, das in den Weg eingebettet war und den Wagen beim Befahren hochspringen ließ. Zwei leichte Stöße. Im Rückspiegel sah er das Funkeln des Wassers und einen Vorhang aus wildem Buschwerk am Ufer. Er müsste größer sein, dachte er. Aber er wusste, dass er sich nicht irren konnte. Es gab keinen anderen Flusslauf in der Nähe.

Er hielt nicht an, sondern fuhr in gleichmäßigem Tempo weiter. Nach anderthalb Kilometern tauchte ein Haus auf. Mit schnellem Blick musterte er das Gebäude, während er daran vorbeifuhr. Ein Neubau, noch immer lagen einige Erdhaufen am Sockel des Fundaments. Einfach. Einstöckig, schlichtes Bauholz. Eine Jagdhütte. Der Schatten eines Fahrzeuges auf der Rückseite des Hauses. Doch es schienen keine Menschen dort zu sein.

Er fuhr noch einige Kilometer weiter, bevor er an einem Wendeplatz anhielt, den Motor abstellte und ausstieg.

Einen Moment blieb er still stehen, lauschte. Dann machte er ein, zwei Schritte, nahm seine Zigarettenschachtel aus der Tasche und zündete sich eine Zigarette an, konzentrierte sich darauf, dass seine Bewegungen natürlich wirkten. Er rauchte ausschließlich, wenn er der Meinung war, dass es einem Zweck dienen könnte, wenn es ihn mit seiner Umgebung verschmelzen ließ, seiner An-

8

wesenheit eine Art Legitimation verschaffte. Wie in diesem Augenblick. Er war einfach jemand, der seinen Wagen anhielt, um sich die Beine zu vertreten, jemand, der sich eine Zigarette ansteckte und die Aussicht genoss. Er spielte diese Rolle. Schlenderte eine Weile umher, streckte und dehnte sich, ließ den Blick über die Landschaft wandern.

Es war Ende September. Eisblauer Himmel. Der Wind hatte zugenommen. Dünne Wolkenschatten jagten über den Bergrücken im Norden. Auf beiden Seiten des Weges erstreckte sich kilometerlanger Kahlschlag. Er blieb stehen, mit halb geschlossenen Augen, spürte die kühle Luft auf seinem Gesicht, sah, wie sich die jungen Zapfenkiefern auf den kahlen Flächen im Wind bogen. Schließlich ließ er die Zigarette fallen, trat sie aus und vergrub sie sorgfältig im Kies. Mit schnellen Schritten ging er zurück zum Wagen und fuhr denselben Weg zurück.

Als er das Haus erneut passierte, ging er vom Gas und heftete seinen Blick auf das Gebäude. Das Auto hinter dem Haus stand noch immer dort, doch weiterhin war kein Mensch zu sehen, kein Lebenszeichen weit und breit. Er fuhr wieder schneller.

Beim Fluss bremste er. Er entdeckte Reifenspuren, die vom Weg abzweigten, und hielt an. Einen Augenblick saß er ruhig im Wagen, betrachtete die Umgebung, versuchte sich daran zu erinnern, wie es damals ausgesehen hatte. Dichter Fichtenwald. Sie waren den Fluss entlanggekommen. Waren von der alten Landstraße abgebogen und dem Waldweg gefolgt, der parallel zum Wasser verlief. Das graue Licht dieser Nacht. Etwas Fiebriges, Aufreizendes hatte in der Luft gelegen. Ein Gefühl, als würden sie sich schwebend, gleichsam tanzend bewegen. Und er hatte bereits gewusst, was geschehen würde.

Dann öffnete er die Tür und stieg aus.

Von nun an war jede seiner Bewegungen zielsicher, genau berechnet. Er ging um das Auto herum, öffnete den Kofferraum, nahm den Plastiksack heraus und faltete ihn zu einem rechteckigen Paket zusammen, das in seine Jackentasche passte. Den klappbaren Spaten steckte er unter den Gürtel, dann zog er die Jacke an. Das Klebeband stopfte er in die andere Jackentasche. Er drehte sich um und überquerte den Weg. Einen Moment lang dachte er, er habe Motorengeräusche gehört, doch das hinderte ihn nicht.

Ein schmales Band aus Bäumen entlang des Flussufers war stehen geblieben. Nach Westen breiteten sich die kahl geschlagenen Flächen aus. Er ging am unteren Saum eines Kahlschlags, der etwa ein Jahr alt war. Seine Bewegungen waren geschmeidig und schnell. Nach ungefähr einem halben Kilometer wurde er langsamer, inspizierte den Abhang hinunter zum Fluss. Er erinnerte sich wieder genau.

Dort wo sich der Uferbereich ein wenig lichtete, eine ebene Stelle bildete, verharrte er, suchte die Gegend mit den Augen ab. Plötzlich lachte er laut auf.

Kein Mensch war hier gewesen. Auch aus dieser Entfernung war er sich so gut wie sicher.

Er lief hinunter zum Fluss, schob sich durch den lichten Birkenwald und das Weidengebüsch, bis er die Stelle erreichte, auf der weder Birke noch Weide richtig Halt finden konnten. Er ging einige Schritte, bevor er die Bodenerhebung entdeckte. Mit dem Fuß schob er das Seggegras und die Steine darunter weg. Dann zog er den Spaten hervor, klappte ihn auseinander und schaufelte die Erde beiseite.

Es dauerte ungefähr zwanzig Minuten, das gesamte Skelett freizulegen. Er richtete sich auf, betrachtete es einen Augenblick lang, drehte den Spaten in den Händen, hob ihn hoch und zerteilte mit einem schnellen Stoß die Wirbelsäule, kurz über dem Becken. Dann trennte er den Schädel von den Nackenwirbeln, die Arme von den Schulterblättern. Er trat einen Schritt zurück, stellte sich breitbeinig über die Grube, hob den Spaten und stieß einige Male zu, bis er den Hüftknochen vom Becken getrennt hatte, tat einen weiteren Schritt zurück und halbierte mit einem präzisen Hieb beide Beine auf Höhe der Kniegelenke.

Er strich sich ein paar Schweißtropfen aus der Stirn. Dann trat er zur Seite, holte den Plastiksack aus der Tasche, faltete ihn auseinander und begann systematisch, die einzelnen Skelettteile einzusammeln. Den Brustkorb zertrümmerte er mit Tritten, bevor er ihn in den Sack stopfte.

Er warf einen Blick auf die Uhr. Zehn vor zwölf. Knapp eine Stunde war es her, seit er den Wagen verlassen hatte. Er durfte sich nicht zu lange hier aufhalten, dachte er, nicht dieses Mal. Dennoch hielt er kurz inne und sah mit suchendem Blick hinauf zu der spitzen Bergkuppe hinter ihm.

Plötzlich konnte er ihre Stimme wieder hören. Sie schien von einer Stelle seines Zwerchfelles aufzusteigen. Ein wütender, gequälter Aufschrei. Röchelnd, brodelnd, wie nach einem Hustenanfall. *Du darfst nicht gehen! Du darfst nicht!*

Er erstarrte. *Ich komme doch wieder, ich habe dich noch nie im Stich gelassen*, versuchte er zu sagen, aber sie unterbrach ihn erneut mit einem erstickten Schrei: *Nein! Du darfst nicht gehen! Komm zu mir!*

Etwas in ihm begann zu zucken, unkontrolliert. Er konnte ihre übermächtige, vernichtende Kraft spüren. Für einen Moment wusste er, dass er nicht umhinkam, ihr zu gehorchen. Dann atmete er tief ein, schloss die Augen und zwang ihre Stimme in sich nieder, Stück um Stück, während ihm der Schweiß übers Gesicht lief.

Jetzt war er der Stärkere. Der Stärkere und der Ältere. Er war derjenige, der entscheiden musste, was für sie beide das

Beste war. *Ich komme bald zurück*, flüsterte er mit milder, tröstender Stimme, als würde er mit einem Kind sprechen. *Ich werde dich niemals im Stich lassen. Ich komme zurück. Ich habe es doch versprochen.*

Er lauschte. Nichts. Sie war still, als hätten seine Worte sie zum Schweigen gebracht.

Nur einer der Männer war ihm gefolgt. Er bemühte sich erst gar nicht, schneller zu werden. Im Gegenteil, er verlangsamte das Tempo, wartete darauf, dass der Mann zu ihm aufschließen würde.

»So, du Dreckskerl!«

Er spürte den Würgegriff am Hals, als sein Verfolger ihn von hinten packte. Abrupt blieb er stehen, entspannte seinen Körper, ließ ihn beinahe kraftlos, ohne Kontrolle wirken. Er wartete so lange, bis er spürte, dass der Druck nachließ, ergriff dann das Handgelenk des anderen, riss den Arm nach oben, tauchte gleichzeitig unter seinen Armen hindurch und zwang ihn so auf die Zehenspitzen. Er ließ ihn eine trippelnde Pirouette ausführen, den Arm auf den Rücken gedreht. Es dauerte nur den Bruchteil einer Sekunde, ehe er mit einem festen Ruck wieder an ihm riss, sodass das Schultergelenk des Mannes mit einem dumpfen Geräusch zerbarst. Erst da löste er den Griff, ließ ihn rücklings zu Boden stürzen, erst da hörte er den gequälten Schmerzensschrei, der den Lippen seines Opfers entwich.

Er drehte sich um, setzte seinen Fuß auf das Becken des Liegenden und trat mit aller Kraft zu. Der Schrei brach abrupt ab, nur ein halb ersticktes Wimmern war zu vernehmen. Er starrte hinunter auf den Mann, zielte und trat zu, sah, wie sein Kopf zur Seite fiel und er völlig verstummte.

Dann lief er weiter. Verließ den Kahlschlag und rannte

12

Richtung Fluss, bis er vom Weg aus nicht mehr zu sehen war. Erneut hielt er an, kehrte um und stieg die Anhöhe hinauf, jetzt ganz gemächlich. Als er den Weg wieder sehen konnte, ging er in die Hocke und zog sein Fernglas aus der Tasche. Die beiden anderen Männer hatten ihren Kameraden gefunden. Er beobachtete, wie sie sich zu ihm hinunterbeugten und ihn halb schleifend, halb tragend zum Weg schleppten. Als sie es schließlich geschafft hatten, ihn auf den Rücksitz zu legen, kehrte der eine zurück und holte den Plastiksack. Auch auf diese Entfernung konnte er seine Reaktion ablesen, als er ihn öffnete: Unverhohlenes Erstaunen ließ den Mann für einen Moment wie gelähmt erscheinen.

Er senkte sein Fernglas und lachte leise in sich hinein.

Er wartete, bis er den Wagen davonfahren sah. Zuvor hatte er beobachtet, wie die Männer die Motorhaube von dem Mazda aufbrachen, mit dem er gekommen war, und den Verteilerkopf herausrissen. Da er etwas Ähnliches erwartet hatte, zeigte er keinerlei Regung.

Er dachte nach. Das Wichtigste war nun, in den Besitz eines Autos zu kommen. Nach seinen Berechnungen hatte er ungefähr eine Stunde Zeit. Er versuchte auszurechnen, wie weit es bis zum anderen Ende des Sees war.

Dann erhob er sich, warf das Fernglas von sich und den Spaten, der noch in seinem Gürtel gesteckt hatte. Auch den Pullover zog er aus, behielt nur die Jacke an.

Es kostete ihn eine gute halbe Stunde, ehe er die Kreuzung, die zu den Häusern führte, erreichte. Er schwitzte, aber seine Atmung war unverändert ruhig. Er lief mit gleichmäßigen, weit ausholenden Schritten, vermied es, seine Kräfte zu verschwenden. Kein Auto weit und breit. Als er in die Auffahrt bog, erhöhte er seine Geschwindigkeit, richtete sich darauf ein, die letzten Meter so schnell wie möglich zurückzulegen. Schon von weitem konnte er das Hundegebell hören. Als das Haus vor ihm auftauchte, wurde er wieder langsamer und ließ seinen Blick über das Gehöft schweifen. Der Wagen stand noch da. Im Zwinger sprang ein großer Hofhund umher, wütend bellend. Neben dem Haus befanden sich ein umgegrabener Kartoffelacker sowie einige Reihen Beerensträucher. Er nahm den Weg quer über den Acker. Das Gebell des Hundes wurde immer lauter, und noch ehe er den Hof erreicht hatte, sah er, wie die Haustür aufging und ein Mann auf die Treppe trat.

Er lief geduckt weiter und zog dabei wieder seine Kapuze aus der Jacke und über den Kopf. Mit wenigen Sprüngen war er vorne an der Treppe. Der Mann hatte sich bereits wieder umgedreht und versuchte ins Haus zu flüchten. Er aber hatte ihn bereits an den Schultern gepackt und zu Boden gerissen, die Hand auf seinen Kehlkopf gepresst. Der Mann schnappte pfeifend nach Luft und zitterte am ganzen Leib, sodass er seinen Griff etwas lockerte und sich tief zu ihm hinunterbeugte.

»Den Wagen«, zischte er. »Die Schlüssel für den Wagen!«

Der Mann starrte ihn an, ohne ein Wort zu sagen.

»Die Schlüssel!«, fuhr er ihn erneut an.

Als der Mann die Augen schloss und seine trockenen Lippen zusammenpresste, ließ er ihn los und zog dafür sein Messer aus der Jackentasche. Die Spitze der Klinge senkte er zum Augenlid, hob es hoch und erhöhte langsam den Druck auf den oberen Rand der Augenhöhle, bis ein kleines Rinnsal von Blut heraussickerte.

»Genau hier«, sagte er mit leiser Stimme. »Von hier aus geht's direkt ins Gehirn. Vorsichtig, man kann jeden Millimeter spüren…«

14

Die Augen des Mannes waren vor Angst weit aufgerissen. »Sie stecken! Sie sind im Wagen, zum Teufel!«

Er ließ das Messer noch einen Augenblick an derselben Stelle verweilen, bevor er es wegnahm. Er sah, wie sich das Blut im Auge sammelte und die Wange hinunterrann. Dann erhob er sich, warf den Mann auf den Bauch, drehte seine Arme auf den Rücken, fingerte das Klebeband aus seiner Tasche und wickelte es einige Male um Hände und Handgelenke. Mit den Beinen verfuhr er auf die gleiche Weise.

Der Hund im Zwinger hörte nicht auf zu bellen. Er warf einen Blick hinüber zu den zwei benachbarten Häusern, die nur wenige hundert Meter entfernt standen. Unbewohnt. Vernagelte Fenster, die Hofeinfahrten zugewachsen. Er machte einen Schritt über den Gefesselten und ging hinein ins Haus. Das Telefon stand im Flur, er riss den Hörer ab und warf ihn in die Ecke. Dann begann er seinen Rundgang. Eine Küche. Ein Wohnzimmer, sparsam möbliert. Durch die angelehnte Tür des Schlafzimmers sah er das Einzelbett, das ihm bestätigte, was er sich schon gedacht hatte: dass der alte Mann hier alleine wohnte.

Er schloss die Tür mit einem Gefühl großen Unbehagens, ein Gefühl, das ihn immer dann befiel, wenn er zu nahe mit dem Leben anderer Menschen in Berührung kam. Fotografien, Schmuck, Erinnerungen, Kleider. Alles, was ein intimes, vertrautes Zeugnis von ihnen ablegen konnte. Und die Gerüche, ihre Gerüche, die überall waren, überall klebten und hängenblieben …

Er drehte sich um und ging eilig nach draußen. Der Mann lag unverändert in derselben Stellung. Einen Augenblick erwog er, auch seinen Mund zu verkleben. Als er jedoch den ruckartigen, angestrengten Atem hörte, entschied er sich anders. Wie alt mochte er sein? Siebzig, fünfundsiebzig? Er würde das womöglich nicht überleben, und von seinem Tod hatte er keinerlei Nutzen.

Er beugte sich zu ihm hinunter, packte ihn an seiner Kleidung und zerrte ihn in den engen Flur. Dort ließ er ihn fallen und wischte sich die Hände an der Hose ab.

Dann machte er einen Schritt nach hinten, holte aus und trat ihm kräftig in die Seite.

»Verdammter alter Sack! Sei froh, dass du noch lebst, du Arsch! Sag bloß keinem ein Wort, sonst wirst du es bitter bereuen...«

Er flüsterte nun nicht mehr, sondern ließ seine Stimme absichtlich lauter, derber und brutaler werden, versuchte sie gewalttätig und unbeherrscht klingen zu lassen. Er versetzte dem Alten noch einen Tritt und hörte, wie dieser in einer Mischung aus Angst und Schmerz aufheulte, ehe er hinausging und die Tür hinter sich schloss.

In Ånge bog er ab, fuhr ins Landesinnere Richtung Süden. Es waren kaum Autos unterwegs. Keine Polizeiwagen. Wahrscheinlich würde es Stunden dauern, bevor eine Fahndung herausgegeben werden würde. Er fuhr gemächlich, nie zu schnell. Er war gelassen und ruhig, beobachtete aber dennoch genau den Verkehr.

In regelmäßigen Abständen kehrte er in Gedanken zu der Szene am Kahlschlag zurück, ließ sie vor seinem inneren Auge Revue passieren, Moment für Moment. Eigentlich war das alles ein großer Glücksfall gewesen, ein Zusammenspiel von Zufällen. Dennoch hatte er das Gefühl, dass dahinter noch etwas anderes stand. Ein Muster. Eine Kraft. Ein Wille. Sie hatte nach ihm gerufen. Hatte ihn zu sich zurückgerufen. Sie hatte nicht vor, ihn freizugeben.

Das Gesicht von Kennet Eriksson tauchte vor ihm auf. Sein schwerfälliges, grübelndes Erstaunen. Woran konnte

16

er sich erinnern? Was begriff er von der ganzen Sache überhaupt?

Es wäre vermutlich das Beste, sofort wieder zu verschwinden, unterzutauchen, ohne eine Spur zu hinterlassen. Aber er wusste, was er als Nächstes tun musste. Er starrte aus dem Fenster auf die monotone, gerade Straße. Es dämmerte schon. Der Himmel war eine metallisch glänzende Scheibe, die sich gegen den dunklen Wald absetzte. Erneut lauschte er in sich hinein. Sie hatte ihn gerufen. Und er hatte versprochen, zurückzukommen.

Nielsen stolperte unsicher den Kiesweg hinauf, schwankte hin und her und hielt den Blick dabei starr auf die Außenbeleuchtung gerichtet. Die Übelkeit kam in Wellen. Nur wenige Schritte vor der Treppe war er gezwungen umzudrehen. Er taumelte auf den Rasen und übergab sich.

»Verdammt noch mal, Nielsen, was machst du bloß für Sachen?«, stöhnte er. Vorsichtig richtete er seinen langen Körper auf und machte sich erneut auf den Weg zum Haus und die Treppe hinauf. Die beiden ersten Stufen meisterte er problemlos, dann aber blieb er mit seinem linken Fuß hängen und schlug mit dem Kopf gegen die Haustür. Jammernd blieb er einen Augenblick liegen, ehe er sich aufsetzte und mit dem Rücken gegen die Tür lehnte.

»Verdammt noch mal, John Lean Nielsen«, wiederholte er. »Du hättest ein anderer Mensch werden sollen. In einer anderen Welt, einer besseren, einer besseren Welt!«

Er konnte Tjarrko auf der anderen Seite der Tür hören. Der Hund hatte ihn schon früh bemerkt, war aber ruhig geblieben. Nun hatte er jedoch offensichtlich entschieden, dass das Maß voll war, und gab einen einzigen, auffordernden Laut von sich. Nielsen erhob sich, stocherte mit dem Schlüssel im Schloss herum und öffnete schließlich die Tür. Der Hund schnüffelte zerstreut an ihm und verschwand dann die Treppe hinunter in der Dunkelheit der Nacht. Nielsen zündete sich eine Zigarette an und folgte ihm.

Die Übelkeit hatte nachgelassen, aber der Rausch war noch da. Wie eine elastische, in alle Richtungen dehnbare Haut. Ein Schutznetz, das ihm ein angenehmes Gefühl von Unverletzbarkeit und Wohlbehagen einflößte. Er empfand plötzlich ein beinahe sentimentales und uneingeschränktes Mitgefühl für alles und jeden. Die heruntergekommenen Hochhäuser mit ihren vielen Fenstern, die man schemenhaft hinter dem Waldstück zur Rechten sah. Die Menschen, die dort lebten. Die Autos, die auf der Straße weiter unten vorbeifuhren. Die vereinzelten Nachtgestalten im Schein der Straßenlaternen. Die rauen Eichen am Wegesrand, an denen er sich hin und wieder abstützen musste. Für einen Augenblick empfand er für all das etwas, das Liebe ähnelte. Es würde morgen alles wieder ganz anders sein, das wusste er genau. Vollkommen anders. Herbst und Winter lagen dann wieder wie ein schwarzes Loch vor ihm. Das ganze Leben, eigentlich. Das, was ihm übrig blieb davon.

Aber gerade jetzt musste er noch nicht daran denken, konnte noch ein Weilchen in dem berauschenden Zustand verweilen, die knorrigen, dicken Eichenstämme am Wegesrand umarmen und dabei vor sich hin summen. Er beschloss, dass er jetzt mit Recht glücklich sein durfte. Nur für einen Moment. Durch die Dunkelheit hinken, betrunken und zufrieden, mit einem dämlichen Grinsen im Gesicht. Zwischendurch tauchte der Hund auf, knuffte ihn mit seiner Nase und verschwand wieder wie ein Schatten, gelockt von weitaus interessanteren Düften in den Büschen neben dem Fußweg.

Das eindringliche Klingeln des Telefons weckte ihn. Für einen Augenblick befand er sich noch in seinem Traum – es war ein eiskalter Wintermorgen, draußen stockfinster, er lauschte dem schrillen Lärm des Weckers, der das Herz in

Fahrt setzte, wie ein hochgejagtes Auto im Leerlauf, wie sein alter Saab...

Langsam wurde er sich bewusst, wo er war. Er öffnete die Augen und schaute aus dem Fenster. Es war schon helllichter Tag, der Himmel mattblau, die Äste der Bäume bogen sich im Wind. Er schaffte es, tief durchzuatmen, sich den kalten Schweiß von der Stirn zu wischen. Dann streckte er sich zum Telefon, bekam den Hörer zu fassen, zog ihn mit unter die Bettdecke und versuchte seinen Namen zu krächzen.

»Hallo!«, sagte eine auffordernde Stimme in sein Ohr. »Ist da jemand?«

»Ja!«, krächzte er wieder, ein bisschen lauter diesmal.

»John Nielsen? John Lean Nielsen?«

»Ja, verflucht noch mal! Das habe ich doch schon gesagt!«

»Hier ist Ivarsson.«

Er versuchte zu denken, wühlte in seinem Gedächtnis. Und merkte, wie sich der Kopfschmerz seinen Weg bahnte.

»Olle Ivarsson! Aus Bräcke!«

Etwas Aufgebrachtes lag jetzt in der Stimme.

»Ja, ja!«, beeilte er sich darum zu sagen, während die pochenden Schmerzen an Stärke zunahmen. Es war schon fast unmöglich, nur zuzuhören...

»Habe ich Sie etwa geweckt?«, unterbrach die Stimme seine Gedanken. »Es ist doch schon mitten am Tag!«

Er versuchte, seine Schläfen zu massieren, während er antwortete. »Ist das der einzige Grund, warum Sie anrufen?«

»Nein«, erwiderte der andere. »Darum habe ich nicht angerufen. Das müssen Sie schon selbst im Griff haben.« Er hielt kurz inne, dann fuhr er fort. »Wir haben etwas gefunden. Ja, tatsächlich gefunden... Ich weiß gar nicht, was ich sagen soll...«

20

John Nielsen stützte sich auf den Ellenbogen, obwohl sein Kopfschmerz ihm die Tränen in die Augen schießen ließ.

»Ist sie es?«, fragte er.

Wieder blieb es am anderen Ende der Leitung still. Als Ivarsson weitersprach, klang seine Stimme gedämpft, ein wenig abwesend.

»Ja, verflucht noch mal. Obwohl man das zu diesem Zeitpunkt noch nicht genau sagen kann. Es ist ja eine Ewigkeit her. Es sind nur noch Knochen übrig. Wir werden sehen... Sie sind auf dem Weg nach Umeå zur Rechtsmedizin, das ganze Paket.«

»Wo hat man sie denn gefunden?«, fragte er. »Und wer hat die Leiche gefunden?«

Aus dem Hörer kam ein Geräusch, das einem langen Seufzer glich.

»Ja, das ist eine verdammt merkwürdige Geschichte, alles in allem. Ich weiß nicht so recht, was ich davon halten soll. Das könnten noch nicht mal Sie schlüssig zusammenfügen.«

Alles hatte mit einem Artikel angefangen, für den er eine der Abendzeitungen interessieren konnte. Und daraus war dann so etwas wie eine Serie geworden. Vermisste Personen, Fälle unerklärlichen Verschwindens. Er hatte die Ermittlungsakten genau gelesen, die Verhörprotokolle studiert, mit Angehörigen und Zeugen gesprochen. Er wanderte in den Fußspuren der Verschwundenen, war an den Orten, an denen sie sich aufgehalten hatten, an den Stellen, an denen sie zuletzt gesehen worden waren. Er hatte versucht, sich ein Bild von ihrem Leben und von den Umständen ihres Verschwindens zu machen.

Was bringt einen offensichtlich glücklichen Vater zweier

Kinder dazu, seinen Arbeitsplatz nach der Mittagspause zu verlassen und in Richtung Süden loszufahren, ohne eine einzige Nachricht zu hinterlassen? Den Wagen fand man ordnungsgemäß in Hästveda geparkt, einem Ort, der nichts mit seinem vorherigen Leben zu tun hatte. An einer Tankstelle am Rande der Ortschaft erinnerte sich jemand daran, wie er eine kurze Pause gemacht und sich unterhalten hatte. Dort verliert sich seine Spur.

Oder eine Urlauberin, die aus ihrem Hotelzimmer verschwindet. Zunächst vermutet man ein Verbrechen, aber nach einigen Wochen meldet sie sich bei einer Freundin und lässt ausrichten, man solle sich keine Sorgen machen, ihr würde es gut gehen. Sie sagt weiterhin, dass sie auch mit ihrer Familie Kontakt aufgenommen habe. Dort hatte man indessen nichts von ihr gehört. Und auch später nie wieder.

Gelegentlich konnte man aus guten Gründen annehmen, dass hinter dem Verschwinden eines Menschen ein Verbrechen stand. In anderen Fällen deutete einiges auf einen Selbstmord oder gar einen Unfall hin, oder es befand sich irgendwo dazwischen. Gemeinsam war diesen Fällen die Wirkung auf ihre Umgebung. Die Tragödie mitten im Alltag. Eine Explosion, die von einer Sekunde auf die nächste alles auf den Kopf stellte, lähmte. Und ihre Druckwelle arbeitete weiter, lag wie ein dumpfer Laut im Hintergrund, jahrelang.

Die verschiedenen Fälle lagen alle in der Vergangenheit, es variierte zwischen drei und sechs Jahren. Es sollte schließlich noch etwas dabei herauskommen, wenn er die Umstände des Geschehenen genauer unter die Lupe nahm. Zum einen konnte er die meisten Personen aus den Ermittlungsakten noch ausfindig machen und sie aufsuchen, zum anderen waren ihre Erinnerungen noch nicht vollkommen verblichen.

Aber schon von Anfang an hatte er gewusst, mit welcher Geschichte er die Serie abschließen wollte. Es war ein Fall, der beinahe dreißig Jahre zurücklag. Das Verschwinden der Anna-Greta Sjödin Ende Juli 1972. Aus Bräcke, im Jämtland.

Mittlerweile hatte er sich gerade im Bett aufgesetzt und lauschte mit gerunzelter Stirn dem Bericht von Olle Ivarsson. Zwischendurch schüttelte er den Kopf. »Ist es üblich, dass Ihre Bürgerwehr solche Einsätze hat?«

Er hörte, wie Ivarsson Luft holte.

»Es ist nicht *meine* Bürgerwehr... Die Leute sind es einfach leid, und sie sind stocksauer, ich glaube, dass man sie verstehen kann... Anfang Herbst wurden allein vier Sommerhäuser aufgebrochen, leergeräumt und verwüstet. Und gerade diese Woche hat jemand einen Traktor der Waldarbeiter auseinandermontiert und abtransportiert. Danach haben einige angefangen, privat Streife zu fahren und Ausschau zu halten. Die dachten wohl, der hätte auch damit zu tun, mit den Einbrüchen der letzten Zeit. Aber sie wussten, wozu sie eine Befugnis hatten und wozu nicht. Oder vielmehr, sie hätten es wissen müssen.«

»Sie waren zu dritt und er allein?«

»Micke Byström war derjenige, der ihn verfolgte. Er hatte wohl gedacht, es würde ein Leichtes werden, und konnte nicht ahnen, worauf er sich da einließ. Sein Arm ist praktisch aus dem Gelenk gerissen worden, sein Kiefer zertrümmert, das Becken gebrochen. Es ist ungewiss, ob er je wieder der Alte sein wird. Und er ist schließlich ein gestandener Kerl. Fast fünfundachtzig Kilo, und kaum ein Gramm Fett...«

»Was haben die beiden anderen gemacht?«

»Sie konnten doch kaum reagieren. Das dauerte alles nur

wenige Sekunden, wie sie sagten. Zehn, zwanzig vielleicht. Und hätten sie versucht einzugreifen, hätte das womöglich keinen Unterschied gemacht.«

John Nielsen nickte, streckte sich übers Bett und brachte es fertig, einen Zigarettenstummel aus dem Aschenbecher zu fischen und ihn anzuzünden. »Nein, das scheint kein gewöhnlicher Pilzpflücker gewesen zu sein, auf den sie da unglücklicherweise gestoßen sind. Was haben sie über ihn gesagt? Wie haben sie ihn beschrieben?«

Ivarsson schwieg erneut einen Moment, bevor er antwortete.

»Mittelgroß. Vielleicht ein bisschen kleiner. Blond, vielleicht so zwischen fünfunddreißig und vierzig. Das war alles. Eigentlich haben wir überhaupt keine Beschreibung, wie er ausgesehen hat. Er hat sich ja sofort umgedreht, bevor einer der Jungens ihn überhaupt sehen konnte, und während er weglief, zog er sich so eine Art Räubermütze über den Kopf.«

Kurzes Schweigen.

»Aber Ragnarsson, dem das Auto gestohlen wurde und der auch niedergeschlagen wurde, behauptet, dass er nicht älter gewesen sein kann als zwanzig. ›Einer von diesen Fixern, einer von diesen Radaubrüdern!‹, hat er gesagt. Es war unmöglich, ihn in diesem Punkt um einen Millimeter zu bewegen, oder sagen wir, um ein Jahr. Und das, obwohl der Kerl die ganze Zeit über die Mütze aufgehabt hatte.«

»Und es kann kein anderer gewesen sein, der ihn überfallen hat?«

Olle Ivarsson gab ein trockenes Lachen von sich. »Zwei Verrückte? Innerhalb von einer Stunde und keine zehn Kilometer voneinander entfernt? Ist das wahrscheinlich?«

John Nielsen starrte nachdenklich vor sich hin.

»Das passt nicht zusammen, nicht wahr?«, sagte er

24

schließlich. »Mit dem Alter, meine ich. Wenn sie es ist. Das ist achtundzwanzig Jahre her. Dieser Typ da wäre damals also zehn oder zwölf gewesen, als es passierte. Als sie verschwand. Ja, und wenn der Opa Recht hat, war er noch nicht einmal geboren!«

Die Stimme des anderen wurde schroff.

»Glauben Sie etwa, ich hätte darüber nicht nachgedacht? Das war so ungefähr das Erste, was mir in den Sinn kam. Aber man muss solche Angaben immer mit Vorsicht genießen, man muss die besonderen Umstände berücksichtigen …«

»Wie viel Vorsicht meinen Sie denn?«, unterbrach ihn Nielsen. »Außerdem ist das Verbrechen – angenommen, es handelt sich um sie und um ein Verbrechen – schon längst verjährt. Es sind doch noch immer fünfundzwanzig Jahre, wenn sich da nichts geändert hat? Warum sollte jemand ausgerechnet jetzt zurückkehren und die Überreste ausgraben? Das passt vorne und hinten nicht zusammen.«

Ivarssons Stimme klang müde und resigniert. »Glauben Sie etwa, ich hätte daran nicht auch schon gedacht? Ich bin nicht so dumm, wie Sie glauben.«

»Ich habe nie geglaubt, dass Sie dumm sind«, erwiderte Nielsen mit Nachdruck.

»Vieles andere vielleicht, aber nicht dumm.«

Anna-Greta Sjödin war Mitte Februar 1972 neunzehn geworden. Im Frühsommer desselben Jahres hatte sie das Abitur gemacht und sich an der Universität von Uppsala für Jura eingeschrieben. Fast den gesamten Juni über arbeitete sie in einem Ferienlager und machte danach mit Freunden Urlaub in Griechenland. Die Reise war ein Geschenk der Eltern gewesen. Mitte Juli war sie zurück in Bräcke, um ihre Sachen zu packen und noch einige Dinge zu regeln, bevor sie nach Uppsala zog. Sie hatte das Glück gehabt, in einer Villengegend, nur unweit der Universität, ein Zimmer mit eigenem Eingang mieten zu können.

Am achtundzwanzigsten Juli, einem Samstag, fuhr sie mit einigen anderen Jugendlichen in den Viskans-Freizeitpark. Der liegt ungefähr achtzig Kilometer von Bräcke entfernt. Es war nicht ungewöhnlich, so weit zu fahren, wenn man ein wenig Spaß haben wollte. Anna-Greta hatte ihr Elternhaus gegen sieben Uhr am Abend verlassen und versprochen, spätestens um drei Uhr am Sonntagmorgen wieder zu Hause zu sein.

Gegen fünf Uhr morgens war sie noch nicht zurückgekehrt. Die Eltern warteten noch ein, zwei Stunden, ehe sie anfingen herumzutelefonieren. Nach einigen Telefonaten bekamen die Eltern den jungen Mann an den Apparat, der den Wagen gefahren hatte. Noch ganz verschlafen, aber verschreckt erzählte er, dass er Anna-Greta bereits gegen zwei Uhr vor ihrem Elternhaus abgesetzt hätte! Die anderen Freunde – insgesamt waren sie zu sechst gewesen, fast buchstäblich übereinander im Auto gestapelt – sollten später seine Angaben bestätigen.

Anna-Greta war ausgestiegen. Einige hatten ihr immer wieder zugeredet, hatten versucht, sie zu überreden, noch mit auf ein Fest zu kommen, das in der Nähe stattfand. Sie aber hatte nur lächelnd den Kopf geschüttelt. Als sie dann schließlich wegfuhren, hatte sie dort gestanden und ihnen hinterhergeschaut.

Der nächste Nachbar – sein Haus steht nur etwa fünfzig Meter weiter auf der anderen Seite der Straße – war wach gewesen und hatte sie gesehen: die jungen Leute im Wagen. Einige hingen aus den heruntergekurbelten Fenstern, lachten und schrien, und Anna-Greta stand nur wenige Meter von ihnen entfernt an der Auffahrt des Hauses.

Gegen zehn Uhr war es den Eltern gelungen, den wachhabenden Polizisten in Bräcke davon zu überzeugen, dass etwas Ernstes geschehen sein musste, und am Nachmittag desselben Tages wurde die Suche in die Wege geleitet. Es wurden Suchtrupps mit Freiwilligen aus der Gegend und den verfügbaren Polizisten organisiert. Am Montag stießen Wehrpflichtige des Regiments in Östersund dazu, ebenso wie die Hundestaffel der Hundeschule in Sollefteå. Außerdem brachten Zeitungen sowie das Radio und Fernsehen Suchmeldungen.

In den folgenden Wochen ging die Suche weiter. Inzwischen rechnete man damit, ihre Leiche zu finden. Dass sie Opfer eines Verbrechens geworden war, davon war man mittlerweile überzeugt. Aber trotz der unglaublichen Bemühungen gab es keinerlei Ergebnisse, die ein wenig Licht in ihr Verschwinden hätten bringen können.

Nach und nach wurde die Intensität der Suche verringert. Die Ermittlungen wurden zwar nicht eingestellt, aber man sah keinen Sinn mehr darin, den Fall weiter zu verfolgen. In der Zwischenzeit hatte der Vater, Karl-Erik Sjödin, begonnen, auf eigene Faust Nachforschungen anzustellen. Außerdem schrieb er Leserbriefe an die lokale und überregionale Presse, in denen er die Polizei der Inkompetenz und des Desinteresses am Verschwinden seiner Tochter bezichtigte.

Beinahe zehn Jahre später geschah etwas, das erneut das Interesse an diesem Fall weckte. In einem anonymen Brief an eine Abendzeitung wurde mitgeteilt, dass sich Anna-Greta Sjödin in Griechenland aufhielte und dort unter einem anderen Namen leben würde, und zwar bereits seit dem Zeitpunkt ihres Verschwindens. Die Angaben erwiesen sich als haltlos, aber in dem Brief gab es einige Details, die darauf hinwiesen, dass der Verfasser das Mädchen gut kannte, was auch die Polizei veranlasste, nach dem Absender zu fahnden, allerdings ohne Erfolg. Wer diesen Brief geschrieben hat, wurde niemals aufgeklärt.

John Nielsen blinzelte und schüttelte den Kopf.

»Wie sind die überhaupt auf die Idee gekommen, ihn genauer unter die Lupe zu nehmen?«

»Tja, so viele konkrete Anhaltspunkte hatten sie eigentlich nicht, wie sie sagten. Sie hatten den Wagen hin und zurück fahren sehen. Und außerdem haben sie ein paar Nächte im Wald auf der Lauer gelegen, nachdem das mit dem Traktor vorgefallen war – sie waren genervt, ganz einfach, wollten, dass jetzt endlich etwas passiert. Natürlich hätten sie ihn nur beobachten, bewachen und uns dann anrufen sollen, anstatt Sheriff zu spielen. Aber wir hätten wahrscheinlich sowieso keinen Wagen schicken können. Und das wussten sie. So einfach war das!«

»Und keiner von ihnen hat ihn erkannt?«

»Nein, nicht mit dem wenigen, was sie gesehen haben. So bald wie möglich werden wir alle Aussagen zu Protokoll nehmen. Aber der Kerl scheint vollkommen unbekannt zu sein. Er kam aus dem Nichts und ist offenbar dorthin zurückgekehrt.«

»Es könnte doch ein Irrtum gewesen sein«, sagte Nielsen nach kurzem Schweigen. »Jemand, den Panik befiel, als er auf diese Männer stieß ...«

Ivarsson unterbrach ihn mit einem verächtlichen Schnauben.

»Panik? So panisch wirkte der nun wirklich nicht, wenn man bedenkt, was er danach noch alles anrichten konnte! Zwei Fälle grober Körperverletzung. Meiner Meinung nach sogar sehr nahe an einem versuchten Totschlag. Und hinzu kommt noch der Autodiebstahl. Außerdem trug er den Sack mit den Skelettteilen, oder etwa nicht?«

John Nielsen holte Luft.

»Ich habe nur nach einer Erklärung gesucht. Und wir sind ja auch nicht sicher, dass sie es ist. Dass es Anna-Gretas Leiche ist.«

Ivarsson schnaubte erneut.

»Ja, sicher liegen dort in der Gegend so einige Leichen vergraben…« Er brach ab, als würde er seinen eigenen Sarkasmus bereuen. »Eigentlich wäre es am einfachsten, wenn es jemand anderes wäre«, fuhr er mit einem Seufzer fort. »Damit wir in dieser Geschichte nicht herumwühlen müssen, ohne Sinn und Zweck…«

»Was werden Sie jetzt tun?«, fragte Nielsen nach einer Weile.

»Tja, was können wir schon tun? Außer darauf zu warten, dass der Wagen auftaucht. Und dass die Untersuchung des Wagens, in dem er gekommen ist, etwas Neues ergibt. Er ist gestohlen, so viel wissen wir schon. Aus der Gegend um Stockholm. Zudem warten wir auf die Identifizierung des Skeletts. Und wir werden das Gebiet absuchen, in dem er sich herumtrieb, vielleicht finden wir noch etwas.«

Für einige Sekunden war es still.

»Sie kommen nicht?«

John Nielsen spürte, wie die Kopfschmerzen – die er für einen Augenblick fast vergessen hatte – sich wieder in Erinnerung riefen. Pulsierend und mit zunehmender Stärke.

»Ich weiß nicht… Das hier ist etwas für die Presse. Sie werden vermutlich bald so viele Leute da oben haben, dass es Ihnen zum Halse heraushängt.«

»Ich dachte nur, es würde Sie interessieren? Sie haben es ja sozusagen in Gang gesetzt.«

Nielsen holte tief Luft.

»Wollen Sie damit sagen, dass ich verantwortlich bin für das, was geschehen ist?«

»Nicht verantwortlich, nein. Aber es wäre doch merkwürdig, wenn nicht alles irgendwie zusammenhängen würde. Ihr Artikel und so, oder etwa nicht?«

Olle Ivarsson hielt inne.

»Ja, ja, wir werden sehen«, fuhr er in fast entschuldigendem Ton fort. »Wie gesagt, wir wissen ja noch nicht einmal, ob sie es ist.«

Er schwieg einen Moment.

»Aber es ist einfach eine sehr merkwürdige Geschichte, das müssen Sie zugeben. Das lässt nichts Gutes vermuten. Und zwar unabhängig davon, wer die Leiche ist.«

Der Mann ging durch die Absperrung, den Bahnsteig entlang, und bestieg den Pendelzug in einem der vorderen, beinahe leeren Wagons. Er hatte den Wagen auf dem Parkplatz hinter dem Bahnhof stehen lassen, unverschlossen, die Schlüssel im Zündschloss. Er rechnete fest damit, dass er bald von dort verschwinden würde und erst sehr viel später, in einem vollkommen anderen Zusammenhang, wieder auftauchen würde. Und selbst wenn er dort stehen bleiben und gefunden werden würde, deutete nichts auf ihn hin.

Er verzog ein wenig den Mund angesichts des willkürlichen und etwas kindlich-einfachen Plans. Und gleichzeitig wusste er, dass solch einer meist am effektivsten war. Eine simple Lösung wählen. So wenig wie möglich tun. Nur einen einzigen Stein ins Rollen bringen und ihn rollen lassen.

Am Hauptbahnhof Centralen erhob er sich und stieg aus, folgte dem Strom der Reisenden eine Weile, bog dann vor der Ankunftshalle links ab und kam beim Taxistand raus. Er nahm eines und ließ es ein paar Blocks von seiner Wohnung entfernt anhalten.

Es war schon fast elf Uhr, als er ins Treppenhaus trat. Wie immer vermied er den Aufzug, stieg mit langen, fast lautlosen Schritten die zwei Stockwerke hoch, schloss auf, ging in den Flur und zog die Tür hinter sich zu.

Eine Weile blieb er regungslos in der Dunkelheit stehen

31

und lauschte. Dann ging er durch die Wohnung ins Schlafzimmer, ohne Licht zu machen. Er zog sich aus, legte sich rücklings ausgestreckt ins Bett, die Hände neben dem Körper platziert, und schloss die Augen. Er suchte nach dem bekannten Gefühl von Loslösung und Betäubung, wenn der Körper nicht länger zu ihm zu gehören schien. Er verlangsamte seine Atmung, zu Anfang unter Anstrengung, dann wurde sie immer regelmäßiger, fast maschinenartig. Er zwang sich in den Schlaf, wusste, dass er ihn benötigte, dass er nicht viel Zeit hatte.

Mit einem Ruck wachte er auf. Er war sich nicht im Klaren darüber, was ihn geweckt hatte. Ein Laut von draußen, vielleicht. Er lauschte. Nein, von dort kam kein Geräusch. Alles war still, wie immer. Die Zusatzisolierung ließ kaum einen Laut in die Wohnung dringen. Sogar der Lärm der Rushhour war nur als ein gedämpftes, kaum hörbares Rauschen wahrzunehmen. Nein, es war etwas anderes gewesen, das ihn aufgeschreckt hatte. Ein plötzlicher Schmerz. Nun war er fort, und er konnte nichts mehr über ihn sagen. Er war aufgeblitzt und dann wieder verschwunden. Zurückgeblieben war nur eine schwache Ahnung davon, dass er ihn heimgesucht hatte. Etwas Ungeheuerliches, Glühendes, das jäh durch seinen Körper gejagt war.

Er sog hastig die Luft ein, sah auf die Uhr. Bald vier. Es gab keinen Grund für ihn, noch länger zu warten. Er schob das Laken beiseite, stand auf und ging langsam über den Boden. Mit ausgestreckter Hand fand er den Lichtschalter. Das Licht von der tief hängenden Deckenlampe war gedämpft, und die schweren, verdunkelnden Gardinen schirmten das Zimmer vom Schein der Straßenlaterne ab. Er ging ins Badezimmer, stieg in die Dusche, drehte das Wasser an und regelte die Warmwasserzufuhr, bis es vor

Hitze dampfte. Dann sank er in die Hocke und ließ das Wasser über seinen Körper fließen.

Das Duschen war der einzige Anlass für Klagen gegen ihn im Haus: dass er nachts oft stundenlang duschte. Aber diese Beschwerden lagen lange zurück. Entweder hatte man sich daran gewöhnt, oder die Duschkabine, die er hatte einbauen lassen, dämpfte die Geräusche.

Außerdem hatte er sich geflissentlich darum bemüht, seine Mitbewohner zu besänftigen. Er war immer freundlich aufgetreten, stets höflich im Umgang mit den anderen, hauptsächlich älteren Mietern. Er hatte gegrüßt, einen kleinen Schwatz gehalten, wenn er jemanden im Treppenhaus oder vor der Haustür traf. Wie beiläufig hatte er Einzelheiten von seiner Arbeit erzählt, dass sie ihn zwinge, häufig für längere Zeit fort zu sein, dass er zu unregelmäßigen Uhrzeiten nach Hause komme und darum die Hausarbeit und andere Dinge mitunter nachts und in den frühen Morgenstunden erledigen müsse. Er tat dies, ohne aufdringlich zu werden. Gleichzeitig bewahrte er eine gewisse Distanz, die vermutlich dazu beitrug, dass er recht bald von seinen hochbetagten Nachbarn akzeptiert wurde, deren Nachnamen sämtlich aus einem Adelskalender zu stammen schienen. Und wahrscheinlich war das auch so, dachte er mit einem Lächeln. Sein eigener Familienname stach wie in einer Parodie aus der Namensliste unten in der palastartigen Eingangshalle hervor.

Schließlich stieg er aus der Dusche, trocknete sich sorgfältig ab, einen Körperteil nach dem nächsten und ging ins Wohnzimmer, nackt. Er sank auf den Boden und blieb dort eine Weile mit geschlossenen Augen sitzen. Dann begann er, das Bewegungsschema durchzugehen. Zu Anfang mit sehr langsamen, fast stockenden Bewegungen. Nach und nach wurden sie schneller, avancierter, schwieriger. Er erhob sich und wirbelte im Raum herum, folgte aber die ganze Zeit einem strikten, beherrschten Muster von Angriff und Abwehr, vor und zurück, und bewegte sich dabei federnd, fast lautlos.

Nach etwa einer halben Stunde hörte er auf und blieb mitten im Zimmer regungslos stehen. Sein Körper begann zu zucken. Zuerst trat er einige Schritte zur Seite, dann fing er an, herumzulaufen und -zuspringen. Aus seinem geöffneten Mund kamen dumpfe, gutturale Laute, eine Mischung aus Schluchzern und Gelächter. Er sprang im Kreis, immer schneller, mit den Armen flatternd, den Kopf von einer zur anderen Seite werfend, während seine Kehllaute anstiegen zu einem unverständlichen, brabbelnden Gesang. Dann sank er wieder auf den Boden und blieb dort liegen, die Beine an die Brust gezogen. Seine Atmung beruhigte sich langsam. Er stand auf, ging ins Badezimmer, drehte die Dusche an, seifte sich ein, stand unter dem heißen, fließenden Wasser und wiederholte seine Prozedur ein zweites Mal.

Als er das Wasser abdrehte und aus der Dusche stieg, erlebte er für einen kurzen Augenblick, dass alle Gerüche fort waren, sogar der Geruch seines eigenen Körpers. Er hielt seine Nase an die Haut am Oberarm und schnupperte mit geschlossenen Augen. Das Gefühl vollkommener Reinheit ließ ihn leicht erzittern.

Olle Ivarsson. Der Name war aufgetaucht, als er versucht hatte, einige der Polizisten ausfindig zu machen, die damals mit dem Fall beschäftigt gewesen waren. Nielsen stutzte, als er feststellte, dass dieser eine noch immer im Dienst war, noch dazu im selben Distrikt, am selben Ort.

Es war auch nicht weiter schwierig gewesen, ihn zu einem Treffen zu überreden. Ivarsson hatte es ihm geradezu angeboten.

Er hatte auch versucht, sich mit Anna-Greta Sjödins Schwester, die in Östersund wohnte, zu verabreden. Aber ohne Erfolg. Sie hatte kurz und bündig gesagt, dass sie sich nicht interviewen lassen wollte. Sie schien überhaupt mit niemandem über die Geschichte mit ihrer Schwester sprechen zu wollen.

So blieb es bei Olle Ivarsson. Er hatte den Nachtzug genommen und war am frühen Morgen angekommen. Es war Mitte Oktober gewesen, aber mild für die Jahreszeit, wie er fand. In der Luft lag mehr Regen als Schnee. Noch war es dunkel. Er ging über die Eisenbahnschienen hinunter zum Wasser. Die lang gezogene Seenlandschaft erstreckte sich von der Ortschaft noch etliche Kilometer ins Landesinnere hinein, zumindest hatte es so auf der Karte ausgesehen.

Überhaupt gab es in dieser Gegend sehr viel Wasser, fand er. Wasser und Wald. Genügend Möglichkeiten, um zu verschwinden. Oder jemanden verschwinden zu lassen. Er blieb eine Weile dort stehen, starrte über die dunkle Wasseroberfläche hinüber zu den massiven, steil ansteigenden Bergrücken, die schemenhaft auf der anderen Seite zu sehen waren.

Dann kehrte er um und ging ein wenig spazieren. Es dämmerte. Die Dunkelheit wich langsam einem diesigen, grauen Licht. Gegen neun Uhr fand er ein geöffnetes Café, setzte sich und wartete.

Die Gäste, die nach und nach kamen, schienen sich alle zu kennen. Einige von ihnen waren, nach ihren Overalls zu urteilen, bei der Gemeinde angestellt. Andere arbeiteten bei der Eisenbahn. Viele Handwerker. Fast ausschließlich Männer. Die meisten von ihnen waren schon etwas älter. Schwere Körper, die Gesichter voller Morgenmüdigkeit, die für einen kurzen Moment aufleuchteten, als sie sich hinsetzten und ihren Kollegen zunickten.

Wie ausgehungert lauschte er ihren Gesprächen: Eine Wegetrommel musste irgendwo ausgewechselt werden, Reserveteile mussten geholt werden, Fragmente einer Jagdgeschichte, ein Gespräch über Pferde, über das letzte Trabrennen.

Er dachte an all die Male, die er Janne hatte begleiten dürfen. Neben ihm im Auto hatte er gesessen, später in den Essenspausen dann eingeklemmt zwischen ihm und den Arbeitskollegen. Der Geruch von Schweiß und Tabak, Dieselöl, ihre Stimmen und ihr Lachen. Wie sie sich nach hinten lehnten, auf die Uhr schauten, eine Zigarette anzündeten und noch einen letzten Witz erzählten, ehe es wieder Zeit wurde, weiterzumachen.

Plötzlich sah ihn jemand mit durchdringendem Blick an, und er schaute mit einem ertappten Lächeln weg. Er sah auf die Uhr und erhob sich. Die Zeit war ihm davongelaufen. Er kam nicht gerne zu spät, und so musste er –

auf seine ruckartige, etwas unbeholfene Art – bis zu der heruntergekommenen Einkaufszeile laufen. Sie lag an der Durchfahrtsstraße und beherbergte auch die Polizeistation.

Olle Ivarsson saß hinter seinem Schreibtisch in einem Raum, in dem alles nach einem künstlichen, aber starren Muster geordnet und aufgestellt wirkte. Papiere, Aktenordner, Stifte, Stühle, Schreibtisch, Stehlampe. Überall schien Millimeterpräzision zu herrschen. Sogar die lange Gestalt hinter dem Schreibtisch vermittelte zu Anfang den Eindruck, sie sei ein Bestandteil dieser beinahe lähmenden Ordnung. Das tadellos gebügelte Hemd, die grauen, kurz geschnittenen und sorgfältig nach hinten gekämmten Haare. Das glatt rasierte, scharfgeschnittene Gesicht.

Als aber der Mann sich erhob und um den Tisch auf ihn zukam, gab seine Körpersprache plötzlich ein ganz anderes Bild ab. Seine Bewegungen waren schnell, etwas fahrig, nachlässig. Und seine Art, den Kopf nach vorne zu stoßen und sein Gegenüber bei der Begrüßung zu mustern, hatte etwas Ungehobeltes, Aufdringliches.

»John Nielsen? Sie sind ja ein Riese! Es passiert nicht so oft, dass ich zu den Leuten aufsehen muss, mit denen ich spreche.«

Er machte eine kleine Pause.

»Sie haben also vor, die Gegend ein bisschen in Schwung zu bringen?«

John Nielsen betrachtete ihn und runzelte die Stirn.

»Was meinen Sie damit?«, fragte er.

Aber der andere hatte sich bereits umgedreht, war mit zwei großen Schritten wieder hinter dem Schreibtisch und ließ sich in seinen Stuhl gleiten. Dann machte er eine Geste zu dem Stuhl, der ihm gegenüberstand.

»Bitte sehr, lassen Sie sich in diesem Durcheinander nieder.«

John Nielsen inspizierte seinen Gesichtsausdruck, um auch das kleinste Anzeichen von Ironie zu finden, doch erfolglos. Dann zuckte er mit den Achseln und setzte sich hin. Erst da legte sich ein Lächeln über Olle Ivarssons Gesicht.

Er machte eine ausladende Geste in Richtung Zimmer.

»Ich brauche das so, damit es funktioniert. Ein bisschen Ordnung um mich herum. Sonst weiß der Teufel, wie das hier eines Tages noch endet…«

Er kippte den Stuhl nach hinten, streckte seine langen Beine aus und kam auf Nielsens Frage zurück.

»Was ich damit meine? Nun ja, das ist doch gar nicht so schwer zu verstehen. Das Getratsche, all die Gerüchte, die hier im Umlauf waren.«

»Aber heute ja wohl nicht mehr, oder? Das ist doch schon eine Ewigkeit her.«

Olle Ivarsson rümpfte die Nase.

»Vielleicht noch nicht lang genug«, sagte er und schüttelte den Kopf. Er setzte sich gerade hin.

»Was wollen Sie eigentlich noch herausbekommen? Sie kennen doch den Fall so gut wie auswendig, haben Sie gesagt.«

»In Grundzügen, ja. Was man sich anlesen konnte. Aber das wird kaum mit Ihrem Wissen konkurrieren können. Sie haben schließlich dreißig Jahre hier zugebracht.«

Olle Ivarsson hatte sich mit einem empörten Gesichtsausdruck nach vorne gebeugt.

»Sie glauben doch wohl nicht, dass ich hier mein ganzes Leben auf meinem Hintern gesessen habe! Ich kam 1969 hierher und blieb bis 1974. Dann fand ich, dass es Zeit war, etwas zu verändern. Zuerst war ich bei der UNO auf

Zypern, dann in der Gegend von Stockholm, Märsta, und in Arlanda bei der Passkontrolle. Ja, ich habe sogar die Branche für eine Zeit ganz verlassen, habe als Sicherheitsberater gearbeitet. Ich bin erst Anfang der Neunziger hierher zurückgekehrt. Warum, das ist allerdings eine gute Frage.«

Er hielt inne, breitete die Arme aus und starrte vor sich hin.

»Obwohl Sie ja zum Teil Recht haben«, fuhr er nach einer Weile fort. »Dass ich mehr weiß. Wenn man sich in so eine Höhle wie diese hier begibt, kann man das fast nicht verhindern. Man erfährt doch das meiste.«

Er schien seinen plötzlichen Ausbruch schon wieder vergessen zu haben. Und Nielsen, der ihn verblüfft ansah, wurde Zeuge einer weiteren Verwandlung. Wie er Luft holte, sich aufrecht hinsetzte, seine Ellenbogen auf die Tischplatte setzte, die Handflächen aneinander legte und blinzelte. Als er wieder zu sprechen begann, war seine Stimme trocken, sachlich, wie die eines Beamten, der einen von langer Hand vorbereiteten Vortrag hielt.

»Wir haben keinerlei Hinweise gefunden, die auf einen bestimmten Täter hingewiesen hätten. Ja, genau genommen haben wir keine einzige Spur gefunden, die in irgendeine Richtung gezeigt hat. Oder die belegt hätte, dass es sich unzweifelhaft um ein Verbrechen handelte. Gleichwohl das natürlich das Naheliegendste war. Dennoch haben wir einige hundert Personen verhört oder befragt, was für die Größe des Ortes eine erhebliche Anzahl ist. Wie viele Hinweise hier eingingen, kann ich nicht genau beziffern, aber es waren ungeheuerlich viele. Ein Teil fiel wegen Ungereimtheiten weg, oder es waren Verrückte und Verwirrte, die anriefen oder schrieben. Aber die meisten Hinweise wurden bearbeitet und verfolgt, so weit das möglich war. Zum Schluss hatten wir ein ziemlich genaues Bild davon, was Anna-Greta Sjödin an jenem Abend und in jener Nacht gemacht hatte, bevor sie verschwand. Und was ein Großteil der übrigen Bevölkerung so getrieben hat! Aber im Prinzip ergab sich daraus kein Anhaltspunkt, was mit ihr passiert sein könnte. Was geschah, nachdem sie aus dem Wagen ausgestiegen ist.

Schon bald nach der Vermisstenanzeige sind wir von der Annahme ausgegangen, dass sie gegen ihren Willen von einer oder mehreren unbekannten Personen entführt wurde – oder auf irgendeine Weise gelockt wurde mitzukommen. Und dann aller Wahrscheinlichkeit nach umgebracht wurde. Da aber keine Leiche gefunden wurde, gab es ja weiterhin die Möglichkeit, dass sie sich freiwillig auf den Weg gemacht hatte, sich versteckte. Durchgebrannt, ganz einfach, aus irgendeinem Grund. Auch wenn diese Alternative mit der Zeit immer unwahrscheinlicher wurde. Und Selbstmord – ja, das haben wir natürlich auch in Betracht gezogen. In diesem Alter ist das noch nicht einmal ungewöhnlich, am Scheideweg zum Erwachsenenalter. Aber dann hätten wir ihre Leiche logischerweise bald darauf finden müssen.«

Er machte eine kurze Pause und rieb sich die Nase, ehe er fortfuhr.

»Und so standen wir dann da, zum Schluss. Wir konnten mit ziemlich großer Sicherheit sagen, dass es sich um ein Verbrechen handelte. Und wir wussten verdammt viel über viele Dinge. Die sich alle als belanglos herausstellten. Zumindest gelang es uns nicht, sie zu einem schlüssigen Bild zusammenzufügen. Und wie gesagt, was ihr zugestoßen war, wussten wir genauso wenig wie zu Beginn der Untersuchungen.«

Er schwieg, rieb die Handflächen aneinander, betrachtete

sie lange und nachdenklich, als würde er dort nach einer Erklärung suchen.

»Wir haben eine ganze Anzahl Verhöre geführt, einige ausführlicher als andere, aus unterschiedlichen Gründen. Natürlich wussten wir, dass dieser Fall Anlass für Spekulationen bot. Das lässt sich in einem so kleinen Ort kaum vermeiden. Das war wie Weihnachten für Klatschmäuler. Vermutungen, Gerüchte, darunter glatte Verleumdungen.

Aber im Großen und Ganzen betrachtet hielt sich das alles auf einem angemessenen Niveau, wenn man die Umstände berücksichtigt. Bis Karl-Erik Sjödin, der Vater, auf der Bildfläche erschien.

Schon von Anfang an hatte er sich bei den Ermittlungen in einer Weise engagiert, die zwar verständlich war, aber gewiss nicht unsere Arbeit erleichterte. Später dann, als die Nachforschungen nichts Verwertbares ergaben, hat er die Sache selbst in die Hand genommen, kann man wohl sagen. Er fuhr in der Gegend herum, jeden Zentimeter fuhr er ab, Pfade und Waldwege. Er ging sogar zu Fuß. Und untersuchte, grub, fragte, schnüffelte herum. Ja, es kam vor, dass er zu Leuten hereingestürzt kam und regelrechte Verhöre führte! Er kam mit Hinweisen, die wir seiner Meinung nach verfolgen sollten. Nicht einer oder ein paar, sondern zwanzig, und das jedes Mal! Außerdem schrieb er seine Leserbriefe. Und Beschwerden an den Ombudsman.

Gleichzeitig entwickelte das Gerede eine Eigendynamik. Plötzlich wussten ziemlich viele Leute Bescheid, was angeblich tatsächlich passiert ist, wen man mal genauer unter die Lupe nehmen sollte. Es war, als hätte man in ein Wespennest gestochen. Überall surrte und stach es. Viele redeten gar nicht mehr miteinander. Und tun es bis heute nicht.

Man kann also mit Fug und Recht behaupten, dass Karl-

Erik Sjödin diesen Prozess in Gang gesetzt hat, aber die Gerüchte richteten sich auch gegen ihn selbst. Was vielleicht nicht so verwunderlich war. Die Leute meinten, dass sein Benehmen etwas Krankhaftes hätte. Die Gerüchte galten jedoch nicht nur ihm, sondern auch seiner Frau. Sogar die Schwester wurde mit hineingezogen, obwohl die damals in Stockholm wohnte. Auch sie sollte involviert gewesen sein. ›Sehen Sie mal im Keller in der Tiefkühltruhe nach!‹, sagte einer der anonymen Anrufer. Aber wir hatten natürlich das Haus schon längst Zentimeter für Zentimeter durchsucht. Wir hatten auch die Familie Sjödin durchleuchtet. Es gehört ja quasi zur Routine, dass man sich bei so einem Fall den engeren Familienkreis ein bisschen genauer ansieht. Aber wir haben nicht die geringste Spur dafür gefunden, dass Karl-Erik und Margit Sjödin etwas mit dem Verschwinden ihrer Tochter zu tun hatten. Und im Übrigen gab es im Keller gar keine Tiefkühltruhe. Aber das zeigt, wie weit so etwas gehen kann…«

Er rieb sich erneut die knochige Nase, schüttelte den Kopf.

»Es war eine Tragödie, für alle Beteiligten. Auch für Karl-Erik Sjödin, er hat sich niemals richtig davon erholt. Man konnte ihm das ansehen, er war ein einziges Nervenbündel, der ganze Mann zitterte vor Seelenqualen… Nein, das hat ihn kaputtgemacht. Er war vor der Geschichte Gerichtsvollzieher der Kommune gewesen. Nach dem Verschwinden seiner Tochter hat er seine Arbeit nicht wieder aufgenommen. Ich vermute, dass er frühpensioniert wurde. Sie haben sich auch scheiden lassen, er und seine Frau. Haben das Haus verkauft. Sie ist dann weggezogen. Er blieb hier wohnen, in einer kleinen Wohnung und hat seine Suche fortgesetzt. Er war wie besessen davon, nichts anderes hatte mehr Bedeutung für ihn. In den Siebzigern bekam er zwei Herzinfarkte. Und kurz nachdem dieser Brief aufgetaucht war, bekam er eine Hirnblutung und starb wenige Tage später.«

Er starrte in Gedanken vertieft vor sich hin.

»Und es gibt sicherlich noch immer einige, die glauben, dass er ihn selbst geschrieben hat ...«

Er schwieg und blieb regungslos sitzen, die Ellenbogen auf dem Schreibtisch, die Handflächen aneinander gepresst, die Fingerspitzen an den Lippen.

Nachdem er eine Weile gewartet hatte, räusperte sich John Nielsen.

»Und Sie? Was glauben Sie?«

Olle Ivarsson wandte ihm den Blick zu.

»Wo wohnen Sie eigentlich?«, fragte er.

John Nielsen sah ihn fragend an.

»Wo ich wohne?«

»Ja, heute Nacht!«, zischte der andere und schüttelte irritiert den Kopf. »Wo hatten Sie vor zu schlafen?«

John Nielsen schüttelte seinerseits den Kopf. »Ich fahre heute Abend wieder ...«

Olle Ivarsson ließ ihn nicht aussprechen.

»Und das nennen Sie journalistisches Arbeiten? Was zum Teufel wollen Sie denn an einem einzigen Vormittag schon herausbekommen? Sie können bei mir wohnen. Wenn Sie sich ordentlich benehmen.«

John Nielsen versuchte zu protestieren, aber der Polizist war aufgestanden und bereits auf dem Weg zur Tür, während er auf seine Uhr sah.

»Wir gehen eben mal rüber, dann haben wir das erledigt. Wir sagen einfach, dass jetzt schon Mittag ist.«

Er blieb im Türrahmen stehen, drehte sich um und sah ihn ungeduldig an. »Sehen Sie zu, dass Sie in Bewegung kommen! Bevor ich es bereue.«

John Nielsen erhob sich langsam und schüttelte wieder den Kopf.

»Ich frage mich, wie es wohl ist, von Ihnen verhört zu werden«, sagte er schließlich.

Das Gesicht des Älteren verzog sich zu einem begeisterten Lächeln.

»Das kann ich Ihnen verraten: Es ist die Hölle!«

Dass Olle Ivarsson allein lebte, überraschte ihn nicht sonderlich. In gewisser Weise hatte er es sogar stillschweigend angenommen, ohne weiter darüber nachgedacht zu haben. Er sank in die Couch im Wohnzimmer des Bungalows und sah sich um. In den Ecken lagen Wollmäuse, in der Spüle draußen in der Küche sah er schemenhaft einen Stapel Geschirr, der noch nicht in die Spülmaschine geräumt worden war. Ivarssons Manie schien auf jeden Fall das Staubsaugen und den Abwasch auszuschließen, dachte er mit großer Erleichterung. Deutlich war aber, dass ihm Ordnung sehr wichtig war. Dass die Gegenstände um ihn herum nach einem strikten, regelmäßigen System angeordnet waren. Welches System dies auch immer sein mochte.

Ivarsson starrte ihn eine Weile nachdenklich an.

»Ich habe einiges von Ihnen gelesen«, sagte er. »Die letzten Artikel. Und anderes. Es geht meistens um Verbrechen, wie? Und Elend. Verschiedenster Art.«

John Nielsen starrte zurück. Dann zuckte er mit den Achseln. »Das gefällt Ihnen also nicht?«

Der andere machte eine abwehrende Geste.

»Doch, sicher. Sie schreiben sehr gut. Das liest sich unglaublich packend und ist interessant. Vielleicht ein bisschen zu interessant. In Wirklichkeit ist es das ja wohl kaum, oder? Ein Haufen Dummheit und Schnaps, das sind doch die häufigsten Komponenten. Ich weiß nicht, welche überwiegt. Oder am Anfang steht.«

»Wenn man die Dinge nur genau genug ansieht, wird fast alles interessant.«

Olle Ivarsson schnaubte. »Aha, das sagen Sie! Ich bin der Meinung, es solle genau andersherum sein...« Er schwieg, betrachtete den anderen aus den Augenwinkeln.

»Anna-Greta Sjödin... Warum wollen Sie über sie schreiben? Es muss doch hunderte von Fällen geben, die mehr zu bieten haben. Mit diesem hier werden Sie nicht weit kommen, das können Sie nicht ernsthaft glauben!«

John Nielsen schüttelte den Kopf. »Nein, das glaube ich auch nicht.«

»Warum schreiben Sie dann darüber?«

John Nielsen schwieg eine Weile.

»Erinnern Sie sich an das Foto von ihr, das damals veröffentlicht wurde?«, fragte er unvermittelt. »Gleich nach ihrem Verschwinden? Es war kein altes Klassen- oder Passfoto oder was man sonst dafür nimmt. Das hatte ein geübter Fotograf gemacht. Ein Ganzkörperfoto, im Freien aufgenommen. Sie schaute über ihre Schulter in die Kamera.«

Olle Ivarsson nickte.

»Das hat vermutlich Karl-Erik selbst gemacht. Er war ein guter Amateurfotograf.«

»Wie dem auch sei, es war ein besonderes Bild. Eher ein Kunstfoto. Eine Haarlocke fiel ihr ins Gesicht, sie lachte ein bisschen. Und man konnte förmlich sehen, dass sie sich bewegte. Wie alt mag ich gewesen sein... Ja, ich wurde kurz darauf dreizehn. Soweit ich mich erinnere, fand ich, dass sie Brigitte Bardot ähnelte. Und ich begann, alles über sie zu sammeln. So wie andere alles über Filmstars sammelten. Ich habe alles gelesen, was über ihren Fall geschrieben wurde – und über sie. Ich habe Artikel und Fotos ausgeschnitten. Habe auch angefangen, mir eigene Notizen zu machen, in denen ich mir versuchte vorzustellen, was wohl geschehen war. Das war das Erste, was ich je geschrieben habe, glaube ich. Und in meinen Versionen hat sie immer überlebt.«

Er hielt inne.

»Es war fast so, als würden wir zusammen aufwachsen«, fuhr er fort. »Und ich habe mir immer Gedanken über sie gemacht. Nicht nur darüber, was geschehen war. Sondern auch über sie, wer sie war, wie ihr Leben ausgesehen hätte, wenn nichts passiert wäre, wenn sie hätte leben dürfen...«

Er verstummte. Olle Ivarsson betrachtete ihn mit gerunzelter Stirn.

»Ach so«, brummte er schließlich. In seiner Stimme lag ein Hauch von Enttäuschung, als hätte er mehr erwartet. »Und deshalb wollen Sie wieder in dieser Geschichte wühlen? Um herauszubekommen, wer sie war?«

Er zuckte mit den Achseln, richtete sich im Sessel auf.

»Tja, dabei kann ich Ihnen nicht so richtig behilflich sein. Aber ich kann doch immerhin sagen, was meiner Meinung nach damals wahrscheinlich passiert ist. Und ich meine damit die gemeingültige Auffassung und keine zweifelhaften Theorien über das Wer und Warum. Wir können wohl davon ausgehen, dass sie nicht mehr lebt und dass es sich um ein Verbrechen gehandelt hat. Jemand hat sie umgebracht. Der Verdacht eines Sexualverbrechens liegt nahe. Ob es nun geplant oder ein Versehen war, ein Vergewaltigungsversuch, der vielleicht außer Kontrolle geriet, darüber kann man nur noch spekulieren...«

Er unterbrach sich, blinzelte wieder.

»Das Einzige, was man mit einiger Sicherheit sagen kann, ist wohl, dass sie den Täter gekannt hatte, dass er ihr bekannt war.«

46

»Warum glauben Sie das?«, fragte Nielsen.

Olle Ivarsson breitete die Arme aus.

»Es gibt immer jemanden, der etwas sieht, das ist meine Erfahrung. Sie wohnten zwar ein wenig außerhalb, aber dennoch haben Leute sie nach Hause kommen sehen. Es gibt immer jemanden, der etwas gesehen hat. Und hätte sich ein Fremder in der Stadt aufgehalten, hätten wir es herausbekommen.«

»Es hätte jemand auf der Durchreise sein können...«

»Nicht dort oben, wo sie wohnten. Und es hätte jemand etwas hören müssen, wenn sie ins Auto gezwungen worden wäre. Sie war jung und stark und hätte gekämpft. Nein, das Wahrscheinlichste ist, dass sie ihn kannte und freiwillig mitgegangen ist. Ja, es kann sich sogar um eine Verabredung gehandelt haben, ein Treffen, das im Voraus vereinbart war.«

»Gibt es Anhaltspunkte dafür?«

Olle Ivarsson wiegte ein wenig mit dem Kopf vor und zurück.

»Tja, sie war eindeutig die Erste, die den Festplatz wieder verlassen wollte. Sie quengelte, dass sie nach Hause müsse. Und dann, als sie dort abgesetzt wurde, blieb sie noch stehen und sah den anderen hinterher, als wollte sie sicher sein, dass sie weg sind.«

Er holte Luft durch die Nase.

»Aber wie gesagt, das sind auch nur Vermutungen. Und es ist verdammt lang her. Fast ein halbes Leben. Für einige ein ganzes – oder mehr.«

Gegen sieben hatte er den Wagen aus der Parkgarage geholt, einen dunklen Toyota Pick-up. Er ließ sich in den noch spärlichen Morgenverkehr gleiten und fuhr auf der E 4 Richtung Norden. Kurz hinter Uppsala hielt er an, kaufte ein paar Flaschen Mineralwasser und Zeitungen, die er durchblätterte. Nichts. Das hatte er auch nicht erwartet, noch nicht. Dann fuhr er in gemächlichem Tempo weiter. Er warf einen Blick auf die Uhr und versuchte, die Geschwindigkeit seinem Zeitplan anzupassen.

Der Himmel hing tief und war grau. Vereinzelt ein Regenguss, aber nach und nach nahm der Niederschlag ab, und die Wolkendecke begann aufzureißen. Auf der Höhe von Gävle fuhr er in eine Parkbucht und hielt an. Der Himmel war jetzt klar und hellblau. Die fahle Sonne liebkoste die noch feuchte Fahrbahn. Er ließ den Blick hinüber zum Wald wandern, auf der anderen Seite des Wildschutzzaunes. Die Landschaft hatte etwas Reingewaschenes, wie immer im Herbst. Und etwas Vergängliches, Unbewegliches. Auch der Verkehr, der unaufhörlich an ihm vorbeiglitt, verlieh ihm ein ähnliches Gefühl. Daran war nichts Besonderes, es war nur ein gleichmäßiger Strom von Fahrzeugen mit gesichtslosen Insassen. Alles irgendwie belanglos, ohne jede Bedeutung. Er mochte dieses Gefühl.

Er nahm das Handy und machte den geplanten Anruf. Dann startete er den Wagen und fuhr aus der Parkbucht. Erneut überprüfte er die Uhrzeit. Bald zehn. Er hatte noch genügend Zeit. Wenn er Lust hätte, könnte er noch immer seinen Plan ändern.

Dieses Mal wählte er den Weg über Norden. Er machte einen Stopp in Sundsvall und fuhr dann noch einige Kilometer, ehe er nach Westen abbog und ein Stück dem Flusstal des Indals folgte. Von dort bog er erneut ab, nun Richtung Südwest, und suchte seinen Weg über verschlungene, schlecht erhaltene Wege.

Das Haus lag etwas abseits der Straße. Abgeschieden, kein anderer Hof war in der Nähe. Zwischen Straße und Haus erstreckten sich ein paar Äcker, der Wald erhob sich unmittelbar dahinter.

Er fuhr daran vorbei, drehte nach einigen Kilometern um und suchte nach einer geeigneten Abfahrt. Schließlich fand er eine Wegkrümmung, die zu einer alten Kiesgrube führte, nur wenige Meter von der Straße entfernt. Hier hielt er den Wagen an und machte den Motor aus.

Er war seit den frühen Morgenstunden ununterbrochen unterwegs gewesen. Nun war es bald vier Uhr. Er sank in den Sitz zurück, saß regungslos da und versuchte, zu entspannen ohne einzuschlafen. Er wartete, bis es dunkel war, dann startete er und bog wieder auf die Straße.

Er fuhr langsam, den Blick auf das Haus geheftet. Die Außenbeleuchtung war an, und in einigen Fenstern im Erdgeschoss brannte Licht. Er hielt vor dem Haus an, stieg aus dem Wagen und ging ohne Deckung bis zur Haustür.

Eilig testete er die Türklinke. Die Tür war unverschlossen, wie er gehofft hatte. Er klopfte, wartete einen Augenblick, klopfte dann erneut, lauter. Aus dem Flur kam ein Geräusch, er wartete noch einige Sekunden, bevor er die Klinke drückte und die Tür öffnete.

Kennet Eriksson starrte ihn mit geöffnetem Mund an. Er

machte einen schnellen Schritt nach vorne. Das Messer lag bereits in seiner Hand. Der Schaft in der Handfläche, die Klinge ans Handgelenk geschmiegt. Mit der rechten Hand packte er die Schulter des anderen und zog ihn zu sich. Im gleichen Moment wechselte er die Position des Messers und stieß es schräg nach oben, direkt unterhalb des Brustbeins.

Er studierte das Gesicht vor ihm. Zuerst größeres Erstaunen als Schreck. Oder Schmerz. Dann veränderte sich der Ausdruck plötzlich, die Augen des Mannes weiteten sich, bis sie aus den Augenhöhlen zu quellen schienen. Er riss den Mund auf, schnappte nach Luft, während seine Arme in rudernden Bewegungen zur Seite fielen.

Er stieß ein zweites Mal zu, ehe er das Messer herauszog. Er glitt zur Seite, drehte den anderen herum, legte eine Handfläche über dessen Mund und trennte ihm mit einem schnellen Schnitt die Kehle durch.

Schon bevor er den Schnitt ausgeführt hatte, bereute er es. Das wäre nicht notwendig gewesen, bedeutete nur noch mehr Unannehmlichkeiten. Er spürte, wie das Blut herauspulsierte und über seinen Arm lief. Irritiert und angeekelt schob er den leblosen Körper von sich, ließ ihn auf den Boden fallen. Mit einem Schritt stieg er über ihn hinweg, stieß die Haustür auf und ging über den Hof zu seinem Wagen, nahm zwei Plastiksäcke heraus und kehrte zurück zum Haus.

Die Säcke waren aus grobem Plastik, wie man sie in der Industrie und beim Bau verwandte. Mit einiger Mühe gelang es ihm, sie über den Toten zu stülpen, den einen über den anderen, dicht mit einer Schnur verschlossen. Dann beugte er sich hinunter, legte die Arme unter das Bündel, hob es hoch, trug es zum Pick-up und legte es hinten hinein.

Ein letztes Mal ging er ins Haus zurück. Ohne Eile. Er trat in den Flur und zog die Tür hinter sich ins Schloss.

Es kostete ihn ungefähr eine halbe Stunde, die Spuren leidlich zu beseitigen und alles nach seinen Vorstellungen zu arrangieren. Er rollte den blutverschmierten Teppich im Flur zusammen und wischte das Blut mit einem Scheuerlappen und Handtüchern auf, die er aus dem Badezimmer geholt hatte. Er wischte den Boden, trocknete ihn und warf schließlich Lappen und Handtücher oben auf den zusammengerollten Teppich. Zuletzt holte er einen Teppich aus der Küche und legte ihn an die Stelle im Flur.

Ihm war klar, dass man Blutspuren finden könnte, wenn man gründlich suchte. Aber das Vorhandensein von Blut sagte ja noch nicht viel. Kennet Eriksson hätte sich irgendwo geschnitten haben können. Oder Nasenbluten gehabt haben. Außerdem war es sehr wahrscheinlich, dass es gar keine genaue Untersuchung geben würde.

Er sah sich prüfend um, nahm die Schlüssel, die neben der Haustür hingen, probierte sie aus und steckte sie in seine Jackentasche. Dann ging er in die Küche. Es roch muffig. An der Wand lehnten ein paar leere Bierkästen. Auf der Spüle standen Pfandflaschen und dreckiges Geschirr. Über den Stuhllehnen hingen Kleider. Auf dem Küchentisch lag ein wilder Haufen von Zeitungen und Reklamezetteln.

Er stellte sich an den Tisch und holte die Fahrpläne und Broschüren hervor, die er mitgenommen hatte, als er das Ticket gekauft hatte. Mit einer Hand zerknitterte er sie und ließ sie zu Boden fallen. Als Nächstes ging er ins Schlafzimmer und fand nach kurzem Suchen einen Schrank, in dem eine Jacke und Hosen hingen. Er nahm die Jacke und ein paar Hosen mit und warf die restlichen aufs Bett. Zuletzt zog er einige Schubladen auf, durchwühlte sie und ließ sie dann offen stehen.

Auf dem Weg nach draußen machte er im Wohnzimmer Halt, sah sich um. Auf dem Couchtisch vor dem Fernseher stand eine angebrochene Portion Kartoffelbrei mit ein paar Wurstscheiben. Erst da fiel ihm auf, dass er seit den frühen Morgenstunden nichts mehr gegessen hatte und verspürte plötzlich ein nagendes Hungergefühl im Magen. Für eine Sekunde empfand er eine unerklärliche Lust, sich in das zerschlissene Sofa sinken zu lassen und die Reste vom Teller zu essen.

Dieses Gefühl ließ ihn erstarren, eine Welle des Ekels durchströmte seinen Körper. Heftig schüttelte er sich, warf die Hände vors Gesicht und grub seine Nägel tief in die Haut. Einen Augenblick blieb er so stehen, ehe er leise fluchte und die Hände wieder senkte. Dann drehte er sich um, ging hinaus in den Flur, nahm den blutigen Teppich und die Lappen zusammen mit den Kleidungsstücken unter den Arm, löschte das Licht und verließ das Haus. Er zog die Tür zu, verschloss sie, ging zum Wagen, setzte sich hinein und startete.

Der Weg endete an einem Wendeplatz. Im Licht der Scheinwerfer konnte man zur einen Seite den Aushub eines Schachtes sehen, zur anderen erhoben sich sanft ansteigende Felsplatten mit lichtem Kiefernbewuchs. Er schaltete die Scheinwerfer aus und saß eine Weile in der pechschwarzen Dunkelheit. Dann holte er die Stirnlampe hervor, setzte sie auf, knipste sie an, öffnete die Tür, ging um den Wagen herum und zog die Wagenplane beiseite.

Er zerrte den Körper – der bereits steif zu werden begann – zu sich, beugte sich und ließ das Bündel über seine Schulter gleiten. Die Entfernung maß ungefähr hundertfünfzig Meter. Der Boden war eben, aber rutschig vom Regen. Er ging langsam, gebückt unter dem Gewicht. Einige Male sank er auf die Knie und ruhte sich einen Moment aus, ohne seine Last ein einziges Mal loszulassen.

Am Rand der Spalte hielt er an, stellte sich breitbeinig, ein wenig nach vorne gebeugt hin und wartete, bis sich sein Atem wieder beruhigt hatte. Dann holte er einmal tief Luft und warf den Sack mit Schwung in die dunkle Öffnung. Sie war am oberen Rand ungefähr anderthalb Meter breit, hatte weiter unten einen scharfen Absatz, wurde dann immer enger und knickte schließlich in die Tiefe ab. Er sank auf die Knie und ließ den Lichtkegel der Stirnlampe hinunterwandern. Der Plastiksack war so gut wie verschwunden. An der Stelle, an der die Spalte abknickte, sah er in der Reflexion der Lampe das schwarze Material glänzen. Er überlegte kurz, beschloss dann aber, nichts weiter zu unternehmen. Das Gewicht des Schnees im Winter und später das Schmelzwasser würden den Sack nach und nach in die Tiefe drücken.

Er kehrte zum Wagen zurück, setzte sich hinein und kippte den Sitz nach hinten. Einen Augenblick lang sah er das Gesicht des Toten vor sich, merkte aber, wie die Züge immer undeutlicher wurden, langsam verblichen. Eigentlich erinnerte er sich nur an die Augen und ihren Ausdruck. Das gleiche, undeutliche misstrauische Wiedererkennen wie beim vorigen Mal. Dann folgte die Verwunderung, die aufflammende Furcht, bis die Wogen des Schmerzes sie davonspülten. Und schließlich der Moment des Auslöschens, wie der Blick sich scheinbar nach innen wandte und verschwand.

Aber man konnte nie den genauen Zeitpunkt des Todes bestimmen, dachte er. Vielleicht gab es den gar nicht. Die verschiedenen Körperfunktionen hörten einfach auf, in Intervallen, eine nach der anderen. Der Tod kam quasi in Etappen, während sich das Leben zurückzog und doch dagegen kämpfte, immer denselben, aussichtslosen Kampf.

Das Tal erstreckte sich über fast fünf Kilometer in nord-südlicher Richtung. Unbeirrbar schlängelte sich ein dünnes Rinnsal durch das seichte, teilweise zugewachsene Ufergelände, wurde jetzt im Herbst fast zu einem stehenden Gewässer. Im Westen schloss sich eine beinahe unberührte Waldgegend an. Im Osten sah man die Gebäude eines Vorortes.

Nielsen machte Tjarrko von der Leine und ließ ihn losstürmen. Die Herden von Kälbern, die hier im Sommer weideten, waren jetzt verschwunden. Er schien ganz alleine im Tal zu sein. Langsam ging er weiter, blinzelte ins Sonnenlicht. Ein gleichmäßiger Wind wehte ihm ins Gesicht. Dieser Herbst würde wohl mild werden, dachte er. Wogegen er nichts einzuwenden hatte, gegen einen milden Herbst und einen grünen Winter. Er würde sich nicht beschweren.

Was er nicht ertragen konnte war die Dunkelheit. Zumindest jetzt nicht mehr. Diese endlosen Monate mit Dauerregen, zermatschten Wegen und Finsternis. Ein paar jämmerliche Stunden Tageslicht, in denen man Luft holen konnte. Gerade genug, um nicht einzugehen. War das immer so gewesen? Er zuckte mit den Achseln und lächelte. Vermutlich, er erinnerte sich nur nicht. Vermutlich war früher nichts besser gewesen als heute. Außer das Erinnerungsvermögen.

In der Entfernung tauchte ein Reiter auf. Er versuchte,

den Hund zu rufen, der aber schien mit einem Mal taub und blind geworden zu sein, nahm keine Notiz von seinen Rufen und seinem Winken. Schließlich gelang es ihm doch, Tjarrko an die Leine zu nehmen, während dieser ihn beleidigt ansah, als wäre ihm eine unbegreifliche Ungerechtigkeit widerfahren.

Er drehte um und ging zurück, mit dem Wind im Rücken. Und dachte an das Gespräch mit Olle Ivarsson.

Zwei Tage waren schon vergangen, und in der Presse stand noch immer kein Satz über den Fund. Er hatte in einigen Redaktionen angerufen und sich erkundigt, aber keiner hatte etwas Neues gehört. Und Ivarsson hatte sich nicht wieder gemeldet. Vermutlich war die Identifizierung noch nicht abgeschlossen. Oder aber es handelte sich nicht um Anna-Greta Sjödins Leiche, sondern um die eines anderen Menschen. Ein verwirrter Greis vielleicht, der irgendwann aus einer Anstalt in der Gegend verschwunden und niemals gefunden worden war.

Eigentlich müsste er sich fast wünschen, dass es ihr Skelett war. Es wäre wie ein Geschenk des Himmels. Er brauchte dringend eine neue Geschichte, brauchte Geld. Vor allem benötigte er etwas, das ihn wieder in Bewegung brachte. Er wusste, dass er sich gefährlich nahe am Rande einer Szenerie befand, in die er nicht zurückkehren wollte. Er musste wieder in Gang kommen, einen Schritt vor den nächsten setzen.

Gleichzeitig empfand er ein dumpfes Gefühl von Missmut bei dem Gedanken, dass sie es war. Erneut wäre sie Opfer eines Angriffs geworden. Das zertrümmerte, in einen Plastiksack gestopfte Skelett. Wie eine Bestätigung dafür, dass sie keine Bedeutung mehr hatte.

Und er verspürte einen Widerstand, an den Ort ihres Verschwindens zurückzukehren. Er hatte sich dort nicht be-

55

sonders willkommen gefühlt und bezweifelte, dass er dieses Mal anders empfangen werden würde.

Das Elternhaus von Anna-Greta Sjödin stand noch, sah aber ganz anders aus, als er es sich vorgestellt hatte. Das Gebäude hatte etwas von einer Direktorenvilla. Ein wenig unförmig, überladen. Eingeklemmt vom Wald und mit einem steilen Abhang auf der Vorderseite hinunter zur Straße.

Olle Ivarsson nickte zum Haus hinauf.

»Das hat bestimmt so ein Großhändler gebaut, irgendwann in den Dreißigern. Da ist nichts so richtig gelungen, oder? Obwohl es vielleicht ganz gut zu Karl-Erik Sjödin passte.«

»Inwiefern?«

Olle Ivarsson zuckte mit den Schultern.

»Tja, der war immer ein bisschen affektiert, fand wohl, dass es standesgemäß aussehe. Gerichtsvollzieher, wie gesagt. Und er wollte bestimmt auch, dass die Leute ihn irgendwie außergewöhnlich finden.«

»Kannten Sie ihn gut?«

»Was heißt schon kennen. Ich habe ihn ab und zu getroffen. Meistens in dienstlichen Angelegenheiten. Er war jemand, der gerne den Finger auf die Wunde legte. Schon bevor das mit seiner Tochter passierte.«

»Und Anna-Greta, wie gut kannten Sie sie?«

»Fast gar nicht. Ich wusste natürlich, wer sie ist. Habe sie manchmal zusammen mit Karl-Erik gesehen, bei unterschiedlichen Anlässen. Und dann hing sie auch ab und zu unten beim Sportplatz herum, wo die Jungs trainiert haben. Ich habe in der Zeit sowohl die Junioren als auch die A-Mannschaft trainiert. Habe auch selbst gespielt, bis ich knapp über dreißig war.«

John Nielsen entfuhr ein kurzer Pfiff. »Waren Sie gut?«

Olle Ivarsson lachte. »Gut genug für die Sechs auf jeden Fall, Libero. Es kam darauf an, richtig zu stehen und weit zu schießen. Keine große Kunst...«

Er unterbrach seine Ausführungen und dachte einen Moment lang nach.

»Wie gesagt, sie war manchmal da. Es war ja so was wie ein Treffpunkt. Aber zuletzt – oder in den letzten Jahren – habe ich sie, glaube ich, fast gar nicht mehr gesehen. Zu dem Zeitpunkt war wohl schon die Spreu vom Weizen getrennt worden. Diejenigen, die etwas werden sollten vom Rest der Truppe. So, wie es sich gehört.«

Er schwieg wieder, betrachtete das Haus auf der anderen Straßenseite.

»Hier ist es also passiert. Beziehungsweise, hier endet die Spur. Das Haus ist seitdem ein paarmal verkauft worden. Jetzt wohnt da ein junges Paar mit Kindern. Zugezogene. Ich weiß gar nicht, ob die schon von der Geschichte gehört haben. Aber Westling wohnt hier noch. Der letzte Augenzeuge.«

Er wandte den Kopf und nickte hinüber zu dem benachbarten Haus, das nicht weit entfernt stand. Ein kleines Holzhaus in verblichenem Rot, das frech auf den monströsen und überladenen Bau auf der anderen Straßenseite zu blicken schien.

»Er ist bestimmt schon gut über achtzig, aber noch immer hellwach und klar im Kopf. Zumindest war er das, als ich ihn das letzte Mal sah. Wollen Sie einen kleinen Schwatz wagen?«

Auch äußerlich war Einar Westling noch immer eine imposante Erscheinung. Breit und untersetzt, mit muskulösen, leicht hängenden Schultern und kräftigen Armen. Und mit einer nahezu lähmenden Kraft in seinem Händedruck.

Er betrachtete die Besucher mit einem wachen, taxierenden Blick aus hellblauen Augen. Mit schwankendem Gang steuerte er aufs Küchenfenster zu und warf seine großen Hände in die Luft.

»Von hier aus habe ich es gesehen, klar und deutlich. Es war ja Sommer, schon hell. Ich habe sie dort draußen Lärm machen hören. Die Jungens haben sie nach Hause gebracht und sind ziemlich ausgelassen gewesen. Wie der Teufel sogar! Aber es war ja Wochenende, und ich erinnerte mich gut daran, wie man in dem Alter ist. Darum ist es mir auch nicht in den Sinn gekommen, rauszugehen und Ärger zu machen. Lass sie feiern, dachte ich. Sie werden noch früh genug müde werden. Lass sie toben und lachen, solange sie noch können.

Dann fuhren sie weg, und Anna blieb stehen und sah ihnen hinterher. Ich blieb auch eine Zeit lang stehen, hier am Fenster. Aber dann bin ich schließlich doch ins Bett abgezogen. Und eingeschlafen. Nach einer Weile. Ich hatte damals Schwierigkeiten mit dem Einschlafen. Es war erst ein Jahr her, dass Elsy nicht mehr da war, sie starb ja so früh, war erst dreiundfünfzig. Und unsere Jungen waren auch schon seit Jahren ausgeflogen. Der eine in Svenstavik, der andere in Sundsvall. Ich war es nicht gewohnt, allein zu sein, und es wurde mit der Zeit auch nicht besser, es fiel mir schwer einzuschlafen…«

Er holte tief Luft.

»Und als ich dann gehört habe, was passiert ist…«

Er schüttelte den Kopf.

»Das war eine Teufelsgeschichte. Man dachte hinterher ja… Wäre ich doch einfach noch einen Augenblick länger stehen geblieben… Oder wenn Bella, meine Jämtlandshündin, noch da gewesen wäre, hätte sie bestimmt angeschlagen, wenn dort draußen Fremde gewesen wären…

Aber, aber hinterher denkt man immer an so vieles. Und dann ist es zu spät.«

Er schwieg für einen Moment. Holte dann erneut Luft, so als würde er Anlauf nehmen, als wäre er endlich bei dem angekommen, was er eigentlich erzählen wollte. Und als er wieder zu sprechen begann, war seine Tonlage viel höher, aufgeregt und beinahe aggressiv.

»Und dann, ein halbes Jahr später, kurz vorm Winter, da stand er mit einem Mal da, Sjödin!«

Er fuchtelte heftig mit der Faust in Richtung Tür.

»Er kam nicht rein, stand nur in der Tür. ›Es ist am besten, wenn Sie alles erzählen, Westling. Was passiert ist, und was Sie mit ihr gemacht haben. Sie werden nicht davonkommen. Dafür werde ich schon sorgen.‹«

Er atmete schwer.

»Verdammt! Ich konnte nicht glauben, was ich da hörte! Was er da sagte. Anna ist bei uns ein und aus gegangen, seit sie ein kleines Kind war. Sie war in der Küche, wenn Elsy Plätzchen gebacken und den Haushalt gemacht hat. Ja, sie war zu der Zeit hier eher zu Hause als oben bei den Sjödins. Und mit Carina, ihrer Halbschwester, war es genau dasselbe. Unser einer Junge und Carina waren im selben Alter. Und dann kam Anna hinterher, immer den Großen auf den Fersen, wie ein Hundewelpe.«

Wieder holte er pfeifend Luft.

»Ich war wie versteinert. Konnte mich nicht mehr rühren. Ich hätte ihn eigentlich hochkant rausschmeißen müssen! Aber es war wie … Ja, ich konnte es einfach nicht fassen, was er da gesagt hatte …«

Er verstummte, stützte sich an der Spüle ab. Olle Ivarsson schnitt eine Grimasse und hob die Hand.

»Er war nicht mehr er selbst«, sagte er versöhnend. »Und er wurde auch nicht mehr der Alte. Das wissen Sie doch, oder? Und Sie waren auch nicht der Einzige, den es erwischt hat. Sie waren in guter Gesellschaft, so gut wie die Hälfte des Ortes war dran.«

Westling zuckte leicht mit den Schultern.

»Natürlich weiß ich das. Aber es tat trotzdem weh. Und tut es noch heute. Nichts wurde wieder so wie früher. Dass er tatsächlich so etwas von einem glauben konnte. Und nicht nur er.«

Er ließ seinen Blick auf Olle Ivarsson ruhen.

»Ja, ehrlich gesagt, haben Sie doch auch nicht geglaubt, was ich gesagt habe, oder? Es war, als wäre da immer ein Verdacht geblieben. Und das mit dem Auto, von dem ich erzählt habe, da haben Sie einfach nur abgewinkt …«

Olle Ivarsson sah den alten Mann zunächst verständnislos an, dann nickte er. »Ach so, ja das. Nun, das hatte wohl weniger damit zu tun, dass wir Sie verdächtigt haben, soweit ich mich daran erinnere. Sie waren sich selbst nicht mehr so sicher darüber, was Sie nun gehört hatten. War das nicht so?«

Einar Westling schnaubte vernehmlich.

»Sicher? Natürlich war ich sicher, was ich gehört habe. Ich sagte nur, dass ich nicht wüsste, ob es was mit der Sache zu tun hätte. Aber gehört habe ich es. Ich bin nicht taub und war es auch damals nicht!«

John Nielsen beugte sich nach vorne und schaltete sich in das Gespräch ein.

»Was haben Sie gehört? Ein anderes Auto, nicht das, in dem Anna-Greta nach Hause kam?«

Westling ging zurück zum Küchentisch und ließ sich schwer auf einen der Stühle fallen. Sein Gesicht war grau, auf der Stirn standen Schweißperlen. Sowohl sein Alter als auch die Erregung schienen ihren Tribut zu fordern. Dennoch fuhr er mit seinem Bericht unbeirrt fort.

»Es war einige Stunden zuvor gewesen. Ich lag in meinem Bett und habe nachgedacht. Ich hatte, wie gesagt, Schwierigkeiten einzuschlafen. Und da habe ich es gehört. Es klang, als würde jemand draußen am Waldrand entlangfahren, den Berg hinauf zur Kuppe ... Ja, Sie müssen wissen, dass es damals hier ganz anders ausgesehen hat.«

Er nickte hinüber zum Rathaus, das am Ende der Straße dunkel zu sehen war. »Jetzt ist man damit beschäftigt, hinter jeden Busch ein Haus zu bauen. Alles wird asphaltiert und man hat Straßenlaternen aufgestellt. Die Leute fahren rund um die Uhr hier lang. Es ist wie in der Stadt. Damals gab es nur Sjödins Haus und unseres. Und dieser kleine Weg hier endete dreihundert Meter weiter weg. Aber es gab einen neuen Waldweg weiter östlich, den man ein paar Jahre zuvor abgeholzt hatte. Und dann gab es noch einen alten, schlechten Fahrweg von Burberge hinunter, hierher. Steinig und zugewachsen war er, eigentlich für Pferde, aber wenn man nicht so um seine Achsen und Stoßdämpfer besorgt war, dann konnte man sich von dort ohne weiteres hinunterschlängeln. Und von dort kamen die Geräusche. Ich lag im Bett und habe gehorcht und hatte vor aufzustehen, wenn er vorbeikommen würde. Nur um zu sehen, was für ein Idiot durchs Gebüsch fährt, quer durch den Wald! Aber dann war es auf einmal still, und ich dachte mir: ›Aha, das ist also so ein Jungspund, der dort draußen mit seinem Mädchen durch den Wald fährt. Dann wird er dort sicher noch eine Weile bleiben.‹ Und dann bin ich wieder eingeschlummert. Bis die Jugendlichen – also, Anna und die anderen – auftauchten. Ja, einen Moment lang habe ich sogar gedacht, sie seien es dort oben im Wald gewesen.«

Er verstummte erschöpft. John Nielsen wartete einen Augenblick.

»Aber Sie haben es nicht noch einmal gehört? Das andere Auto?«, fragte er schließlich.

Westling starrte nachdenklich vor sich hin.

»Ja, das war es doch. Ich dachte, ich hätte noch etwas gehört, wie der Wagen oben in den Bergen wieder startete. Und wegfuhr. Das war einige Zeit später. Aber da lag ich wieder im Bett und habe geschlafen. Endlich! Ich habe das im Halbschlaf gehört. Und später konnte ich nicht mehr mit gutem Gewissen sagen, dass es wirklich so war…«

Er räusperte sich und warf Olle Ivarsson einen scharfen Blick zu.

»Aber, dass ein Auto früher am Abend – oder vielmehr in der Nacht – durch den Wald gefahren kam, das weiß ich, daran gibt es keinen Zweifel! Das kann ich auch heute noch beschwören.«

»Ein anderes Auto, am selben Abend? Davon haben Sie überhaupt nichts gesagt. Und ich erinnere mich auch nicht, dass es irgendwo in den Akten steht!«

Sie waren auf dem Weg zurück in den Ort. Olle Ivarsson fuhr langsam, steuerte vorbei an den modernen Rüttelschwellen vor den neu errichteten Reihenhäusern und biss sich nachdenklich auf die Lippe.

»Nein, ich kann mich nicht recht daran erinnern… Aber als er das erzählte… Doch, ich erinnere mich, dass es Gerede gab über das Auto, das er angeblich gehört haben will.«

»Dem wurde nie nachgegangen?«

»Wie denn? Wie hätte das denn gehen sollen? Es hätte doch alles Mögliche sein können. Ein Motorengeräusch etliche Kilometer entfernt. So hellhörig, wie das in den Sommernächten sein kann. Es wurde wohl aussortiert, so einfach ist das. Damit wir Zeit hatten für Dinge, die wichtiger schienen.«

»Er klang ja seiner Sache sehr sicher.«

Olle Ivarsson stieß ein kurzes Lachen aus.

»Ich bezweifle, dass er sich heute noch so gut erinnert wie damals!«

»Sie glauben ihm also nicht?«

»Mit dem Glauben ist das so eine Sache ... Sehen Sie es doch mal so. Westling war wohl einer von denen, die es am härtesten erwischte, als das Gerede losging. Er war der nächste Nachbar. Er hat sie zuletzt gesehen. Außerdem war er Witwer und wohnte alleine. Es gab einige, die auf ihn gewettet haben. Und es noch immer tun. Das hat seitdem in ihm gearbeitet und genagt.«

John Nielsen nickte.

»Obwohl seine Aussage doch gut zu Ihrer Theorie passt, dass es jemand war, den sie treffen wollte, auf den sie gewartet hat?«

»Vielleicht. Auf der anderen Seite macht sich Einar Westling damit selbst auch verdächtig. Er war jemand, den sie gut kannte. Keiner, bei dem sie gezögert hätte, wenn er sie zu sich gerufen hätte.«

»Dann glauben Sie also, dass an dem Gerede etwas dran ist?«

Olle Ivarsson winkte ab.

»Nein. Ich meine nur, dass eine Vermutung so gut ist wie die nächste. Und vielleicht sollte man endlich aufhören mit dem Herumspekulieren. Es reicht jetzt. Oder was meinen Sie?«

Bereits am Abend begriff Nielsen, dass er nicht hätte bleiben sollen, sich nicht hätte überreden lassen sollen.

Er wanderte im Haus umher. Vom Wohnzimmer, in dem sich Olle Ivarsson vor dem Fernseher platziert hatte, ging er hinaus in die Küche und starrte aus dem Fenster auf die menschenleere Straße. Dann kehrte er ins Wohnzimmer zurück und blieb mitten im Raum stehen, verfolgte die Bilder auf dem Fernsehapparat, ohne sich auf deren Inhalt konzentrieren zu können. Er war unruhig. In seinem Körper wuchs Unbehagen.

Der Polizist – mittlerweile mit einem Trainingsanzug bekleidet, der nach Achtzigern und Campingplatz schrie – warf ihm einen irritierten Blick zu. »Könnten Sie vielleicht so freundlich sein und sich für einen Moment hinsetzen? Oder ist das zu viel verlangt?«

Er zuckte mit den Achseln, ohne zu antworten. Dann ging er wieder in die Küche und trat ans Fenster. Er fühlte sich eingesperrt, bewacht. Diese Enge irritierte ihn, machte ihn wütend. Er hätte es sich denken können, er wusste, dass es ihm immer schwerer fiel, damit zurechtzukommen, wenn jemand zu nahe an ihm dran war, wenn er gezwungen war, sich jemandem anzupassen.

In der dunklen Fensterscheibe sah er Ivarssons regungsloses Spiegelbild vor dem Bildschirm. Der Trainingsanzug ließ ihn dünner und älter aussehen. Ein einsamer Greis vor der Flimmerkiste. Nielsen hob den Blick und ließ ihn über die Ortschaft schweifen. Von diesen gab es hier sicherlich einige, dachte er. Einsame Männer in einsamen Häusern, die auf das Flimmern ihrer Bildschirme starrten.

Oder er irrte sich, setzte er seinen Gedanken fort. Möglicherweise führte man ein reiches Leben hier oben, die Alten wie die Jungen. Er wusste es nicht. Er wusste eigentlich nichts über das Leben hier.

Er starrte weiter in die Dunkelheit, konnte die bewaldeten Hügel dort draußen erahnen. Ein Berg neben dem nächsten. Struppige Konturen unter einem tiefen Himmel. Er schüttelte sich missmutig. Nein, das war nicht seine Landschaft. Wie viele Wochen würde es wohl dauern, ehe er hier vollkommen verrückt geworden wäre? Ehe er sich in Grund und Boden gesoffen hätte und vor einem Supermarkt, vor Ica oder Konsum, halb nackt und grölend aufgetaucht wäre. Oder einfach in einem der Kiefernwälder verschwunden wäre, die sich entlang dieser Straßen ausbreiteten und vermutlich nirgendwohin führten ... Das Bild von Anna-Greta Sjödin tauchte vor ihm auf. Wie sie vor ihrem Elternhaus stand, der Blick dem Auto folgend, das die Straße hinunter verschwand. Die steinerne Villa über ihr, dunkel, etwas Unheil verkündend, wie sie sich da an den Hang zu klammern schien. Und Westlings Haus auf der anderen Straßenseite, das Küchenfenster verlassen, da der Besitzer – wahrscheinlich – schon wieder zu Bett gegangen war.

Was war dann geschehen? War sie stehen geblieben und jemand war aufgetaucht und hatte sie gerufen? Jemand, den sie kannte und den sie überrascht grüßte? Oder war sie an Westlings Haus vorbeigegangen, zum Waldweg, wo sie bereits jemand erwartete?

Er kehrte zurück ins Wohnzimmer, sank ins Sofa und schielte auf den Bildschirm, wo man beim Wetter angelangt war.

»Sie haben nicht zufällig etwas zu trinken im Haus?«, fragte er.

Ivarsson winkte abwehrend mit der Hand, während er gespannt der Wettervorhersage folgte, als würde es sich dabei um die Auflösung einer spannenden Serie handeln. Schließlich stellte er die Lautstärke mit der Fernbedienung leiser und wandte sich um.

»Wasser, tut es das auch?«, antwortete er.

John Nielsen betrachtete ihn misstrauisch.

»Sie haben nicht ein einziges, vereinsamtes Bier?«

Ivarsson schüttelte den Kopf und schnaubte. »Warum

sollte ich?«, erwiderte er. »Ich habe nie getrunken, begreife nicht, wofür das gut sein soll.«

Nielsen schenkte ihm ein Lächeln. »Die Menschen haben schon immer getrunken. Seit der Zeit, als wir von den Bäumen gesprungen sind. Darum haben wir den Ackerbau erfunden, wussten Sie das nicht?«

»Das ist nicht wahr«, sagte Ivarsson zugeknöpft. »Und wenn doch, dann ist das wohl kaum ein Grund, das fortzuführen. Im Gegenteil. Wir hätten im Laufe der Zeit eigentlich klüger werden müssen, könnte man meinen. Oder etwa nicht?«

Nielsen blieb eine Weile im Sofa sitzen, dann zuckte er mit den Schultern und erhob sich. »Ich gehe eine Runde«, sagte er. »Ich muss mich bewegen.«

Er trat in den Flur, nahm seinen Mantel vom Haken und hörte, wie Olle Ivarsson etwas von seinem Platz vor dem Fernseher grummelte, ehe er die Tür aufmachte und hinaus in die kalte Abendluft schritt.

Er hatte keine Schwierigkeiten, ihn zu finden. Schon am Morgen hatte er das Schild registriert. Pizzeria-Pub. Nun folgte er einfach der Hauptverkehrsader der Ortschaft, der E 14 zwischen Sundsvall und Östersund, die hier vorbeiführte.

Die Neonbeleuchtung war außer Betrieb, was dem Lokal aus der Entfernung einen geschlossenen Eindruck verlieh. Aber ein lärmender Haufen Jugendlicher im Eingang ließ ihn erleichtert aufatmen. Er ging ins Lokal, das aus einem kleinen Restaurantbereich und einer noch kleineren Bar bestand. Er entschied sich für die etwas dunklere Bar, zwängte sich an den Tresen und bestellte ein Bier, legte seinen Mantel ab und suchte nach einer Möglichkeit, um ihn aufzuhängen.

66

Er spürte die Blicke, die sich auf ihn richteten, wusste, dass er aus der Menge hervorstach, wie er da mit seinem Mantel über dem Arm stand. Ein Fremder in mittlerem Alter, den man nicht so richtig einordnen konnte. Dennoch fühlte er sich wohl, entspannt, wie immer in so einem Milieu. Er kannte sich aus mit Kneipen, hatte den Eindruck, er habe den Großteil seines Erwachsenenlebens dort verbracht. Was er auch tatsächlich getan hatte, dachte er mit einem Lächeln.

Was dann geschah überrumpelte ihn völlig, etwas, woran er nicht im Traum gedacht hatte.

Er hatte einen Schluck Bier genommen und das Glas auf den Tresen gestellt, als ihn ein gewaltiger Stoß in den Rücken vornüber auf den Boden warf. Er landete auf den Knien, schnappte nach Luft und war zunächst nicht in der Lage zu begreifen, was da vor sich ging. Langsam rappelte er sich auf und drehte sich um.

Der Angreifer stand ein paar Meter entfernt, lässig an den Tresen gelehnt und würdigte ihn keines Blickes. Helles, kurz geschnittenes Haar. Der kräftige Oberkörper verriet regelmäßiges Krafttraining. Er wirkte nicht betrunken. Als er sich schließlich zu Nielsen umdrehte, lag in seinem Blick eine Mischung aus Wachsamkeit und Erwartung.

»Du musst verdammt noch mal aufpassen und den Leuten nicht im Weg rumstehen. Hat man dir das nicht beigebracht? So was kann böse enden.«

John Nielsen holte tief Luft und schüttelte den Kopf. Das ist es nicht wert, sagte er sich. Er sollte sich umdrehen und gehen. Sich nicht in so etwas hineinziehen lassen. Aber die Wut, die plötzlich in ihm aufstieg, sprach eine andere Sprache.

»Du solltest überhaupt gar nicht hier sein«, setzte der andere fort. »Du gehörst hier nicht her.«

Nielsen antwortete nicht, sondern tat einen schnellen Schritt nach vorne, packte den Mann, zog ihn zu sich und versetzte ihm einen Kopfstoß mitten ins Gesicht. Der Mann taumelte nach hinten, die Hand vor der Nase. Nielsen folgte ihm, zog die Schultern nach hinten und holte in dem Moment zu einem flachen Schlag aus, als der andere seine Hand sinken ließ. Er traf ihn seitlich am Kiefer. Der Mann schien für einen Augenblick in der Luft zu hängen, ehe seine Beine nachgaben, er rücklings fiel und gegen die Wand hinter ihm schlug.

Nielsen blieb einen Moment lang keuchend über ihn gebeugt stehen. Dann drehte er sich abrupt um, ging zurück und hob seinen Mantel auf, der auf den Boden gefallen war. Er warf noch einen Blick zu dem Kurzhaarigen, der regungslos dalag und dem das Blut aus seiner gebrochenen Nase tropfte. Sein Atem klang verstopft und zischend. Er wandte sich an den Mann hinter dem Tresen – den Besitzer, wie er vermutete –, der die ganze Zeit bewegungslos zugesehen hatte.

»Holen Sie jemanden, der ihn sich ansieht«, sagte er.

Der Mann reagierte nicht, wich seinem Blick nervös aus.

»Haben Sie gehört, was ich gesagt habe?«, sagte er etwas schärfer. »Sehen Sie zu, dass…«

»Ja, ja, ich hab's verstanden«, unterbrach er ihn mit gequälter Stimme. »Gehen Sie jetzt, damit es nicht noch schlimmer wird. Gehen Sie!«

Nielsen sah sich im Lokal um. Es war ganz still geworden, das Gemurmel war fast gänzlich verstummt. Er spürte, dass etwas in der Luft lag, dass sich ein Gewitter zusammenbraute. Rückwärts ging er zur Tür, stieß sie auf und trat hinaus. Mit schnellen Schritten ging er die Straße hinunter. Ab und an horchte er angestrengt und schielte nach hinten. Aber niemand folgte ihm.

Er verringerte sein Tempo und sog tief die Luft ein. Die blinde Wut war verklungen, zurückgeblieben war nur ein Gefühl von Erschöpfung und Unbehagen. Er schüttelte den Kopf. In was war er da wieder hineingeraten?

Olle Ivarsson hörte sich seinen Bericht an und beobachtete den anderen mit blinzelnden Augen.

Dann lachte er kurz auf.

»Er wusste offenbar nicht, mit wem er sich da einlässt.«

John Nielsen hob eine Augenbraue. »Was meinen Sie damit?«

»Na, was glauben Sie?«, erwiderte Ivarsson mit einem Schnauben.

Nielsen sah ihn an. »Ach so, Sie haben sich auf meinen Besuch gut vorbereitet?«

Der Polizist nickte. »Das kann man wohl sagen. Glauben Sie, ich setze mich mit einem von der Presse hin, ohne zu wissen, was das für einer ist? Sie haben ja anscheinend so einiges auf dem Kerbholz. Autodiebstahl, Einbruch und versuchter Raubüberfall sowie eine ganze Latte von Körperverletzungen. Und das in kürzester Zeit. Ungefähr im Alter von siebzehn bis zwanzig.«

»Ich habe dafür gesessen«, sagte Nielsen mit einem Lächeln.

Dann schüttelte er den Kopf. »Das ist nichts, worauf ich besonders stolz bin. Aber auch nichts, was ich unter den Teppich kehre. Ich war dumm, wie man das so ist in diesem Alter. Ich hatte nicht begriffen, dass sich Verbrechen nicht lohnen. Zumindest nicht diese kleinen. Aber meistens habe ich mich ja geprügelt. Und habe eins aufs Maul bekommen. Unter anderem auch von euch Burschen. Ich hatte ziemlich viel Glück, dass es heute nicht so endete. Aber er wurde zu selbstsicher. Hatte nicht damit gerechnet, dass so ein Opa ihm Schwierigkeiten bereiten könnte.«

»Was hatten Sie da überhaupt verloren?«, fragte Ivarsson mit aufgebrachter Stimme. »Dieser Laden ist ein verdammtes Rattennest. Zieht den Dreck aus allen Ecken an.«

»Passieren solche Sachen hier häufiger?«, fragte ihn Nielsen.

Ivarsson sah ihn eine Weile nachdenklich an.

»Dass Leute ohne Grund angegriffen werden? Nein, das kann ich nicht behaupten. Meistens sind es Streitereien im Suff, zwischen Leuten, die sich kennen.«

»Haben Sie eine Ahnung, wer das gewesen sein könnte?«

Ivarsson zog eine Grimasse. »Das ist schwer zu sagen. Wie gesagt, die können von weither kommen. Aber keine Angst. Ich sorge dafür, dass man sich dieses Loch ein bisschen genauer ansieht...«

»Nein, lassen Sie das«, unterbrach ihn Nielsen. »Ich möchte nicht, dass Sie irgendetwas unternehmen. Ich will nicht, dass da herumgeschnüffelt wird. Außerdem bin ich morgen doch schon wieder weg.«

»Deswegen?« Ivarsson runzelte die Stirn. »Glauben Sie, dass es jemand auf Sie abgesehen hatte? Persönlich?«

John Nielsen zuckte mit den Achseln. »Nein, das wäre vielleicht ein wenig an den Haaren herbeigezogen, oder?«

Er warf Ivarsson einen flüchtigen Blick zu. »Aber ich habe keine Veranlassung zu bleiben. Es ist ja eine alte Geschichte, und es gibt keinen gewichtigen Grund, sie weiter zu verfolgen. Ich wollte ja nur die Stimmung hier einfangen.«

Er lachte. »Und das habe ich getan, kann man wohl sagen!«

Fast ein ganzes Jahr war seit seinem Besuch in Bräcke vergangen. Und schon knapp eine Woche seit ihrem letzten

70

Telefongespräch. Es stand nichts in den Zeitungen, kein einziger Hinweis. Und noch keine Rückmeldung von Olle Ivarsson.

Endlich, spät am Dienstabend, klingelte das Telefon. Es war Ivarsson. Seine Stimme klang müde und bedrückt.

»Sie ist es. Wir haben jetzt eine eindeutige Identifizierung mithilfe des Zahnstatus. Wir haben auch den Ort ausfindig gemacht, an dem sie begraben war. Nicht weit entfernt von der Stelle, an der dieser Wahnsinnige auf den Weg gesprungen ist. Und das ist noch nicht alles. Wir haben noch zwei weitere Gräber gefunden. Ein paar hundert Meter vom ersten Fundort entfernt. Einer der Hundeführer hatte eine Runde mit seinem Hund gedreht und ist darauf gestoßen. Unglaublicher Zufall. Sie lagen ziemlich nahe an der Oberfläche. Das Tauwetter hat den Boden im Laufe der Jahre abgetragen. Ein Knochen stak aus dem Gebüsch hervor. Man konnte das kaum sehen, wenn man nicht wusste, wonach man suchte.«

John Nielsen beugte sich vor, drückte den Hörer fester ans Ohr. »Machen Sie Witze?«, fragte er.

»Finden Sie, dass das hier wie ein Scherz klingt?«

Ivarsson klang zunehmend irritierter. Nielsen sagte eine Weile nichts.

»Sie haben keine Ahnung…«, fing er an zu fragen, aber Ivarsson unterbrach ihn barsch.

»Nein, wir haben keine Ahnung, wer sie sein könnten. Noch nicht. Auch nicht, wie lange sie schon dort gelegen haben. Aber es ist, glaube ich, nicht allzu verwegen anzunehmen, dass sie aus derselben Zeit stammen.«

»Meinen Sie, dass es da eine Verbindung gibt? Zu Anna-Greta Sjödin?«

Es war einen Augenblick lang still, ehe der Polizist antwortete.

»Ja, was glauben Sie denn? Wir haben die Skelette von drei Personen, die tief im Wald in einer Entfernung von wenigen hundert Metern voneinander vergraben sind. Welchen Schluss würden Sie daraus ziehen? Dass es da eine Verbindung gibt, oder dass es zu einem Volkssport geworden ist, genau an der Stelle Leichen zu vergraben?«

Er beherrschte sich wieder und schwieg für ein paar Sekunden.

»Da gibt es noch etwas«, sagte er schließlich. »Wir haben die Köpfe der anderen beiden nicht gefunden.«

»Geköpft?«, sagte Nielsen.

»Genau das. Wir wissen noch nicht, ob das erst nach ihrem Tod erfolgte. Aber es ist wohl am wahrscheinlichsten. Um die Identifizierung zu erschweren.«

Nielsen saß wortlos da.

»Ich komme«, sagte er dann.

Das Feuer

Wer wusste schon, wer er war? Auf jeden Fall nicht diese grunzenden, sabbernden Geistesgestörten am anderen Ende des Parks.

Er senkte die Zeitung und beobachtete sie. Der eine trampelte unentwegt auf einer Stelle und wiegte sich dabei vor und zurück und stieß kleine glucksende Schreie aus. Ein anderer versuchte die ganze Zeit auszubüchsen, wurde wieder eingefangen und zur Gruppe zurückgebracht. Übergewichtig waren sie, fleischig und aufgedunsen. Sie waren keine richtigen Menschen, fand er. Eine Art Müll, Abfallprodukte. Etwas, das durch ein Versehen entstanden ist und eigentlich hätte entsorgt werden müssen. Sicherlich, einige von ihnen sahen fast normal aus, aber es gab immer ein kleines Detail, das sie entlarvte, etwas Verzerrtes, Ungesundes, das verriet, was sie wirklich waren.

Also, bestimmt nicht diese Schwachköpfe. Oder warum gerade nicht sie? Vielleicht wussten sie mehr als andere. Spürten, witterten etwas, wie Tiere. Ganz zu Anfang war einer von ihnen zu ihm gekommen. Er hatte sich ruckweise genähert, vorsichtig seine Hand ausgestreckt und wollte ihn berühren. Er war regungslos sitzen geblieben, wie hypnotisiert von diesem geistlosen, verschwommenen Blick, der ihn abtastete, während die fleischige Hand immer näher kam.

Eine junge Frau war aufgetaucht, hatte die unförmige Ge-

75

stalt an die Hand genommen und sie hinter sich hergezogen.

»Er ist nur sehr kontaktfreudig, sehnt sich nach Gesellschaft und will allen Guten Tag sagen«, sagte sie mit einem entschuldigenden Lächeln.

Er hatte sich nach vorne gebeugt, ihr Lächeln erwidert und ihr in die Augen gesehen.

»Wäre es nicht einfacher, man würde diese Kreaturen an die Leine nehmen? Wenn man sie schon unbedingt unter Leute lassen muss«, sagte er nach einer Weile mit seiner hellen, tonlosen Stimme.

Sie war zusammengezuckt und ihr Lächeln verschwand. Abrupt hatte sie sich umgedreht und war losgestiefelt, Nacken und Rücken steif vor Entrüstung. Von diesem Zeitpunkt an hatte er seine Ruhe. Sie sorgten an den Tagen, an denen er im Park auftauchte und sich auf der Bank an der Straße niederließ, dafür, dass sie sich am anderen Ende der Anlage aufhielten.

Woher kamen sie? Von irgendeinem Heim, nahm er an. Gab es so etwas hier in der Nähe? Wie wohnten und lebten sie? Er versuchte sich Einzelheiten ihres Lebens vorzustellen, aber ohne Erfolg. Das Einzige, was er vor seinem inneren Auge sah, waren diese gestörten Bewegungen, wie jemand sich an den Wänden eines zu kleinen Raumes entlangtastete, wie in einem Käfig. Vor und zurück nach einem Ausgang suchend...

Sie ekelten ihn an. Ihre Laute und Bewegungen. Die Gerüche ihrer Körper. Dennoch zog es ihn dorthin. Er verspürte eine merkwürdige Ruhe, wenn er sie beobachtete. Sie verstellten sich nie. Sie waren sie selbst und nichts anderes. Er senkte wieder den Blick und las weiter. Er hatte die Artikel über den Leichenfund aufgeschlagen, große, dicke Überschriften: »Ein Monster aus der Vergangenheit?« –

»Massengrab im Wald. Wie viele werden sie noch finden?«
Methodisch las er alle Zeitungen durch, schmunzelte zwischendurch über die verschiedenen Theorien, die aufgestellt wurden, die eine weiter hergeholt als die andere. Oder vielleicht auch nicht weit genug.

Er warf einen Blick auf die verschiedenen Verfasser der Artikel. Nielsens Name war nicht darunter, was er auch nicht erwartet hatte. Nicht wenn es sich um diese Art von Sensationsjournalismus handelte. Anscheinend schrieb er nur als Freier und nur größere, ausführliche und gründlich recherchierte Artikel. Aber immer seltener, schien es. Einen Augenblick überlegte er, wie Nielsens finanzielle Situation wohl aussah. Konnte er von dem leben, was er schrieb? Oder hatte er noch andere Einkünfte? Das sollte er vielleicht einmal genauer untersuchen.

Er faltete die Zeitungen zusammen und legte sie beiseite. Mit halb geschlossenen Lidern ging er in Gedanken zurück zu dessen Artikel im April. Er kannte ihn so gut wie auswendig, aber er war nicht mehr an dem Text interessiert. Er wollte sich ein Bild seiner eigenen Reaktionen verschaffen, verstehen, was ihn hatte so handeln lassen, wie er es getan hatte. Was war in ihm vorgegangen, als er ihn zum ersten Mal gelesen hatte?

Ein Beben, erinnerte er sich. Nicht vor Erstaunen. Und nicht vor Angst. Vielmehr vor Erwartung. So als sei endlich etwas eingetreten, worauf er so lange gewartet hatte. Ein Signal, eine Botschaft, die sich nur an ihn richtete.

Rein rational wusste er, dass dem nicht so war, dass es so etwas nicht gab. Wie sollte es möglich sein? Alles war nur genau das, wonach es aussah: Es war ein Artikel über eine Sache, die keinerlei Bedeutung mehr hatte. Über die man sich nicht im Geringsten den Kopf zerbrechen musste.

Dennoch hatte er dieses Gefühl, dass sie auf diesem Weg nach ihm suchte. Plötzlich schüttelte es ihn.

Dieses Beben. Er konnte es noch immer in sich spüren. Als würde ihn jemand heftig rütteln. Immer stärker, damit er aufwachte.

Er kehrte in die Wohnung zurück. Schloss die Tür hinter sich ab und ging zu seinem Schreibtisch. Es war eher eine Art Werkbank, die an der einen Zimmerwand stand. Er nahm den Stapel mit Fotos, der vor dem Computer lag, und breitete ihn vor sich aus. Sie deckten eine Zeitspanne von beinahe zwanzig Jahren ab. Das älteste Bild stammte aus den frühen Achtzigern: Eine lang aufgeschossene Gestalt zwischen zwei stämmigen Polizisten, die nach einer Autojagd gefasst worden war. Die jüngsten hatte er selbst aufgenommen, im Sommer und Herbst, aus großer Entfernung mit einem Teleobjektiv. Nachdenklich musterte er die Fotos. Trotz der altersbedingten Veränderungen – dünnere Haare, die Andeutung eines Doppelkinns, die stärker hervortretenden Falten an Nasenwurzel und Augen – waren die charakteristischen Züge leicht erkennbar, vom ersten bis zum letzten Bild. Die große, ein wenig schiefe Nase, der verbissene Zug um Mund und Kiefer und der forschende, immer etwas misstrauische Blick.

John Lean Nielsen.

Er setzte sich hin und schob die Fotos beiseite. Sie sagten einiges aus, aber noch lange nicht alles. Man musste einen Menschen eine ganze Zeit lang vor sich sehen, um ein einigermaßen gründliches Bild von ihm zu bekommen. Man musste ihn genauestens beobachten, Details registrieren. Die Körpersprache, die Eigenheiten der Mimik, den Laut der Stimme: Schwingungen, Zweifel, Unsicherheit. Kleinigkeiten, an die man oft nicht dachte. Man musste nach

Rissen Ausschau halten, die sich nur für Sekunden öffneten und Dinge offenbarten, die der andere niemals preisgeben wollte.

Noch wusste er zu wenig, stellte er fest.

Er erinnerte sich an ihr kurzes Gespräch. An die Irritation in der Stimme, die Schroffheit, die deutlich machte, wie wenig Lust er hatte, sich weiter zu unterhalten.

Er holte die Kopfhörer hervor, setzte sie auf und machte das Tonbandgerät an, spulte zurück und lauschte gespannt. Er konnte ihn förmlich vor sich sehen, ungeduldig mit den Fingern trommelnd, Grimassen schneidend. Dann spulte er weiter nach vorne zu den jüngsten Aufnahmen, die Gespräche mit Ivarsson.

Hier war der Tonfall ein anderer. Eine Wachsamkeit, ein gespanntes Interesse, die man noch nicht in dem allerersten Gespräch hatte finden können.

Ein missmutiger Zug glitt über sein Gesicht. Er wollte diese Aufmerksamkeit. *Er* sollte sie bekommen, er hatte ein Recht dazu.

Es ging auf drei Uhr zu. Man konnte schon die Dämmerung erahnen. Das Licht verblasste immer schneller, verschwand zunehmend. In wenigen Stunden würde es dunkel sein.

Er stand am Fensterrahmen und sah hinaus auf die Straße. Die meisten Häuser waren renoviert, die Fassaden neu verputzt. Genossenschaftswohnungen sowohl im Vorder- als auch im Hinterhaus. Ein gut situiertes, hell erleuchtetes Viertel. Mit Gegensprechanlagen und Sicherheitsvorkehrungen, die dem Lebensstil der hier lebenden Menschen angemessen waren. Ein Wachdienst machte seine Runden.

Sein Blick wanderte durch die Dunkelheit zwischen den Häusern umher, durch die schmalen Wege und Durch-

gänge. In Gedanken ging er weiter, bis hinaus zu den Rand-
bezirken, zu den heruntergekommenen und zertrampelten
Grasflächen und halb leeren Parkplätzen. Dort, wo die
Dunkelheit die Herrschaft hatte. Sie brachte die Menschen
dazu, schneller zu gehen, ängstliche, unruhige Blicke über
ihre Schultern zu werfen und erleichtert aufzuatmen,
wenn sie in den Schein einer Straßenlaterne bei einer Bus-
haltestelle oder eines U-Bahn-Aufgangs treten konnten.

Er musste unweigerlich lächeln. Er hat sich nie von der
Dunkelheit bedroht gefühlt, hatte nie Angst vor ihr gehabt.
Ja, er kannte Angst überhaupt nicht. Er prüfte den Geschmack des Wortes. Es hatte keinen tieferen Sinn, zumindest nicht für ihn. Wohl kannte er es, dass sich sein Puls be-
schleunigte, wenn etwas Unvorhergesehenes geschah und
in ihm eine Spannung, eine Wachsamkeit und Bereitschaft
wuchs. Aber nichts, was ihn lähmte oder ihm das Signal
für eine überstürzte Flucht gab. Das Gegenteil traf ein. Er
wurde viel gefasster, konzentrierter. Eine Kälte schien das
Geschehen um ihn herum förmlich einzufrieren, so als würden sein Gehirn und alle Sinnesfunktionen mit ungeheuer-
licher Schnelligkeit arbeiten. Die Zeit, die blieb, um Be-
schlüsse zu fassen und zu handeln, war mit einem Mal
unendlich. Dann hatte er das Gefühl, dass er vollkommen
still stehen, alles um ihn herum registrieren und dann fast
in Seelenruhe zwischen den verschiedenen Möglichkeiten
wählen konnte.

Man konnte seine Reaktionen irrtümlicherweise auch
als Unsicherheit und Verängstigung interpretieren.

Der Mann, dessen Namen er jetzt trug, hatte das getan.
Hatte ihn als Opfer gesehen, als eine leichte Beute. Jemand,
den man für seine Zwecke benutzen, ausnutzen konnte.
Nie war ihm der Gedanke gekommen, dass es andersherum
war. Dieses selbstgefällige Grinsen, das plötzlich erstarb,

80

als er endlich begriff, was gleich geschehen würde…

Er schob auch dieses Bild beiseite. Einen Augenblick lang überlegte er, was sein nächster Schritt sein würde, beschloss dann aber, erst einmal nichts weiter zu unternehmen. Nur zu warten. Zu beobachten. Von weitem.

Er dachte an die Spur, die er gelegt hatte. Es war eher eine Einladung gewesen. Warum hatte er das getan?

Er schloss die Augen und blieb regungslos stehen. Das war ihr Werk, dachte er plötzlich. Sie wollte nicht ein zweites Mal vergessen werden.

Olle Ivarsson sah noch magerer aus als beim letzten Mal. Sein knochiges Gesicht wirkte ausgemergelt. Die Augen hatten sich tief in die Höhlen zurückgezogen. Sein langer Körper war in einen dunkelmelierten, maßgeschneiderten Mantel gehüllt, das graue Haar zurückgekämmt, als er unbeweglich in der kleinen Ankunftshalle stand und den Strom der Reisenden starr fixierte. Er hatte etwas von einer gut gekleideten Vogelscheuche, dachte Nielsen und musste lächeln.

Er ergriff die ausgestreckte Hand und nickte in Richtung Mantel.

»Sie sind in Zivil, wie ich sehe.«

Olle Ivarsson legte den Kopf schief. »Ach, das sieht man?«

»Sie könnten auf dem Weg zum Rotary Club sein«, erwiderte Nielsen.

»Oder zu einer Beerdigung«, sagte Ivarsson lakonisch, nahm Nielsens Tasche, drehte sich um und ging hinaus zum Wagen, der quer auf einem Taxistand geparkt war. Er deponierte die Tasche im Kofferraum, schob sie so lange hin und her, bis er fand, dass sie richtig lag, und schlug die Klappe zu.

»Es hat sich jetzt wieder beruhigt«, sagte er, als sie sich ins Auto gesetzt hatten. »In den ersten Tagen wimmelte es hier oben von Menschen. Dann ließ es nach. Der Neuigkeitswert hat ziemlich schnell wieder abgenommen. Und das ist ein großes Glück.«

82

John Nielsen nickte. Er hatte eine ganze Woche noch gewartet, ehe er den Flug genommen hatte. Und vorrangig aus diesem Grund. Er wollte in der Lage sein, sich im Ort zu bewegen, ohne an jeder Ecke einem seiner sensationshungrigen Kollegen zu begegnen, die ihn unentwegt nach Hintergrundinformationen ausfragen würden.

»Haben Sie etwas Neues herausgefunden?«, fragte er, während der Wagen sich in die Schlange einreihte, die den Flugplatz verließ.

»Nicht viel mehr, als Sie bisher in den Zeitungen lesen konnten. Dass es lange her ist. Alle drei Verbrechen. Gleiche Tatzeit. Die Pollenanalyse und ein paar andere Untersuchungen haben ergeben, dass man wohl sagen kann, dass sie alle zu ein und demselben Zeitpunkt geschehen sind. Zumindest, dass sie zeitgleich vergraben wurden.«

»Und Sie wissen noch nichts Neues über die beiden anderen Leichen?«

Olle Ivarsson räusperte sich. Seine Stimme bekam einen offiziellen, leicht dozierenden Tonfall.

»Eine männliche Person, etwa zwischen zwanzig und dreißig Jahre alt sowie eine Frau, anscheinend etwas älter. Es ist wahrscheinlich, dass sie Kinder bekommen hat. Beim Mann fanden sich eine Reihe von verheilten Knochenbrüchen. Er hat offenbar einiges mitgemacht in seinem Leben. Beide Leichen waren nicht besonders tief vergraben. Lediglich eine Lage Steine und Torf bedeckten sie. Keine Reste von Kleidungsstücken. Sie müssen nackt gewesen sein, als sie vergraben wurden. Die Todesursachen? Beide waren geköpft, was jedoch – wie bereits vermutet – erst nach Eintritt des Todes erfolgte. An beiden Skeletten fanden sich im Brustbereich Spuren eines scharfen Gegenstandes – von einem Messer nehmen wir an. Sie wurden vermutlich mit einer Anzahl von Messerstichen in die Brust getötet. Beim

Mann entdeckten wir darüber hinaus noch Spuren im Beckenbereich. Ja, hier liegt der Verdacht nahe, dass er womöglich kastriert wurde, oder etwas Ähnliches...«

Er schwieg einen Moment lang.

»Was Anna-Greta Sjödin betrifft, war ihr Skelett ja vollkommen zertrümmert, aber auch dort ließen sich dieselben Spuren an Brustkorb und Brustbein finden. Ferner noch eine Verletzung am oberen Teil des Schlüsselbeins. Es scheint, dass sie ebenfalls mehrere Messerstiche in den Brustbereich, aber auch einen im Halsbereich erhalten hat. Vielleicht ist ihr ganz einfach die Kehle durchgeschnitten worden.«

Er verstummte, konzentrierte sich aufs Fahren.

Auch John Nielsen saß schweigend neben ihm, schüttelte dann den Kopf. »Eine Schlachtung«, stieß er schließlich mit heiserer Stimme hervor.

Olle Ivarsson nickte.

»Ja, das kann man wohl sagen. Und das Schlimmste ist, dass man nichts mehr tun kann. Diese Taten sind alle schon längst verjährt.«

Er rieb sich die Nasenwurzel, schien zu überlegen.

»Eine merkwürdige Geschichte«, sagte er dann mit einem Seufzer. »Und das ist leider noch nicht alles. Kennet Eriksson – einer der Männer, die da oben beim Raggbergskläppen dabei waren – hat sich in Luft aufgelöst.«

John Nielsen starrte ihn an. »Was meinen Sie damit?«

»Genau das, was ich sage. Er ist weg. Hat sich letzten Samstag aus dem Staub gemacht, scheint es. Einen Tag, nachdem es passiert ist.«

Er schwieg einen Augenblick lang und blinzelte auf die Fahrbahn.

»Er war auch einer von denen, die wir verhört haben, als Anna-Grete Sjödin verschwand.«

Olle Ivarsson fuhr stürmisch. Fast unablässig klebte er auf dem Mittelstreifen und überholte bei der kleinsten Möglichkeit sofort. Jedes Mal, wenn er gezwungen wurde, das Tempo zu drosseln und in der Schlange zu verharren, schimpfte er.

»Bauern! Und Rentner. Die sollten sich an ihre Traktoren halten. Oder an die Fahrbereitschaft für Behinderte.«

John Nielsen warf einen schnellen Blick auf das Tachometer.

»Haben Sie hier oben keine Geschwindigkeitsbeschränkungen?«

Ivarsson grinste. »Nein. Zumindest keine, die gelten. Das hat mit der Politik für dünn besiedelte Gebiete zu tun. Die Leute müssen von hier doch so schnell wie möglich abhauen können!«

John Nielsen schüttelte den Kopf und sah aus dem Fenster. Der Himmel war klar und blau, die fahle Sonne stand über den gewaltigen Bergrücken. Auf den Bäumen lag Raureif, und am Wegesrand sammelten sich struppige Haufen von verwelktem Gras. In regelmäßigen Abständen tauchte auf der Straßenseite die schwarzblaue Seenlandschaft auf. Eine trostlose Landschaft, trotz der Häuser, die sich hier und dort zu winzigen Ortschaften zusammengefunden hatten.

Er wandte sich wieder Ivarsson zu.

»Hat man ihn verdächtigt, mit dem Verschwinden etwas zu tun zu haben? Damals in den Siebzigern, diesen Kennet Eriksson?«

Der andere verneinte.

»Nein, nicht wirklich. Wir haben so ziemlich alle verhört, die an diesem Abend unterwegs gewesen waren. Er war ja auch in ihrem Alter. Daran war nichts Besonderes, eigentlich. Und auch an Kennet Eriksson gab es nichts Besonderes, was das betrifft. Weder damals noch heute. Junggeselle, wohnt allein. Trinkt ein bisschen zu viel für meinen Geschmack. Aber er ist ziemlich harmlos. Einer von denen, die man gar nicht richtig bemerkt.«

Er schwieg eine Weile.

»Er ist am Montag nicht zur Arbeit gekommen. Und das war erst einmal nichts Ungewöhnliches. Aber am Abend fuhr ein Kollege bei ihm vorbei und wunderte sich, dass er nicht da war. Da befürchtete er, dass etwas passiert sein könnte, hat uns angerufen, und wir sind hingefahren. Eriksson ist offensichtlich Hals über Kopf abgereist. Wir fanden einen Fahrplan und die Nummer vom Reisebüro in Sundsvall. Von dort bekamen wir die Information, dass er Samstagfrüh ein Ticket nach Stockholm bestellt und es auch am selben Tag abgeholt hätte.«

Er biss sich nachdenklich auf die Lippen.

»Es muss ihn schockiert haben, was geschehen ist. Anders kann man sein Verhalten kaum erklären.«

»Konnten Sie mit ihm vorher noch reden?«, fragte John Nielsen. »Also, nachdem das da oben passiert ist?«

»Nur ein paar Worte. Das Notwendigste. Er konnte auch nicht mehr sagen als die anderen. Ja, fast noch weniger. Er wagte es nicht, frei zu reden, eine eigene Meinung zu haben. Ja, ich vermute, das ist auch der Grund, warum er mit da oben war. Er konnte einfach nicht Nein sagen.«

»Was haben Sie jetzt vor?«

Olle Ivarsson zuckte mit den Schultern.

»Tja, wir müssen warten. Er wird schon eines Tages wieder auftauchen. Wo sollte er hin? Und außerdem wird er ja auch nicht verdächtigt.«

Das Plastikband, das den Fundort absicherte, prasselte laut im Wind, schien aber nicht die Neugierigen abgehalten zu haben. Ein Trampelpfad aus Fußspuren führte an die Stelle. Gerade als sie ankamen, stürzte eine Familie mit Kindern aus dem Gebüsch auf den Weg, sprangen in ihren Wagen und verschwanden mit quietschenden Reifen.

Olle Ivarsson schüttelte verwundert den Kopf.

»Was erwarten die da?«

Es gab nichts zu sehen. Außer den flachen Mulden, in denen die Körper gelegen hatten. Aufgehäuftes Moränengeröll und Erde lagen neben den Gräbern.

John Nielsen sah sich um.

»Es hätte doch eigentlich viel zugewachsener sein müssen, würde man erwarten. Nach dreißig Jahren!«

Ivarsson hob die Schultern.

»Der Boden ist hier am Hang wahrscheinlich sehr karg. Er hat nicht viele Nährstoffe. Außerdem hat man hier häufiger gesprüht, um das Laub zu dezimieren. Das wird wohl das seine dazu beigetragen haben. Aber ein bisschen ist es schon gewachsen.«

Er machte eine Kopfbewegung.

»Dort unten, an der zweiten Stelle, mussten sogar ein paar Birken gefällt werden, um eines der Skelette freilegen zu können. Das hat die Datierung erheblich vereinfacht. Man musste im Prinzip nur die Jahresringe zählen, um immerhin einen groben Anhaltspunkt zu haben, dass der Körper mindestens soundso lange hier gelegen haben muss.«

Sie drehten sich um und gingen zurück zum Wagen. John Nielsen warf einen Blick über die Landschaft. Der Kahlschlag reichte nach seiner Schätzung kilometerweit. Vielleicht sogar noch weiter, denn er bog irgendwann den Berghang hinauf und verschwand aus der Sicht. Der Boden war versumpft nach dem wochenlangen Schneeregen und Niederschlag. Er spürte, wie Kälte und Feuchtigkeit durch seine dünnen Halbschuhe krochen, und starrte neidisch auf die dicken Sohlen von Ivarssons Boots. »Warum sucht man sich einen Ort wie diesen aus?«, rief er ihm zu und ging schneller.

»Tja, warum eigentlich nicht?«, antwortete Olle Ivarsson über die Schulter. »Keine so schlechte Wahl, wenn man etwas verstecken möchte. Und es dauerte immerhin dreißig Jahre, ehe jemand die Leichen entdeckt hat, nicht wahr? Durch einen verdammten Zufall.«

»Aber ausgerechnet hier? Derjenige muss doch einen Grund dafür gehabt, vielleicht sogar die Stelle gekannt haben? Was gibt es hier in der Nähe denn noch?«

Ivarsson hob die Schultern. »Nichts.«

Er drehte sich um und zeigte auf den Berg hinter ihnen.

»Dort oben am Bergkamm gibt es ein Grottensystem, Richtung Süden. Aber das ist nichts Besonderes, davon gibt es hier in der Gegend einige. Grotten. Die längsten des Landes, soweit ich weiß. Heutzutage ist das eine Touristenattraktion. Zum Besichtigen und darin Herumkrabbeln.«

Er hatte den Weg erreicht, blieb stehen und machte eine ausladende Geste mit den Armen.

»Aber genau hier, an dieser Stelle? Das sehen Sie selbst. Wald und Berge gibt es hier. Und sonst nichts.«

Er ging zum Auto und setzte sich hinein. John Nielsen folgte ihm, öffnete die Beifahrertür, faltete mit einigen Schwierigkeiten seinen langen Körper zusammen und zwängte sich hinein.

Die Sonne stand schon tief, und die Strahlen fielen flach über die Bergflanken. Der Nadelwald wirkte in dem Licht mit einem Mal schwarz und undurchdringlich. Hier und dort aus diesem dunklen Teppich leuchteten einige Espen, die ihr Laub noch nicht ganz verloren hatten, wie Rosttupfer hervor. Nebel stieg aus der Senke, durch die sich der Fluss schlängelte.

Vor Kälte zitternd wartete er darauf, dass die Temperatur im Wageninneren endlich steigen würde.

»Sie wissen immer noch nichts über die Gestalt, die diesen ganzen Zirkus hier in Gang gesetzt hat?«, fragte er.

Ivarsson kaute nachdenklich an seiner Unterlippe.

»Ein bisschen wissen wir schon«, sagte er dann. »Dass er mit ziemlich großer Sicherheit derselbe ist, der Anna-Greta Sjödin ausgegraben hat. Wir haben einen Spaten gefunden, den er – davon können wir wohl ausgehen – liegen gelassen hat, als er verschwand. Ein kleines, handliches und faltbares Werkzeug. Er scheint ihn auch dafür benutzt zu haben, das Skelett zu zerteilen, nicht nur zum Graben. Am Schaufelblatt haben wir Erd- und Knochenpartikel vom Fundort entdeckt. Keine Fingerabdrücke. Er kann durch einen Zufall auf das Grab gestoßen sein, oder er wusste sehr genau, wo es sich befand. Aber in beiden Fällen ist es schwer, eine Erklärung dafür zu finden, warum er beschloss, die Gebeine auszugraben und mitzunehmen.«

»Aber Sie haben immer noch keine genauere Beschreibung von ihm? Außer, dass er mittelgroß, mittelalt und mittelblond sein soll? Er scheint überhaupt keine besonderen Merkmale gehabt zu haben.«

Olle Ivarsson starrte aus der Windschutzscheibe.

»Das mit dem Alter«, fing er dann an. »Ich habe darüber nachgedacht. Byström behauptete entschieden, dass er zwischen fünfunddreißig und vierzig Jahre alt war, ungefähr seine Größe. Und durchtrainiert. Aber man kann wohl kaum erwarten, dass er etwas anderes sagt, wenn man bedenkt, was ihm zugestoßen ist.«

Er schwieg für einen kurzen Moment.

»Aber dieses kurze Gespräch, das ich mit Kennet Eriksson geführt habe«, sagte er nachdenklich. »›Wie alt, glauben Sie, war er ungefähr?‹, fragte ich ihn. ›Ja, er war wohl so mein Alter‹, sagte er zuerst. Doch als er merkte, dass ich ihn anstarrte, verbesserte er sich sofort. ›Na, er war wohl so alt wie wir‹, sagte er dieses Mal, so als würde er die anderen meinen, die noch dabei gewesen waren. ›Vierzig, so was in der Richtung.‹ Aber er wirkte nervös, als er das sagte. Wie unter Stress. Und er ist ziemlich schnell danach gegangen. Obwohl, so ist er eben, meistens, das hat mich nicht besonders stutzig gemacht.«

John Nielsen stieß einen Pfiff aus.

»Er hat ihn womöglich wiedererkannt«, sagte er nachdenklich.

»Sie entkommen dieses Mal dem Sofa. Ich habe Ihnen ein Zimmer hergerichtet.«

Olle Ivarsson stieß die Zimmertür auf und stellte die Tasche ab. Nielsen folgte ihm und sah sich in der kleinen Kammer um. Sparsam möbliert war sie, ein Nachttisch, ein Stuhl, eine Stehlampe und ein Klappbett. Die Tagesdecke war so straff über das Bett gespannt und an den Seiten eingesteckt, dass es an eine Pritsche in einem Mannschaftsraum erinnerte.

Die Ordnung in dem kleinen Bungalow war im Ganzen strenger dieses Mal, als hätte der Besitzer sich eine noch größere Disziplin abverlangt, ohne Ausnahmen zu genehmigen. Die Spüle war leer und spiegelblank, nicht ein einziger benutzter Kaffeebecher weit und breit. Auch im Wohnzimmer gab es nichts, was die Ordnung gestört hätte. Alles war beiseite geräumt. Die Rücken der Bücher standen in Reih und Glied, als wären sie mit einer Wasserwaage ausgemessen worden. Die zwei Sessel am Couchtisch waren in einem wohlbemessenen Winkel zueinander angeordnet. Eine Keramikschale war an der Stelle platziert, die der absolute Mittelpunkt des Tisches zu sein schien.

John Nielsen sah, wie Ivarsson durch das Wohnzimmer ging und im Vorbeigehen einige Fransen des Teppichs geraderichtete, der den größten Teil des Bodens bedeckte.

Er schüttelte den Kopf. Eigentlich war es Wahnsinn, wieder hier zu wohnen, dachte er. Als würde er förmlich um Schwierigkeiten betteln. Zur gleichen Zeit konnte er sein Grinsen nicht unterdrücken, als er kurz darauf Olle Ivarsson mit einer Schürze um die Taille über den Küchentisch gebeugt sah. Er sah hochkonzentriert auf etwas, das wahrscheinlich ein Kochbuch war. Die leicht herabhängenden Schultern, die fast kahle Stelle hinten im Nacken, die nervöse, angestrengte Spannung, die er ausstrahlte, selbst wenn er regungslos dastand. Wie alt mochte er sein? Sechzig, fünfundsechzig? So alt wie Onkel Janne, wenn er noch leben würde. Und auch seine eigenen Erzeuger.

Ivarsson sah auf.

»Sie haben keine Familie, oder?«, fragte er, als hätte er die Gedanken des Jüngeren gelesen. »Ich meine, es hat kein anderer abgenommen, wenn ich angerufen habe, deswegen habe ich es vermutet.«

John Nielsen stand eine Weile still da.

»Was heißt schon Familie«, sagte er schließlich. »Wir sind auf jeden Fall zu zweit in dem Haushalt.«

»Ach ja?«

»Ich habe einen Hund«, erläuterte er, als er den fragenden Blick sah.

Olle Ivarsson betrachtete ihn einen Moment lang schweigend.

»Einen Hund«, sagte er dann und schüttelte den Kopf. »Bringt das nicht einen Haufen Schwierigkeiten? Für jemanden wie Sie, der so häufig unterwegs ist? Was machen Sie dann mit ihm?«

»Hundepension. So etwas gibt es tatsächlich, wussten

Sie das nicht? Das Hilton der Hunde. Wenn ich weg bin, geht es ihm so gut wie nie.«

Ivarsson schnaubte.

»Pension? Ja, ich habe ganz eindeutig den falschen Körper auf dieser Reise hier gewählt.«

Er zwinkerte mit den leicht hervorstehenden Augen.

»Ja, ich bin nie ein wirklicher Tierfreund gewesen. Heutzutage kann man ja kaum einen Schritt tun, ohne in Hundescheiße zu treten, finde ich. Nein, ich habe nie einen Grund gesehen, mir ein Tier anzuschaffen. Meiner Ansicht nach bringt das nur eine Menge Ärger.«

John Nielsen lehnte sich an den Türrahmen und fixierte ihn. »Sagen Sie das nicht. Sie könnten ihm ja beibringen, Ihre Teppiche gerade zu rücken.«

Olle Ivarsson hielt seinem Blick stand und schwieg. Dann beugte er den Kopf, der magere Körper zuckte plötzlich vor unterdrücktem Lachen.

»Sie sind ein verteufeltes Scheusal, wissen Sie das?«

Sie hatten den Fischauflauf aufgegessen, den Ivarsson zubereitet hatte, ohne seinen Blick auch nur ein einziges Mal vom Kochbuch zu lösen, als ginge es darum, das Rezept auswendig zu lernen.

Nun schob er den Teller von sich, lehnte sich nach hinten und betrachtete Nielsen grüblerisch.

»Ich habe da über eine Sache nachgedacht«, sagte er. »Hat sich auf Ihren Artikel letzten Frühling irgendjemand bei Ihnen gemeldet?«

John Nielsen nickte.

»Sicherlich, einige. Eine kunterbunte Gruppe. Aber Sie denken wohl an jemanden, den man direkt mit dem Geschehen in Zusammenhang bringen kann.«

Er starrte vor sich hin.

92

»Ich habe mir da auch so meine Gedanken gemacht. Aber, nein. Da fiel mir keiner weiter auf. Keiner, der übergeschnappter gewesen wäre als die anderen. Keiner, der gestanden hat, hierfür oder für den Mord an Palme verantwortlich zu sein. Einige wollten wissen, was ich von der ganzen Sache hielte, andere wollten nur reden. So ein aufgeblasener Typ wollte wissen, wie ich arbeite, welche Quellen ich benutze, ob ich zu diesem Fall eine besondere Verbindung hätte...«

»Hatten die Namen, diese Anrufer?«, unterbrach ihn Ivarsson.

John Nielsen sah ihn an.

»Natürlich, ich versuche immer, den Namen rauszukriegen, bei solchen Gesprächen. Wenn es möglich ist.«

Olle Ivarsson wartete. Als Nielsen nicht fortfuhr, zuckte er mit den Achseln. »Bitte nehmen Sie einen Rat an. Wenn Sie daran gedacht haben, sich diese Anrufer genauer anzusehen, dann schnüffeln Sie bloß nicht zu eifrig auf eigene Faust. Das könnte in diesem Fall nicht so angebracht sein.«

»Was meinen Sie damit?«, fragte ihn Nielsen.

Olle Ivarsson rieb sich das Kinn.

»Jemandem, der in wenigen Sekunden aus einem stattlichen Mann beinahe das Leben herausprügeln kann, sollte man vielleicht nicht allzu nahe kommen. Als Privatperson, meine ich. Wenn Sie auf etwas stoßen, rufen Sie um Himmels willen sofort bei uns an.«

Nielsen nickte.

»Selbstverständlich. Keine Sorge. Aber ich kann mir nicht vorstellen, dass eine unmittelbare Gefahr besteht. Dass er mich anruft, um mit mir zu plaudern, meine ich. Er scheint nicht wirklich so ein Typ zu sein, oder?«

Ivarsson schnaubte.

»Ich kann nicht sagen, dass ich auch nur den Funken einer Ahnung davon habe, wer er ist. Was ist mit Ihnen?«

John Nielsen sah ihn eine Weile an.

»Was können Sie eigentlich machen, wenn Sie ihn erwischen? Für was können Sie ihn belangen?«

Olle Ivarsson lachte kurz auf.

»Ja, etwas werden wir schon finden: Autodiebstahl, Körperverletzung, Waffenmissbrauch, Grabschändung, vielleicht. Sind Sie zufrieden?«

Nielsen hob ein wenig die Schultern.

»Aber nicht für Anna-Greta oder die anderen beiden?«

»Nein, da können wir nichts mehr machen. Das ist zu lange her, das wissen Sie.«

Olle Ivarsson starrte auf den Teller vor sich.

»Aber wir hätten wenigstens jemanden, den wir fragen könnten«, murmelte er mit zusammengebissenen Zähnen. »Und das ist ja schon verdammt viel, mehr als wir damals hatten, vor achtundzwanzig Jahren.«

In der Nacht kam der Schmerz, diffus, fließend. Zuerst begann er wie üblich im Bein. Dann wurde er zunehmend abstrakter, nicht mehr lokalisierbar. Eine Säule aus Schmerz zog sich durch seinen Körper, stieg auf, versank und kehrte zurück. Nach und nach zwang er ihn aus dem Schlaf in einen halb wachen Zustand aus Übelkeit und Erschöpfung.

Er setzte sich auf die Bettkante, wiegte sich vor und zurück. Wenn er sich bewegte, verschwand der Schmerz in der Regel. So als würde es ihm genügen, auf sich aufmerksam gemacht zu haben, seine Existenz anzumahnen, oder er wollte einfach nur Gesellschaft haben.

Er lauschte hinaus ins Wohnzimmer. Dort war es jetzt still. Ivarsson schlief anscheinend. Von seinem letzten Besuch wusste er, dass nämlich auch dieser nachts oft auf

94

war. Er grinste bei der Vorstellung, wie sie beide sich ablösen würden bei ihrer nächtlichen Beschäftigung, hinaus in die Dunkelheit zu starren, in der schwache, gedämpfte Lichter aus anderen Fenstern verrieten, dass auch andere in diesem kleinen Ort wach waren, herumliefen und in die Nacht hinaussahen.

Er überlegte, welchen Sinn sein Kommen hatte. Was würde er ausrichten können? Außer mit Leuten zu plaudern, sich zu erkundigen und zuzuhören? Die Untersuchung sowie die Identifizierung der Leichen fanden an einer anderen Stelle statt. Und der Mann, der auf dem Waldweg aufgetaucht war, befand sich höchstwahrscheinlich an einem ganz anderen Ort, weit weg von Bräcke.

Das Bild von Anna-Greta Sjödin erschien wieder vor seinen Augen. Die lebende Anna-Greta, wie sie dort stand, in dem weichen, grauen Sommernachtslicht. An der Schwelle zum Leben. Und zum Tod. Auf sie wollte er sich konzentrieren, beschloss er. Nicht, um die Lösung zu finden, um etwas verborgen Gebliebenes zu entdecken, sondern um sie wieder zurück ins Licht zu holen, sie wieder dort stehen zu sehen, wenigstens für einen kurzen Augenblick.

Er hatte Nielsen früh am Morgen ins Taxi steigen sehen. Er ließ den Wagen vorbeifahren und wartete eine Weile, ehe er startete, wendete und ihm auf die Durchfahrtsstraße hinaus und weiter auf die Autobahn folgte. Die ganze Zeit über ließ er immer ein paar Autos zwischen ihnen, hielt genauso viel Abstand, dass er den Blickkontakt nicht verlor. Als das Taxi die Abfahrt zum Flughafen Arlanda nahm, fuhr er weiter, beobachtete es eine Zeit lang im Rückspiegel und ließ es dann aus seiner Sicht gleiten. Er hatte das Ziel dieser Fahrt von vornherein gekannt, sich aber dennoch entschieden, ihm zu folgen und sich zu vergewissern, dass sich nicht im letzten Augenblick noch etwas änderte. Außerdem hatte er keine Eile.

Am Nachmittag kehrte er zurück zu dem Haus und parkte ein Stück weiter den kleinen Kiesweg hinunter, auf einem Platz, den die Besucher des Erholungsgebietes in der Nähe häufig benutzten. Die Uhr zeigte bereits drei. Eine Weile blieb er im Wagen sitzen und sah hinaus in die zunehmende Dämmerung, dachte zurück an die kurze Begegnung am Morgen.

An das Gefühl der Erregung, als das Taxi dicht vorbeifuhr und ihre Blicke sich für den Bruchteil einer Sekunde trafen. Nielsens breites Gesicht, die trügerische Trägheit darin. Das Gesicht eines Schwerarbeiters, dachte er. Ein Gesicht, das nicht viel von sich preisgab. Aber der Blick war eindringlich und aufmerksam, registrierend. Ein Blick, der Details bemerkte und erinnerte. Oder irrte er sich? Er schüttelte leicht den Kopf. Nein, er irrte sich nicht. Da war etwas, das er wiedererkannte, eine Übereinstimmung, dachte er und lächelte.

Er beschloss, nicht länger zu warten, stieg aus dem Wagen und ging mit schnellen Schritten den Kiesweg hinauf zum Haus.

Ein Ferienhaus, häufig umgebaut, aber dennoch klein, fast puppenhausartig. Weiter oben am Weg stand ein weiteres, vom Stil fast identisch. Allerdings war es verrammelt und halb verfallen. Die Überbleibsel einer ehemaligen Ferienkolonie aus den Vierzigern oder Fünfzigern, vermutete er. Direkt hinter dem Haus lag ein spärlicher Wald, dann begann bereits die Vorortbebauung, die Hochhäuser waren schemenhaft durch die kahlen Laubbäume hindurch zu erkennen.

Er stieß die eiserne, knirschende Zauntür auf und ging aufs Haus zu. Wie beim letzten Mal benutzte er einen elektrischen Dietrich, um die Haustür zu öffnen. Er presste den kleinen Kasten – nicht größer als eine Streichholzschachtel – auf das Schloss und aktivierte ihn. Nun musste er nur warten, bis der weiche Polymerstab in den Zylinder glitt, sich ausdehnte, die Form des Zylinders sowie der vielen Ausbuchtungen annahm und dann verhärtete. Das alles dauerte nur etwa vierzig Sekunden. Er drehte den Griff und trat ein.

Hundegeruch schlug ihm in dem engen Flur entgegen. Er rümpfte die Nase, ging weiter in den Hauptraum, das Wohnzimmer, und sah sich um. Die Bücherregale, die zwei Wände bedeckten, waren vollgestopft. Auch auf dem Tisch in der Mitte des Zimmers lagen Stapel von Büchern und Zeitungen, in denen Zettel steckten. Einige Kleidungsstücke waren im Raum verteilt. Eine Jacke hing über einem Stuhl. Abgesehen von den Büchern gab es nichts Persönliches in diesem Zimmer. Er setzte sich an den Schreibtisch und zog den zusammengeklappten Laptop zu sich. Es gab kein Passwort, sodass er sofort Zugang hatte und in den verschiedenen Dateien und Ordnern blättern konnte. Bei einigen Titeln blieb er hängen, aber es waren nur Artikel in druckfertiger Fassung. Keine Notizen, keine Briefe.

Etwa eine Stunde lang blieb er sitzen, stöberte und las. Auch den Artikel über Anna-Greta Sjödin fand er. Er überflog ihn und stellte fest, dass es dieselbe Version wie in der Zeitung war. Dann schaltete er den Laptop wieder aus, beugte sich hinunter und zog die Schreibtischschubladen auf. Dort fand er etwas, das offenbar eine Art Buchführung darstellen sollte: einen Haufen von Rechnungen und Quittungen, unachtsam in eine der Schubladen gestopft. Aber auch hier keinerlei Notizen oder Arbeitsmaterial, so als würde er das alles bei sich tragen oder in seinem Kopf haben.

Mit einem mürrischen Gesichtsausdruck schob er die Schubladen wieder zu und lehnte sich zurück. Wonach suchte er? Nach einer Öffnung vielleicht. Nach einem Vorhang, der beiseite gleiten würde, um etwas anderes zu enthüllen. Ihm eine Ahnung von dem Dahinterliegenden geben könnte.

Er ließ den Blick durch das Zimmer schweifen. Zwischen den Bücherregalen und der Fensterwand waren einige Fotos an die Tapete geheftet. Schwarzweiß. Vermutlich Kopien von Pressebildern. Fast ausschließlich Gesichter. Verschieden in Alter, Geschlecht und Nationalität. Einige der Aufnahmen waren bei großen Unglücken und Katastrophen gemacht worden, andere an gewöhnlicheren Orten, schwer einzuordnen. Aber immer waren ein oder mehrere Gesichter im Vordergrund.

98

Er legte die Fingerkuppen aneinander, drehte auf dem Stuhl herum und lachte leise vor sich hin. Nielsen war also ein Mann, der Gesichter sammelte, Gesichter studierte.

Er lachte weiter bei dem Gedanken an das, was sie beide vereinte. Mit dem einen Unterschied, dass er immer einen Schritt voraus war. Er war derjenige, der den Betrachter betrachtete.

Er erhob sich, ging im Zimmer umher und kontrollierte rasch beide Wanzen, die er bei seinem vorherigen Besuch installiert hatte. Außerdem hatte er das Telefon so angezapft, dass es ihm möglich war, Gespräche sowohl mitzuhören als auch aufzunehmen. Er war in der Lage, im Prinzip alles, was in diesem Haus vor sich ging, zu registrieren. Eine Zeit lang hatte er darum auch stundenlang zu Hause gesessen und die Geräusche direkt abgehört: Nielsens Schritte, sein Gebrummel, vereinzelte Ausrufe, das Schnüffeln oder Bellen des Hundes und die Stille, wenn beide das Haus verlassen hatten. Es war eine Art Besessenheit, das war ihm bewusst, außerdem ergaben sie nichts weiter, waren nur ein einschläfernder Klangteppich. Mittlerweile beschränkte er sich nur noch auf die Telefongespräche, hörte regelmäßig die Aufnahmen ab.

Die Ausrüstung war auf dem neuesten Stand, aber nicht besonders schwer zu entdecken, wenn man wusste, wonach man suchte. Doch nichts deutete darauf hin, dass Nielsen einen Verdacht geschöpft hatte. Und warum sollte er auch? Bisher hatte er ihm nur unbestimmte Andeutungen gegeben. Nichts Konkretes, Beunruhigendes, das ihn zum Nachdenken veranlassen könnte, ihn auf der Hut sein ließ.

Er sah sich um. Mehr würde er auch jetzt noch nicht preisgeben. Noch nicht. Ihm blieb nur zu warten, auszuharren und genau zu beobachten, was geschah. Er würde zusehen, wie der Stein ins Rollen kam, gegen die Hindernisse prallte, die Richtung änderte und dann weiterrollte.

Es war bereits vollkommen dunkel, als er das Haus verließ. Motorengeräusche drangen von der Durchfahrtsstraße herüber, entferntes Hundegebell unten vom Naherholungsgebiet. Er blieb eine Weile an der Zauntür stehen, überprüfte die Umgebung und lauschte. Dann setzte er seinen Weg ruhigen Schrittes hinunter zum Parkplatz fort. Es stand noch ein weiteres Auto dort, der Fahrer führte gerade zwei Hunde aus und kam ihm entgegen. Er versuchte erst gar nicht seinem Blick auszuweichen, sondern sah ihm gerade ins Gesicht und nickte zur Begrüßung, ehe er zu seinem Wagen ging und den Motor anließ.

Eine Weile blieb er so sitzen, den Motor im Leerlauf, und betrachtete gedankenverloren das Lichtrechteck, das von den Scheinwerfern in die Dunkelheit vor ihm geschnitten wurde.

Wieder dachte er an sie.

Sie waren zu fünft im Auto gewesen. Den ersten Teil der Strecke war er gefahren. Danach hatte er hinten gesessen, an die Tür gequetscht, neben den beiden, die sterben sollten. Er hatte ihren Geruch in der Nase gehabt, klebrig, stickig. Zuletzt war er gezwungen gewesen, die Scheibe herunterzukurbeln, sich hinauszubeugen, immer wieder, bis der Mann ihm seinen Ellenbogen in die Seite stieß und ihn beschimpfte.

»Zum Teufel, das zieht! Steig aus und lauf hinterher, wenn du unbedingt frische Luft brauchst!«

Er machte sich nicht die Mühe zu antworten, wartete nur. Spürte, wie dieses Feuer in seiner Brust immer größer wurde. Nun wusste er, dass er nicht mehr an seiner Entscheidung zweifeln musste. Im Gegenteil! Er sah verstohlen auf die Uhr und rechnete den Moment ihrer Ankunft aus.

Dede saß auf dem Beifahrersitz. Der Husten hatte wieder angefangen. Zwischendurch lag sie zusammengekrümmt im Sitz, ihr Körper krampfartig zuckend und um Luft ringend. Sie hielten an, und er zog sie beiseite, massierte ihren Rücken, zwang sie, sich zu bewegen, um den Schleim erbrechen zu können, ein ums andere Mal. Sie stöhnte, wimmerte, beschimpfte ihn, er aber reagierte nicht auf ihre Proteste.

Später dann, als sie wieder frei atmen konnte, sah sie ihn lange lächelnd an. Dann nahm sie seinen Kopf und drückte ihn an ihre Brust. »Du bist mein Leben, das weißt du doch?«

Für einen Augenblick war er sich sicher, dass sie es ernst meinte. Dann schob sie ihn plötzlich von sich und lachte höhnisch.

Sie gingen zurück zum Wagen. Der Mann kam ihnen entgegen.

»Verdammt, warum hat das denn so lange gedauert. Obwohl, sie sieht jetzt richtig gut durchgebumst und zufrieden aus!«

Dede hatte ihn mit einem Blick zum Schweigen gebracht. Diese Art von ihr, Menschen anzusehen, ihnen quasi den Atem zu nehmen, sie unsicher auf der Stelle treten zu lassen, mit offenem Mund. Diese ungeheuerliche Kraft, die sie ausstrahlte, der man sich weder widersetzen noch entkommen konnte.

Den Rest des Weges hatten sie schweigend zurückgelegt. Die Frau hatte zusammengekauert in der einen Ecke gelegen und geschlafen. Der Mann saß in einem dumpfen Dämmerzustand da, einer Mischung aus Alkohol und Beruhigungsmitteln, und starrte vor sich hin. Er hatte nichts dagegen. Das würde das Ganze nur einfacher machen, dachte er.

Er hatte sich geirrt.

Schon als der Wagen in die Auffahrt hinbog, war der Mann wieder zum Leben erwacht, hatte sich kerzengerade im Sitz aufgerichtet und durch die Windschutzscheibe gestarrt. Sie hatten kaum angehalten, da riss er auch schon die Tür auf und taumelte heraus.

»Was zum Teufel ist das denn hier? Das ist ja eine Sommerhütte, eine Minihütte! Wie ein verdammtes Scheißhaus! Habt ihr nicht gesagt, dass es eine Superbude ist, wo wir einfach nur alles einsammeln und das Auto voll machen könnten? Was zum Teufel sollen wir hier wohl finden, Klopapier?«

Er konnte nicht länger warten. Er öffnete die Tür, ging um den Wagen herum und auf den Mann zu. Ohne Hast, schlendernd. Er blieb vor ihm stehen, machte eine Bewegung mit der Hand, als wolle er etwas sagen. Da schmiegte sich das Messer bereits an sein Handgelenk. Dann glitt er mit einem Mal nach vorne, ging ein wenig in die Knie, um in die richtige Position zu kommen und stieß mit dem Messer von unten zu, zweimal. Der Mann stellte sich auf die Zehenspitzen, erstarrte und gab einen Laut von sich, eine Mischung aus einem Grunzen und einem Schrei. Aber er fiel nicht um. Einige Sekunden lang blieb er bewegungslos stehen, dann plötzlich warf er sich nach vorne und versuchte, nach seinem Hals zu greifen.

Er wich zurück und stieß gleichzeitig zu, immer wieder. Der andere schien das kaum gemerkt zu haben, stolperte auf ihn zu, heiser brüllend.

Schließlich ging er in die Knie und stieß mit einem gezielten Hieb in die Leistengegend, spürte wie das Messer hineinglitt und den Mann förmlich aufschlitzte, vom Schritt bis zum Bauch. Er sah ihn auf einem Bein balancierend, während das Blut aus ihm strömte. Das Gesicht war blass, der Blick schon blind. Dann fiel er kopfüber um.

Die Frau war aus dem Wagen gestiegen, ihr verschlafenes Gesicht von Entsetzen verzerrt. Sie hatte ihm beide Hände schluchzend entgegengestreckt.

Er wendete den Wagen, fuhr langsam den Kiesweg hinunter, bog auf die Durchfahrtsstraße und ließ sich in den Verkehr gleiten.

Er befand sich draußen im Kahlschlag. Das Plastikband schlug im Wind. Eine lähmende Kälte kroch in ihm hoch. Es würde bald dunkel sein, und er begriff nicht, was er hier draußen machte, alleine, und warum er wieder hierher zurückgekehrt war.

Nielsen war sich bewusst, dass er träumte, und versuchte, die Augen zu öffnen, sich aufzusetzen. Aber der Traum hielt ihn noch eine Weile gefangen, drückte mit einer Handfläche auf seine Brust, als wäre er noch nicht fertig mit ihm. Endlich gelang es ihm, sich auf die Ellenbogen zu stützen. Er schwang seine Beine über die Bettkante und blieb eine Zeit lang dort sitzen, während er in das graue Licht blinzelte, das vom Fenster hereindrang. Es war kalt im Raum. Er streckte sich, fühlte am Heizkörper: nicht einmal lauwarm. Sparsamkeit schien eine weitere Tugend des Olle Ivarsson zu sein.

Er zog sich an, humpelte ins Wohnzimmer und sah sich suchend um. Dann ging er in die Küche. Ein Zettel auf dem Küchentisch teilte ihm in kurzen Worten mit, dass Ivarsson bei der Arbeit zu erreichen sei, darunter stand seine Telefonnummer, weiter nichts.

Nielsen schob den Zettel beiseite und begann, in der Küche nach etwas Essbarem zu suchen. Im Kühlschrank entdeckte er einen angebrochenen Becher fettarme Dickmilch und eine Packung Streichkäse und in der Speisekammer Knäckebrot. Er widmete einige Minuten einer vergeblichen Suche nach Zucker, ehe er aufgab und sich an den Tisch setzte. Die Dickmilch goss er in einen Teller und zerkrümelte etwas Knäckebrot darüber, aß ein paar Löffel davon und schob das Essen missmutig von sich.

Dann stand er auf, ging hinüber zum Küchenfenster, öffnete es einen Spalt und zündete sich eine Zigarette an. Er rauchte im Stehen, streckte sich nur ab und an über die Spüle, um die Asche in den Abfluss zu schnippen. Der schwarzgraue Himmel, in den er starrte, versprach kräftigen Niederschlag. Er warf einen Blick auf die Uhr, bald zehn. Draußen war noch immer dämmriges Licht. Und es würde wohl kaum viel heller werden.

Er seufzte, zog ein letztes Mal an der Zigarette und warf sie aus dem Fenster. Dann ging er zurück in sein Zimmer, holte sein Adressbuch aus der Tasche und blätterte darin herum. Er stand auf, ging hinaus ins Wohnzimmer und suchte das Telefon. Nach einer Weile fand er es in Olle Ivarssons Schlafzimmer. Er zögerte einen Augenblick, ehe er sich auf das gemachte Bett setzte und die Nummer von Carina Holmlund nachschlug. Sie war das einzige, noch lebende Mitglied der Familie Sjödin.

»Nein, ich habe keine Lust, mit Ihnen zu sprechen. Noch nicht einmal am Telefon. Ich habe das doch schon das letzte Mal gesagt, als Sie anriefen.«

»Finden Sie nicht, dass das, was jetzt passiert ist, die Dinge grundlegend verändert hat?«

»Nein, warum? Nicht für mich.«

John Nielsen achtete auf ihre Stimme. Abweisend, aber nicht feindselig oder gar empört. Eher ein Hauch von tiefer Müdigkeit und Widerwillen.

»Aber vielleicht gibt es jetzt eine Möglichkeit herauszufinden, was Anna-Greta damals wirklich zugestoßen ist...«

»Dadurch, dass ich mit Ihnen rede?«, unterbrach sie ihn. »Das glaube ich nicht. Und das glauben Sie doch wohl auch kaum.«

Sie schwieg einen Augenblick.

»Und was bringt es schon, etwas herauszubekommen? Jetzt. Nichts davon kann mehr ungeschehen gemacht werden. Wer wird glücklicher, wenn er weiß, was damals wirklich geschehen ist? Ich nicht. Mama und Karl-Erik vielleicht. Wenn sie noch leben würden. Aber jetzt hat das keinen Sinn mehr. Außer vielleicht um die Neugierde bei einem Haufen Leute zu befriedigen, die nichts mit der Sache zu tun haben. Und die alles in wenigen Tagen wieder vergessen haben.«

Nielsen schwieg und versuchte sich ihr Gesicht vorzustellen. Er hätte sie gerne gesehen. Ob es eine Ähnlichkeit mit Anna-Greta gab – wie sie heute ausgesehen hätte?

»Wenn sie es überhaupt gewesen ist, die man gefunden hat«, fügte Carina Holmlund plötzlich hinzu.

»Glauben Sie das nicht?«

»Wenn Sie das alles gehört hätten, was ich im Laufe der Jahre zu hören bekam, wären Sie genauso skeptisch.«

Sie lachte bitter, ehe sie fortfuhr.

»Doch, vermutlich ist sie es. Daran gibt es wohl keinen Zweifel. Obwohl das so unwirklich ist mittlerweile. Und es ist so sinnlos. Ich glaube noch nicht einmal, dass Karl-Erik besonders erleichtert gewesen wäre, dass es etwas für ihn verändert hätte.«

Sie verstummte für einen Augenblick, sprach dann aber weiter.

»Ja. Sie wissen natürlich, was so geredet wurde. Dass er es gewesen sein soll... Er war nicht mein leiblicher Vater, das wissen Sie sicher auch. Ich war fünf, als sie heirateten. Ich glaube übrigens, dass ich ihn nie Papa genannt habe, nur Karl-Erik. Sie war sein leibliches Kind. Außerdem war sie immer ›seine Kleine‹. Ich vermute, dass er sich wünschte, dass es für immer so bleiben würde. Das tun vielleicht alle Väter. Aber, dass er etwas mit ihrem Verschwinden zu tun haben sollte, dass er sie jemals angefasst haben soll… Ja, das ist so lächerlich, dass ich dazu noch nicht einmal was sagen will!«

Sie verstummte erneut.

»So, jetzt haben Sie Ihr Interview ja doch noch bekommen, kann man sagen, oder? Sind Sie zufrieden?«

John Nielsen blieb zunächst stumm.

»Es geht nicht darum, ob ich zufrieden bin oder nicht«, sagte er schließlich. »Ich versuche nur, eine Ahnung davon zu bekommen, wer sie gewesen ist.«

»Ja, da kann ich Ihnen nicht helfen, auch wenn ich wollte. Ich kann kaum etwas über sie sagen. Ich war sechs Jahre älter und bin von zu Hause ausgezogen, bevor sie richtig heranwuchs. Und dann – als sie verschwand und alles, was danach passierte – ist das Bild von ihr zerfallen, es hat sich aufgelöst, ist irgendwie auch verschwunden. Verstehen Sie? Ich *kann* ganz einfach nichts über sie sagen!«

Sie schwieg.

»Sie sollten mit Bernt Larsson sprechen«, sagte sie nach einer Weile. »Er müsste einiges erzählen können. Wenn er Lust hat. Er hat sie vielleicht am besten von uns allen gekannt.«

»Ihr Freund?«

»Eher ein Kumpel. Glaube ich zumindest. Die waren seit der Grundschule befreundet.«

»Bernt Larsson«, sagte Nielsen nachdenklich. »Und er lebt noch hier in der Gegend?«

Carina Holmlund lachte leise.

»Sie meinen, weil ihn noch keiner erwähnt hat? Doch, doch, den gibt es noch.«

John Nielsen blieb eine Weile im Schlafzimmer sitzen und sah sich um. Dann stand er auf, ging zum Schreibtisch am Fenster, zog eine Schublade nach der anderen heraus und warf einen Blick auf den Inhalt. Er ging zur Kleiderkammer, öffnete die Tür und schaute hinein. Er spürte kurz den Hauch eines schlechten Gewissens, ein Unbehagen, dennoch konnte er sich nicht beherrschen und trat in den engen Raum. Mit prüfendem Blick besah er sich die Anzüge, die dort hingen, er zählte sieben Stück. Er schüttelte den Kopf und lachte, schob sie beiseite und sah eine Reihe von Hemden und eine beinahe unüberschaubare Anzahl von Krawatten.

Etwas ganz hinten an der Wand erregte seine Aufmerksamkeit, er streckte sich danach, zog das Kleidungsstück zu sich heran und erstarrte bei dem Anblick. Ein Kleid, rot. Wahrscheinlich schon seit Jahren nicht mehr getragen. Ja, womöglich noch länger, seit Jahrzehnten, dachte er, während er am Stoff herumfingerte. Steif und zerbrechlich in seinen Händen, als könnte er jeden Augenblick zerfallen. Schnell zog er seine Hand zurück, schob das Kleid zurück, trat dann hastig aus der Kammer und schloss die Tür.

Er setzte sich wieder aufs Bett und starrte vor sich hin. Dafür gab es vermutlich eine einfache Erklärung. Aber er hatte keine Ahnung, wie er die Frage stellen sollte.

Mit dem Kleid auf der Netzhaut nahm er das Telefonbuch und suchte den Namen Bernt Larsson.

Das Haus sah sehr neu aus. Ein großes, zweigeschossiges Gebäude aus grau lasiertem Holz. Keines von den gewöhnlichen kleinen Einfamilienhäusern, registrierte Nielsen, während er aus dem Taxi stieg und seinen schweren Körper aufrichtete. Es sah vielmehr nach dem Entwurf eines Architekten aus, auf jeden Fall kostspielig und nicht das, was er erwartet hatte.

Er blieb einen Augenblick draußen im Hof stehen, studierte die Umgebung. Das Haus lag erhöht, bei gutem Wetter war die Aussicht bestimmt beeindruckend. Jetzt aber war alles Grau in Grau. Schneeregen hatte eingesetzt. Er versuchte sich zu orientieren, herauszufinden, in welcher Richtung das Zentrum der Ortschaft lag, gab aber rasch auf. Missmutig stellte er fest, dass alles gleich aussah, wohin man den Blick auch wandte. Gewaltige Bergrücken, die anstiegen und im grauen Dunst verschwanden. Er stellte sich vor, wie er monatelang dort herumirren würde, ohne irgendwo anzukommen. Und vermutlich ohne dass irgendjemand nach ihm suchen würde, dachte er und grinste.

Er drehte sich um und ging auf das Haus zu, nahm die Treppe mit einem Schritt, klopfte und wartete.

»So, so, Sie wollen rauf zu Larsson?«, hatte ihn der Taxifahrer mit einem Seitenblick gefragt. »Weiß er denn, dass Sie kommen?« Etwas verwundert hatte Nielsen seinen Blick erwidert. »Ja, das hoffe ich doch. Zumindest habe ich ihn angerufen und mit ihm gesprochen.« Der Taxifahrer nickte. »Gut. Gewöhnlich mag er nämlich keinen Überraschungsbesuch. Oder sagen wir, er mag überhaupt keinen Besuch.«

Bernt Larrson war schmächtig, kleinwüchsig. Sein Gesicht mit den graublauen Augen war auffällig klein und schön geschnitten. Er sah deutlich jünger aus, als die siebenundvierzig oder achtundvierzig Jahre, die er sein musste. Seine Bewegungen waren geschmeidig und leicht, als er sich umdrehte und durch den Flur in die geräumige

Küche ging, mit dem Kopf zu einem der Stühle am Küchentisch nickte und gegenüber Platz nahm.

»Sie wollten reden.«

John Nielsen nickte.

»Über Anna-Greta Sjödin. Ich habe den Eindruck gewonnen, dass Sie wohl zu denjenigen zählen, die sie am besten gekannt haben.«

Bernt Larsson legte den Kopf schief.

»Ich habe gelesen, was Sie letztes Frühjahr geschrieben haben«, sagte er. »Und mittlerweile ist ja noch so einiges hinzugekommen. Muss da unbedingt noch mehr geschrieben werden?«

Nielsen sah ihm in die Augen.

»Vielleicht nicht. Aber ich finde auch nicht, dass es Schaden anrichten könnte. Oder wie sehen Sie das?«

»Sie wissen doch, wie es hier war? Mit all den Gerüchten?«

»Gerade deshalb wäre es doch gut, sich ein wenig Klarheit zu verschaffen.«

Bernt Larsson ließ seinen musternden Blick nicht von ihm ab.

»Und Sie glauben, dass Sie das tun können? Reißen Sie da den Mund nicht ein wenig zu sehr auf? Obwohl ich natürlich was erzählen kann, wenn Sie wollen.«

Er sah zum Fenster und strich sich über das Kinn.

»Tja«, fuhr er dann gedankenverloren fort. »Das ist so lange her. Aber gleichzeitig vergisst man es einfach nicht. Wir kannten uns seit der Grundschule, Anna und ich. Dritte Klasse. Zu der Zeit sind wir hierher gezogen, Mutter und ich.«

Er wandte sich zu Nielsen und lachte kurz auf.

»Sie hat mich an die Hand genommen, die Anna.«

John Nielsen runzelte die Stirn. »Wie meinen Sie das?«

110

Bernt Larsson zuckte leicht mit den Achseln. »Nun, wissen Sie. Neu hinzugezogen. Neu in der Klasse. Kleinwüchsig. Keinen Vater, so etwas war zu der Zeit ja noch viel schwieriger…«

»Wurden Sie gehänselt? Schikaniert?«

»Das kann man wohl sagen. Bis ich mich gewehrt habe. Dann wurde es ruhig.« Er lachte wieder. »Aber Anna hat sich eingemischt und Partei für mich ergriffen. Schon von Anfang an. Sie war so. Seitdem waren wir befreundet. Diese Anfangszeit hatte viel damit zu tun. Es war wie ein Pakt.«

Er verstummte. John Nielsen nickte, wartete.

»Und später dann, waren Sie da genauso viel zusammen? So als Teenager, auf dem Gymnasium?«, fragte er schließlich.

Bernt Larsson schüttelte den Kopf.

»Es wurde weniger. Ich habe in der Neunten mit der Schule aufgehört, bin abgehauen und für ein paar Jahre zur See gefahren.«

John Nielsen sah ihn erstaunt an.

»Zur See?«

»Ja, aber nicht auf dem Storsee, wenn Sie das dachten.«

Bernt Larsson legte seinen Kopf erneut auf die Seite. Wieder dieses flüchtige Lächeln.

»Ich bin ein paar Jahre weg gewesen. War zuerst Stewart auf einem der Schiffe der Amerika-Linie. Dann hauptsächlich auf der Ostsee. Und einige Trips durch den Kontinent auf kleinen Kähnen. 1976 oder so bin ich nach Hause zurückgekehrt.«

Nielsen betrachtete ihn mit gerunzelter Stirn.

»Dann waren Sie also gar nicht hier, als Anna-Greta Sjödin verschwand?«

Bernt Larsson schüttelte den Kopf.

»Nicht mehr seit der Neunten, wie gesagt. Aber wir

111

haben uns immer Briefe geschrieben. Und ich war ja auch ein paar Male zu Hause. Wir haben nie wirklich den Kontakt verloren.«

»Und 1972, als es passierte?«

»In diesem Sommer lagen wir in Rotterdam, ewig lange. Es war eine Fracht mit Maschinenteilen, die nie gelöscht wurde. Aber ich habe natürlich davon erfahren. Häppchenweise, gewissermaßen. Über die Zeitungen, die man ergattern konnte. Und wir haben ja auch schwedisches Radio empfangen.«

Er schwieg eine Weile. Sein Gesicht hatte einen verbissenen Ausdruck angenommen.

»Ich konnte es nicht fassen, es einfach nicht glauben. Dass das passiert sein sollte. Und dass es Anna war. Das war so unwirklich. Und später, als ich nach Hause kam, war es praktisch unmöglich, über sie zu sprechen oder ihren Namen laut zu sagen. Es ist so viel Scheißdreck passiert.«

Er verstummte erneut, richtete sich dann auf.

»Tja, bis jetzt ging es hauptsächlich um mich. Aber Sie sind ja eigentlich gekommen, um über sie zu sprechen, nicht wahr? Sie wollen wissen, wie sie war?«

Plötzlich lachte er laut auf.

»Wussten Sie, dass sie verflucht *stark* war? Sie hat mich immer besiegt, wenn wir gekämpft haben. Ja, nicht, dass das so viel aussagt.« Er breitete in einer ironischen Geste die Arme aus, als würde er auf seine eigene physische Unzulänglichkeit hinweisen wollen. »Aber es gab kaum einen, der sie bezwingen konnte. Ich glaube, dass sie die Stärkste in der Klasse war, bis weit in die Oberstufe.«

Er schüttelte den Kopf, leise vor sich hin lachend.

»Aber sie war auch in anderer Hinsicht stark. Sie wagte es, sich zu behaupten, zu sagen, was sie meinte. Immer.

Das hatte sie wohl von zu Hause mitbekommen, vermute ich. Von Karl-Erik, ihrem Papa. Dass es *gerecht* zugehen sollte. Und dass man protestieren musste, wenn dem nicht so war.«

Er hielt erneut inne.

»Tatsache war auch, dass sie in diesem Punkt etwas kindlich, fast naiv war. Es schien, als würde sie glauben, dass alles gut werde, wenn man sich nur so verhielt. Wenn man sagt, was man denkt. Für alles gäbe es dann eine Lösung. Tief im Inneren seien alle Menschen anständig und ließen sich zur Vernunft bringen. Aber so ist es eben nicht. Oder, Nielsen? Es gibt eben welche, die man nicht zur Vernunft bringen kann, die es nicht einmal verstehen. Das hat sich ja leider gezeigt.«

Er sah Nielsen eine Weile beinahe herausfordernd an. Dann holte er tief Luft, starrte mit zusammengepressten Lippen vor sich hin.

»Apropos naiv, nun… Sie war ja fast noch ein Kind, als es geschah. Teenager. Sie war noch nicht einmal zwanzig. Da hat man doch noch das Recht, an das Gute im Menschen zu glauben! Sollte es nicht sogar so sein?«

John Nielsen nickte. Bernt Larsson warf ihm einen schnellen Blick zu.

»Wollen Sie übrigens ein paar Fotos von ihr sehen? Ich habe sie hervorgekramt, als Sie anriefen. Sie haben hier lange gelegen, ich wollte sie eigentlich nie wieder ansehen.«

Das Wohnzimmer war mit anspruchsvoller Eleganz möbliert: ein paar Lehnstühle, ein Sofa, ein Couchtisch, ein Bücherregal an einer Wand, alles augenscheinlich mit großer Sorgfalt ausgewählt. Gleichzeitig vermittelte es den Eindruck, nicht häufig benutzt zu werden, dachte John Nielsen. Genauso wie der Rest des Hauses. Alles wirkte wie selten bewohnt. So als handelte es sich eher um ein Musterhaus.

Er ging an das Bücherregal, zog eines der Bücher heraus und hob die Augenbrauen.

»Tschechow?«, sagte er. »So etwas lesen Sie?«

Bernt Larsson lachte.

»Was haben Sie denn erwartet, Liebesromane von Sigge Stark?«

Nielsen setzte seinen Weg am Bücherregal entlang fort. »Auf jeden Fall nicht das hier. Es sieht so aus, als hätten Sie einen Großteil der Weltliteratur hier stehen.«

»Das kann ich genauso gut alles auf einer Auktion erstanden haben, oder was wollen Sie damit sagen?«

Bernt Larsson sah ihn eine Weile an, noch immer lächelnd. Dann ging er hinüber zu einer Kommode in der einen Ecke des Zimmers.

»Es fing an, als ich auf See war«, sagte er über die Schulter hinweg. »Irgendetwas muss man ja machen, dachte ich. Danach bin ich dabeigeblieben. Es wird doch behauptet, dass man eine Freizeitbeschäftigung haben soll.«

John Nielsen sah auf den schmächtigen Rücken.

»Sie sehen nicht wie ein gewöhnlicher Forstbesitzer und -arbeiter aus«, sagte er.

»Nein, nicht wirklich. Und der Wald, den ich besitze, hat Platz in einer Streichholzschachtel.«

»Womit verdienen Sie dann Ihr Geld?«

Bernt Larsson zuckte mit den Achseln.

»Dies und das, das variiert. Saisonarbeiter, würde ich sagen.«

Er kam mit einer Hand voll Bildern zurück.

»Es sind wie gesagt nicht viele«, sagte er und legte sie auf den Couchtisch. »Ich bin nicht gut im Aufheben von Din-

114

gen. Karl-Erik hat übrigens die meisten von ihnen aufgenommen.«

Nielsen breitete die Fotos vor sich aus und musterte sie.
Fast alle zeigten Anna-Greta Sjödin und Bernt Larsson im
Alter von zehn bis zwölf Jahren. Karl-Erik war tatsächlich
ein ziemlich guter Fotograf gewesen. Die Bilder waren voller Bewegung und strahlten gleichzeitig eine große Wärme,
Nähe, ja Lebendigkeit aus. Und Zärtlichkeit, dachte er.
Natürlich lag das an der Tochter, die das eigentliche Motiv
aller Aufnahmen war, das wurde sehr deutlich. Sie war
immer im Bildmittelpunkt, während Bernt Larsson an den
Rand gedrängt wirkte, eher als Requisite fungierte. Aber
auch bei ihm war es dem Fotografen gelungen, das Besondere einzufangen. Der Ausdruck in dem schmalen Jun-
gengesicht, wenn es seine Spielkameradin ansah: eine Art
ungläubiges Wundern, als könne er nicht glauben, was er
sah.

Eines der Bilder war jüngeren Datums, es zeigte Anna-
Greta Sjödin ungefähr zum Zeitpunkt ihres Verschwindens. Dieses Mal war ganz eindeutig nicht der Vater der Fotograf gewesen. Die Aufnahme war ein wenig unscharf und
verschwommen, amateurhaft, sie schien auf einem Fest gemacht worden zu sein. Drei Personen aneinander gelehnt,
lachend. Anna-Greta Sjödin in der Mitte, die zwei anderen –
ein Junge und ein Mädchen in ungefähr demselben Alter –
hatten ihre Köpfe eng an ihren geschmiegt. In den Gesich-
tern der drei Jugendlichen lag Aufgekratztheit, etwas Be-
rauschtes.

Obwohl sich Anna-Greta Sjödin auch hier in der Mitte
des Bildes befand, war nicht sie es, die den Blick auf sich
zog. Hier wirkte sie ein wenig blass, farblos geradezu, im
Vergleich zu den beiden anderen. Der Junge zu ihrer Rechten hatte blondes, halblanges Haar und ein außergewöhn-

lich schönes Gesicht. Das Mädchen war dunkler, mit fast südländischen Zügen, ihr Blick war so intensiv, dass er sich förmlich in den Betrachter hineinbohrte.

John Nielsen nickte mit dem Kopf zu diesem Foto.

»Haben Sie dieses Foto gemacht?«, fragte er.

Bernt Larsson verneinte. »Sie hat es mir geschickt. Ich war da schon unterwegs.«

Er zog das Bild zu sich und betrachtete es. Dann schüttelte er sich mit offensichtlichem Unbehagen.

»Das ist keine gute Aufnahme. In mehrfacher Hinsicht.«

Er tippte mit dem Finger auf das Foto.

»Die Geschwister Härlin. Die Zwillinge. Sie haben vielleicht von ihnen gehört?«

John Nielsen setzte sich aufrecht hin.

»Härlin?«, wiederholte er langsam. »Kaj Härlin?«

»Sie wissen Bescheid? Ja, das müssten Sie eigentlich auch, wenn Sie Ihre Hausaufgaben gemacht haben.«

Nielsen erwiderte nichts, starrte vor sich hin und versuchte, sich zu erinnern. Diese leise, gleichsam schnurrende Stimme. Wie der Mann seinen Namen mindestens zweimal gesagt hatte. Demonstrativ langsam, er hatte ihn beinahe buchstabiert. Er schüttelte den Kopf.

»Nein«, sagte er. »Aber ich bin angerufen worden von einem Mann mit diesem Namen. Letztes Frühjahr. Im Zusammenhang mit meinem Artikel über Anna-Gretas Verschwinden.«

Bernt Larsson musterte ihn einen Augenblick.

»Sie müssen sich verhört haben. Es kann auf keinen Fall derselbe gewesen sein. Es würde nämlich einige besondere Begabungen erfordern, wenn es so wäre. Sie sind verbrannt, die ganze Familie Härlin, vier Personen. Im selben Jahr, in dem Anna verschwand, eines Tages im Frühling. Darum dachte ich, dass Sie davon gehört hatten. Zwei Tragödien innerhalb eines halben Jahres. Das ist sehr viel für so eine Gegend wie diese hier.«

John Nielsen saß schweigend und mit gerunzelter Stirn da. »Was ist passiert? Können Sie mir das erzählen?«, sagte er dann.

Bernt Larsson nickte.

»Es war kein gewöhnliches Feuer, es war eine gottverdammte Feuersbrunst. Göte Härlin hatte eine Firma, er verdiente sein Geld mit Brunnenbohrungen und Ausschachtungen. Er sprengte auch ab und an. Offenbar lagerte er den Sprengstoff zu Hause, was nicht nur unzulässig, sondern verdammt dumm war. Das halbe Haus ist in die Luft geflogen, der Rest eingestürzt und niedergebrannt. Ein verheerendes Feuer.«

»Die *Zwillinge* Härlin?«

»Sie wurden so genannt. Waren aber Geschwister oder Adoptivgeschwister. Sie waren beide adoptiert, gleichaltrig. Sie gingen mit Anna in dieselbe Klasse auf dem Gymnasium.«

»Kannten Sie die beiden?«

Bernt Larsson verneinte.

»Nein, überhaupt nicht. Sie waren hierher gezogen, nachdem ich die Stadt verlassen hatte. Die Familie kam aus dem Süden des Landes. Ich habe sie natürlich ein paar Mal gesehen, wenn ich zu Besuch war. Aber das meiste von dem, was ich weiß, habe ich so aufgeschnappt. Und es wurde viel geredet.«

Nielsen wartete und schließlich grinste Bernt Larsson.

»Nun ja«, fuhr er widerwillig fort. »Es gingen Gerüchte über sie um, über die Feste, die sie in ihrer Sommerhütte feierten.«

»Welche Gerüchte?«

Bernt Larsson warf die Hände in die Luft.

»Schnaps, natürlich. Und dass geraucht wurde. Dies und das eben. Da ging es frisch zur Sache. Und dann wurde da fröhlich herumgevögelt.«

Als er Nielsens erstaunten Gesichtsausdruck sah, lachte er.

»Mann, das war Anfang der Siebziger, Himmel noch mal! Glauben Sie etwa, dass diese Leute nicht hierher gefunden haben?«

Dann zuckte er wieder mit den Achseln.

»Sie dürfen das nicht anders sehen, als was es ist: Gerede. Dreißig Jahre altes Gerede. Aber deren Feste sollen auf jeden Fall ziemlich aus dem Rahmen gefallen sein.«

John Nielsen sah ihn an.

»Und ist Anna-Greta dabei gewesen?«

»Vermutlich. Aber sie hat davon nie in ihren Briefen erzählt. Das habe ich erst später erfahren. Obwohl man vielleicht vorsichtig sein muss und sich nicht darauf verlassen sollte, was hier in dieser Gegend erzählt wird. Diese Spur beunruhigt doch nur.«

Bernt Larsson zeigte in Nielsens Richtung.

»Sie können ja Ivarsson fragen. Er müsste es doch genauer wissen. Schließlich war er damals hier.«

John Nielsen hob die Augenbraue.

»Sie wissen, dass ich bei ihm wohne?«

Bernt Larsson lächelte.

»Ich habe so etwas läuten hören. Hier oben geht das schnell, müssen Sie wissen. Ich habe auch gehört, dass Kennet Eriksson dieses Jahr früh in den Urlaub gefahren ist.«

John Nielsen musterte ihn und strich sich übers Kinn.

»Und was halten Sie davon? Dass er abgehauen ist?«

Ihre Blicke trafen sich.

»Nichts«, erwiderte er kurz. »Und ich habe auch kein

118

Interesse daran, darüber zu spekulieren. Es gibt genügend Leute, die das tun.«

Er sah auf die Uhr.

»Außerdem habe ich noch einiges zu erledigen. Ich hoffe, Sie sind zufrieden mit dem, was Sie gehört haben?«

Ohne eine Antwort abzuwarten, erhob er sich.

»Sie kamen im Taxi, nicht wahr? Ich muss hinunter in den Ort und kann Sie unterwegs absetzen.«

Etwas abseits vom Haus befand sich eine Art Maschinenhalle. Bernt Larsson ging mit schnellen Schritten auf das Gebäude zu und schob das Tor auf. Nielsen blieb auf dem Hof stehen und sah zu, wie er rückwärts herausgefahren kam. Durch das geöffnete Tor konnte Nielsen noch zwei weitere Pkw sowie einen Laster erkennen.

»Es lohnt sich ganz offenbar, Saisonarbeiter zu sein«, sagte er mit dem Kopf zum Gebäude nickend, während er sich im Wagen einrichtete. »Sie haben ja so viel, dass es für ein Transportunternehmen reichen würde. Das haben Sie vielleicht sogar auch?«

Der andere antwortete nicht, sondern jagte die steile Hofausfahrt hinunter, mit nur einer Hand am Steuer.

»In diesem Land muss keiner hungern«, sagte er mit einem Mal. »Und wenn man nicht dumm ist, bleibt sogar noch etwas übrig.«

Er bog auf die schmale Landstraße und erhöhte die Geschwindigkeit. Es war mittlerweile fast ganz dunkel geworden. Nielsen starrte hinaus auf die Straße. Der feuchte Asphalt glitzerte schwarz auf im Scheinwerferlicht. Vereinzelte Böen fegten den Schneeregen an die Windschutzscheibe. Er spürte, wie die Müdigkeit zurückkehrte, bleischwer und übermächtig. Er sollte nicht hier sein, dachte er. Sollte wieder fortfahren. Nach Hause. Was das auch immer bedeutete. Schlafen, lesen, im diesigen Licht am Fluss entlanggehen, mit Tjarrko, der auf steifen Beinen ein gutes Stück hinter ihm herstakste, gefangen von den Gerüchen entlang des matschigen Kiesweges.

»Gefällt es Ihnen in Ihrer Pension? Bei Ivarsson?«

Bernt Larssons Stimme ließ ihn aus seinen Träumereien aufschrecken.

»Es wäre eine Sünde, sich zu beklagen. Ordnung und Sauberkeit, wohin das Auge blickt.«

Bernt Larssons Gesicht verzog sich zu einem Lächeln.

»Das habe ich mir gedacht.«

»Kennen Sie ihn?«, fragte John Nielsen.

Der andere schüttelte leicht den Kopf.

»Aber unsere Wege haben sich gekreuzt, sozusagen. Einige Male.«

Olle Ivarsson starrte ihn an, als könnte er nicht glauben, was er da hörte. Dann machte er zwei Schritte zur Seite.

»Bernt Larsson«, sagte er leise und schüttelte den Kopf.

»Sie haben also mit Bernt Larsson Kontakt aufgenommen? Es wäre verdammt noch mal besser gewesen, wenn Sie mir das vorher gesagt hätten.«

John Nielsen verzog den Mund.

»Hätte ich Sie um Erlaubnis fragen sollen, oder was?«

»Nein, aber es wäre vielleicht ganz gut gewesen, wenn Sie gewusst hätten, mit wem Sie es da zu tun haben!«

Ivarsson breitete die Arme aus.

»Bernt Larsson! Soll ich Ihnen erzählen, was das für einer ist? Wenn Sie einen Paten in Miniatur suchen, fällt mir keiner ein, der besser dafür in Frage kommt als er. Zumindest hier in der Nähe.«

John Nielsen sah ihn an.

»Was wollen Sie mir eigentlich sagen?«

»Ich will sagen, dass sein Name acht- von zehnmal auftaucht, wenn es um den Dreck geht, der hier passiert. Sie
können nehmen, was immer Sie wollen. Von Körperverletzung über Diebstahl bis zu Betrügerei. Auf einer Skala von
eins bis hundert. Er ist immer dabei. Im Hintergrund.«

Nielsen lehnte sich nach hinten und hob die Augenbrauen.

»Und dafür gibt es Beweise?«

Ivarsson schnaubte verächtlich.

»Es gibt nie eindeutige Beweise gegen Bernt Larsson! Er
ist im Höchstfall ›interessant für die Ermittlungen‹. Er hält
sich raus, lässt andere den Job machen. Man muss ihn kennen, damit man weiß, was er treibt.«

»Was Sie scheinbar tun?«

Olle Ivarssons Miene versteinerte sich, und er warf Nielsen einen scharfen Blick zu.

»Hat er was gesagt?«

John Nielsen schüttelte den Kopf.

»Nicht viel. Was hätte er denn sagen sollen?«

Olle Ivarsson schnaubte erneut.

»Er kann sagen, was er will, zum Teufel! Das Einzige,
was man weiß, ist ohnehin, dass man ihm nicht trauen
kann.«

Er ging im Raum auf und ab.

»Und jetzt schleppt er die Geschichte Härlin an und
macht Sie glauben, dass sich dort etwas entdecken ließe!«

»Ich war es, der den Namen ansprach, ich habe von diesem Telefonat erzählt. Er hat das Gespräch nicht von sich
aus darauf gebracht.«

»Aber es war wohl kaum besonders überlegt, ausgerechnet mit ihm darüber zu sprechen, oder? Über etwas, das Sie
noch nicht einmal mir gegenüber erwähnt haben? Hätten
Sie nur ein Wort von sich gegeben, hätte ich Ihnen sofort

sagen können, dass es sich unmöglich um den Kaj Härlin, den Klassenkameraden von Anna-Greta, gehandelt haben kann.«

»Und genau dasselbe hat auch Bernt Larsson gesagt.«

Olle Ivarsson verzog das Gesicht.

»Was Bernt Larsson gesagt hat, interessiert mich nicht die Spur. Das, was er nicht sagt, ist in der Regel das Interessantere.«

Nielsen fixierte das verbissene Gesicht des Polizisten. Es strahlte Missfallen aus, das an Hass grenzte.

»Sie haben mir nie von diesem Feuer erzählt«, sagte er.

»Warum hätte ich das tun sollen? Es gab keinen Zusammenhang. Damals so wenig wie heute. Es war eine Tragödie, die sich aber erklären ließ. Ein Kurzschluss in einer Leitung. Außerdem hatte Härlin offensichtlich Sprengstoff im Keller gelagert.«

»Und es sind alle im Feuer umgekommen, das weiß man ganz sicher?«

»Sie hätten sehen sollen, wie das hinterher aussah, dann hätten Sie sich das nicht mehr gefragt!«

Olle Ivarsson schüttelte den Kopf.

»Es war ein Krater, nicht mehr und nicht weniger. Inga Härlin, die Mutter, wurde unter den Trümmern des Anbaus gefunden, der eingestürzt und abgebrannt ist. Die anderen müssen sich im Keller oder im Stockwerk darüber aufgehalten haben, als die Explosion – oder vielmehr die Explosionen – losgingen. Das bisschen, was von ihnen übrig geblieben war, hat man herausgesiebt. Außer der einen Hand von Göte Härlin, die man dreißig Meter weiter im Fluss entdeckte.«

»Dann wurde damals ganz sichergestellt, dass keiner den Brand überlebt hat?«

»Sie können sich die Ergebnisse der Spurensicherung

aushändigen lassen, wenn Ihnen das nicht ausreicht«, fauchte Ivarsson.

Er kam auf John Nielsen zu.

»Oder warum nehmen Sie nicht Kontakt zu dem auf, der Sie angerufen hat? Fragen Sie ihn, ob er dreißig Jahre lang als Totgesagter herumgeirrt ist.«

»Das habe ich schon versucht«, erwiderte Nielsen knapp. »Ich habe heute Nachmittag angerufen. Es gibt keinen Kaj Härlin unter dieser Nummer. Es gibt keinen einzigen Kaj Härlin in der Stockholmer Gegend.«

Olle Ivarsson sah ihn prüfend an.

»Sie haben sich also verhört.«

Nielsen schüttelte den Kopf. »Ich habe den Namen notiert. Und die Nummer.«

Er holte den Notizblock aus der Innentasche hervor und warf es auf den Tisch. »Ich habe Ihnen doch gesagt, dass ich das immer so mache. Und ich erinnere mich, dass ich die Nummer mit der auf dem Display verglichen habe. Aber der Besitzer dieser Nummer ist Bengt Andersson. Oder er war es vielmehr. Der Anschluss ist letzten Frühling gekündigt worden. Kurz nachdem der Artikel erschienen war und ich diesen Anruf erhalten hatte. Und es gibt keinen weiterführenden Vermerk.«

Ivarsson schwieg eine Weile.

»Man kann sich leicht irren«, sagte er schließlich. »Man kann sich todsicher sein, dann taucht etwas auf, das einem zeigt, dass man sich getäuscht hat. Ich habe das so oft bei Zeugenaussagen gesehen.«

John Nielsen wehrte ab.

»Das wäre doch eine sehr sonderbare Verwechslung, finden Sie nicht? Dass ich ausgerechnet diesen Namen aufgeschnappt habe?«

Olle Ivarsson runzelte die Stirn.

»Es kann doch ein Wahnsinniger gewesen sein«, sagte er nachdenklich. »Der sich das in den Kopf gesetzt hat und angeben wollte. Was auch nicht viel erfreulicher ist. Aber um Kaj Härlin müssen Sie sich auf jeden Fall wirklich nicht kümmern. Zumindest nicht um diesen Kaj Härlin.«

Nielsen sah ihn an. Er musste an das Kleid denken, das er in der Kleiderkammer gesehen hatte. Und er wusste, dass er Ivarsson wahrscheinlich niemals würde fragen können, aus welchem Grund es dort hing.

Er überflog die Zeitungen. Es hatte schon seit einiger Zeit nichts mehr darin gestanden. Aber das spielte keine Rolle. Er war überzeugt, dass Nielsen weitermachen, dass er auf seine umständliche, grüblerische Art an der Sache dranbleiben würde. Er würde weiter nach Erklärungen und Motiven suchen, würde sich ein Bild machen wollen. Er würde nicht aufgeben, war gezwungen, eine Antwort zu finden.

Er musste lächeln, als er an ihn dachte. Ein alter Hund, der herumschnüffelte, hier und da die Witterung verlor, dann verwirrt und mit hängendem Schwanz stehen blieb. Vermutlich würde es notwendig sein, neue Fährten auszulegen, ihn zu leiten.

Dann schüttelte er sich, irritiert über sich selbst. Er wusste, dass er sich ganz raushalten sollte und verschwinden sollte. Als hätte es ihn nie gegeben. Es gab für ihn keinen einzigen Grund, das Spiel fortzusetzen. Das Ganze war idiotisch.

Plötzlich spürte er, wie sie ihn ansah, den Kopf auf die Seite gelegt, mit diesem spöttischen, aufreizenden Lächeln. Wie sie ihn lockte, wie sie ihn zwang, weiterzumachen. *Dich kann doch keiner sehen*, sagte sie. *Du kannst machen, was du willst. Du bist unsichtbar. Wir sind unsichtbar.*

Wie damals.

Sie waren gerade durch den Ort gefahren, im Tageslicht, ohne dass jemand es zu bemerken schien. Dede saß auf dem

Beifahrersitz, das Fenster heruntergekurbelt, auf den Lippen ein fiebriges Lächeln. So als würde sie wirklich an ihre Unsichtbarkeit glauben. Oder wollte sie doch gesehen werden?

Hatte sie darum Kontakt zu Anna aufgenommen? Um endlich wieder wirklich zu werden? Dass sie jemand sehen, sie festhalten und wecken würde?

Anna war kreidebleich gewesen und zitterte, als sie auf sie zukam. »Das kann nicht wahr sein«, hatte sie immer wieder gesagt. »Das kann nicht wahr sein.«

Dede lachte und hustete. »Nein, das ist nicht wahr. Wir sind nicht wahr!«

Und dann die beiden Körper im Kofferraum, die bereits angefangen hatten zu stinken, süßlich, Übelkeit erregend, obwohl sie die ganze Zeit mit heruntergekurbelten Fenstern fuhren. Anna hatte sich hin und her gedreht und die Nase gerümpft.

»Was stinkt hier so? Riecht ihr das? Ist da was im Auto...«

Er hatte gewusst, was er tun musste. Es gab keinen Ausweg, nicht für ihn.

Er sah hinaus auf die Bäume. Es hatte begonnen zu schneien. Plötzlich fühlte er sich rastlos, gehetzt. Dasselbe Gefühl wie damals. Wieder war er gezwungen, die Verantwortung für das zu übernehmen, was kommen würde. Er musste es fortsetzen.

126

Das Gesicht von Marianne Linde war braun gebrannt, trotz der Jahreszeit. Als wäre sie gerade von einer Charterreise zurückgekehrt. Oder sie war eine fleißige Solariumbesucherin. Ein feines Netz aus Fältchen lag um Augen und Mundwinkel. John Nielsen musterte sie und versuchte, ihr Alter zu schätzen.

Ihre Blicke trafen sich.

»Ich war damals um die dreißig«, sagte sie. »Wenn Sie wollen, können Sie es ausrechnen. Denn damit sind Sie doch gerade beschäftigt, oder?«

»Ich hätte Sie keinen Tag älter als vierzig geschätzt.«

Sie lachte gerade heraus.

»Sie Schmeichler! Das funktioniert bei allen alten Weibern, dachten Sie, was?«

Er nickte.

»So was in die Richtung. Ich bin nicht besonders originell.«

Sie lachte erneut.

»Mit Ihrem Aussehen müssten Sie das aber sein, könnte man meinen.«

Er mochte sie sofort. Es hatte ihn einen ganzen Tag gekostet, jemanden ausfindig zu machen, der ihm sowohl etwas über Anna-Greta Sjödin als auch über die Geschwister Härlin erzählen konnte. Mithilfe der Schulverwaltung in Östersund hatte er die Namen einiger Gymnasiallehrer erhalten, die zu diesem Zeitpunkt im Schuldienst gewesen waren. So gelang es ihm, einen pensionierten Geschichtslehrer aufzuspüren, der noch immer in der Gegend lebte und bereit war, sich mit ihm zu unterhalten. Aber seine Erinnerungen waren vage, sehr allgemein und nicht sonderlich ergiebig. Trotz der Ereignisse konnte er sich von den drei Jugendlichen nicht besonders viel ins Gedächtnis rufen. Schließlich hatte er innegehalten und kurz überlegt. »Sprechen Sie mit einer der Schulkrankenschwestern, wenn man die jetzt noch wiederfindet. Die hatten immer einen sehr guten Überblick.«

Marianne Linde war in der fraglichen Zeit ohne Unterbrechung Schulkrankenschwester gewesen.

»Ich bin bis Ende der Siebziger geblieben«, sagte sie und nickte. »Danach bin ich zurück ins Krankenhaus gegangen und habe dort fast zehn Jahre gearbeitet. Am Ende hatte ich den Eindruck, ich tue das als Buße für meine Sünden. Dann war ich eine Zeit lang in Norwegen, nachdem ich erkannt hatte, dass es zulässig war, gutes Geld zu verdienen, auch für jemanden, wie mich. Ich habe dort für meine Altersversorgung dazuverdient.«

Sie verstummte.

»Aber das ist eine andere Geschichte. Sie hatten nach Anna-Greta Sjödin gefragt. Ja doch, ich erinnere mich sehr gut an sie. Ich hatte ein paar Mal Kontakt mit ihr in diesen drei Jahren, aber dabei ging es nie um wirklich große Probleme.«

Sie lachte auf.

»Sie war vielleicht ein wenig zu gesund, als dass wir häufiger die Gelegenheit hatten, uns näher kennenzulernen.«

John Nielsen nickte.

»Und in welchen Angelegenheiten hat sie die Krankenstation aufgesucht?«

Marianne Linde sah ihn eine Weile prüfend an.

»Ich weiß nicht so genau, wie das mit der Schweigepflicht ist, nach dreißig Jahren«, sagte sie dann. »Aber ich habe auch keine Lust etwas zu sagen, was ein schiefes Bild von ihr zeichnen würde.«

Nielsen machte eine Handbewegung.

»Daran habe ich erst recht kein Interesse. Und das Einzige, was Sie tun können, ist, mir zu vertrauen oder nicht.«

Sie wartete einen Augenblick, fixierte ihn. Dann nickte sie kurz. »Na, es sind schließlich keine sensationellen Dinge, um die es hier geht. Hauptsächlich, glaube ich, um Verhütungsmittel. Das war zu der Zeit, als die Antibabypille aufkam, und ich erinnere mich, dass es einige Diskussionen darüber gab. Ich habe ziemlich aktiv Aufklärung betrieben: über Verhütungsmittel, Sexualtechniken und so weiter. Und besonders die jungen Mädchen waren sehr daran interessiert, mit mir zu reden – unter vier Augen.«

Sie lachte erneut.

»Ja, eigentlich kamen ausschließlich Mädchen. Ich erinnere mich nicht, dass ein einziger Junge aus diesem Grund zu mir kam.«

Sie schwieg und sah nachdenklich vor sich hin.

»Ich frage mich, ob das heute anders wäre? Ich bezweifle das allerdings, auch wenn ich es gerne glauben würde. Trotz all der Geschichten, die passieren, trotz Aids. Ich frage mich, womit das zusammenhängt? Können Sie mir das erklären?«

»Als Repräsentant des männlichen Geschlechts? Ich vermute, es liegt daran, dass wir solche Schweinehunde sind«, erwiderte Nielsen mit einem säuerlichen Tonfall.

Marianne Linde sah ihn an.

»Und immer ein bisschen zu empfindlich«, sagte sie. »Können Sie mir das auch erklären?«

Er verzog den Mund, schüttelte den Kopf.

»Anna-Greta Sjödin«, sagte er. »Ob wir uns wieder ihr widmen könnten? Was erinnern Sie noch von ihr?«

»Dass sie ein sehr offener Mensch war, es war nicht schwer, mit ihr ins Gespräch zu kommen. Begabter als ein Großteil der anderen, ehrgeizig, aber ohne zu der absoluten Spitze zu gehören, glaube ich. Ausgeglichen. Sie machte es einem leicht, sie gerne zu haben.«

»Hatte sie einen Freund?«

»Ich weiß nicht, ob sie zu diesem Zeitpunkt einen hatte. Aber wenn Sie wissen wollen, ob sie sexuell aktiv war, dann kann ich sagen, dass sie bereits debütiert hatte, wenn wir es technisch korrekt formulieren.«

Sie sah ihn frech an.

»Obwohl sie, glaube ich, nicht leicht rumzukriegen war, um eine andere Sprache zu benutzen.«

Sie schwieg einen Moment lang.

»Sie war ein angenehmer junger Mensch, ganz einfach. Reif für ihr Alter, aber voller jugendlicher Lebensfreude.«

Nielsen nickte und lehnte sich zurück. Nichts von dem, was sie gesagt hatte, änderte sein Bild von Anna-Greta. Oder vertiefte es gar. Es führte eher dazu, dass sie dadurch schwerer einzuschätzen war, fand er. Eine Musterschülerin, ein Musterkumpel. Fast zu großartig.

»Ich habe mir Gedanken gemacht über die Leute, mit denen sie befreundet war. Die Geschwister Härlin, zum Beispiel. Sie waren ja Klassenkameraden. Erinnern Sie sich auch an sie?«

Marianne Linde zuckte kurz zusammen und sah ihn stumm an.

»Die Zwillinge«, sagte sie schließlich. »Sie haben einen Hang für Tragödien, oder? Aber das bringt wohl Ihr Beruf mit sich.«

130

Sie dachte nach.

»Ja, man sah sie oft zusammen. Besonders das letzte Jahr. Sie kamen ja aus demselben Ort. Selbstverständlich erinnere ich mich an die Geschwister Härlin. Sie waren so eigentümlich anders. Was ihnen passiert ist, war schockierender als das Verschwinden von Anna-Greta, zumindest hier an der Schule. Es war ja kurz vor dem Abitur, wenige Wochen später wären sie abgegangen. Es war, als hätte jemand einen Steinbrocken auf die Schule geworfen in diesen Tagen. Und wir hatten auch keine psychologische Betreuung, um darüber zu sprechen. Anna-Greta... das geschah Ende des Sommers und wurde geradezu beiseite geschoben, obwohl der Fall unendlich mehr Aufsehen erregte. Aber es berührte uns nicht im gleichen Maße, nicht so unmittelbar.«

Sie sog die Luft tief ein. Als sie weitersprach, hatte ihre Stimme mit einem Mal eine große Intensität.

»Desirée und Kaj Härlin. Es fällt schwer, die beiden zu vergessen. Besonders Desirée. Sie hatte eine außergewöhnliche Ausstrahlung, etwas, das ich weder vorher noch danach je erlebt habe. Wenn Sie das Mädchen getroffen hätten, wüssten Sie, wovon ich spreche. Das war... ja, man konnte es fast berühren... so intensiv...«

Sie verstummte für einen Augenblick, schien nach Worten zu suchen. Dann sah sie Nielsen direkt in die Augen.

»Ich sollte vielleicht das Kind beim rechten Namen nennen. Sie hatte eine sinnliche, *erotische* Ausstrahlung, von der meiner Meinung nach kein Mensch unberührt bleiben konnte, ob Mann oder Frau, jung oder alt. Ohne dass sie aufreizend gewesen wäre. Und rein äußerlich – nun, sie war ziemlich zart, fast mager. Sie hatte keine weiblichen Formen, wie sie zum Beispiel Anna-Greta Sjödin schon hatte. Aber es umgab sie eine Aura, es war wie Hochspannung. Es

131

fühlte sich manchmal so an, als würde man sich allein schon bei ihrem Anblick verbrennen.«

Nielsen musterte sie nachdenklich.

»Das klingt, als hätten Sie das selbst so erlebt!«

Marianne Linde lachte kurz auf.

»Natürlich. Wie ich schon sagte, ich glaube, es konnte keiner umhin, ja, von ihr *überwältigt* zu werden. Obwohl ich damals so gewöhnlich und langweilig heterosexuell war, wie ich es auch heute noch bin. Außerdem war sie Schülerin und fast noch ein Kind. Ich war zum Teil vor Schreck wie gelähmt über meine Gefühle, wenn sie mich nur ansah!«

Sie verstummte wieder.

»Geniert es Sie, wenn ich so rede? Nun, eigentlich müsste ich geniert sein. Obwohl ich wirklich zu alt dafür bin…«

Sie blinzelte und runzelte ihre Stirn.

»Ich weiß nicht, wie bewusst sie sich dessen war, diese Wirkung, die sie auf andere hatte. Manchmal hatte man den Eindruck, dass sie überhaupt kein Gespür dafür hatte. Und dann wieder habe ich mir eingebildet, dass sie es sehr wohl wusste. Und auch ausnutzte.«

»Wie sind Sie mit ihr in Kontakt gekommen? Auch über die Sexualberatung?«

»Nicht doch, niemals.«

Sie lachte wieder.

»Über so etwas haben wir nie gesprochen. Sie hat das Thema nicht angeschnitten. Und ich selbst hätte mich das bei ihr niemals getraut. Nein, sie kam aus einem ganz anderen Grund.«

Sie warf ihm einen prüfenden Blick zu, ehe sie fortfuhr.

»Sie war krank, sie hatte eine chronische Krankheit. Mukoviszidose, kennen Sie die?«

Nielsen runzelte die Stirn.

»Nur vage«, sagte er. »Die beeinträchtigt die Lungenfunktion. Ist es nicht so?«

Sie nickte.

»Das und noch eine ganze Reihe anderer Dinge. Es ist eine erbliche Krankheit, ein genetischer Defekt, der die Körpersekrete verschleimt und unnatürlich zähflüssig macht. Der Schleim sammelt sich in den Lungen, lässt sich nicht absondern und verursacht Infektionen. Im Magen-Darm-Trakt, in der Bauchspeicheldrüse, und die Leber wird auch in Mitleidenschaft gezogen. Es endet damit, dass die Organe versagen.«

»Und das ist unheilbar?«

Marianne Linde nickte.

»Heutzutage macht man, soweit ich weiß, Experimente mit Gentherapie. Und die Medizin hat sich natürlich weiterentwickelt. Die meisten Kranken, die daran leiden, führen ein völlig normales Leben. Die Lebenserwartung liegt bei fünfzig Jahren und steigt ständig, habe ich gelesen. Damals waren die Prognosen viel schlechter. Und auch die Behandlung: Schleimlöser, Antibiotika, Atemgymnastik und Bewegung. Ich glaube, die damalige Lebenserwartung lag nur bei knapp dreißig Jahren.«

»Und Desirée Härlin konnte trotzdem zur Schule gehen, trotz der Beeinträchtigungen durch die Krankheit?«

»Sie war etwas Besonderes. Sie besaß eine ungeheuerliche Kraft. Ich hatte die Vermutung, dass es mit der Krankheit zusammenhing. Auch ihre Ausstrahlung. Dass sie gewissermaßen immer auf des Messers Schneide lebte. Ständig. Es gab keinen Platz für etwas Gewöhnliches in ihrem Leben. Alles um sie herum wurde geradezu schmerzhaft intensiv, gleichsam lebensentscheidend.«

Sie holte tief Luft, als würde sie noch immer dieses Gefühl spüren können. »Obwohl, natürlich ist es auch zu einem großen Teil Inga Härlin zu verdanken, dass ihr Leben so normal wie möglich verlief. Die Mutter. Sie war früher auch Krankenschwester gewesen, blieb dann aber zu Hause. Man kann durchaus sagen, dass sie ihr Leben der Tochter geweiht hatte. Sie kümmerte sich um die Medikation, war unerbittlich, wenn es um die Atemübungen und Gymnastik ging, und massierte sie, um den Schleim zu lösen. Zusammen mit Kaj. Er wurde zu Desirées Beschützer. Hier in der Schule waren die beiden so gut wie unzertrennlich. Darum hat man wohl begonnen, sie ›die Zwillinge‹ zu nennen. Außerdem waren sie gleichaltrig. Zumindest auf dem Papier.«

Sie hielt kurz inne und sah Nielsen an.

»Sie wissen doch, dass sie beide adoptiert sind, oder? Die Härlins konnten keine eigenen Kinder bekommen. Desirée war ein spezieller Fall. Sie kam mit einer kleinen Gruppe von Flüchtlingen aus dem Osten – Tschechen, glaube ich –, die nach Malmö geflohen waren. Ihre leibliche Mutter ist kurz nach ihrer Ankunft dort gestorben, und keiner in der Gruppe wollte sich des Kindes annehmen. Vielleicht wussten sie, dass irgendetwas nicht stimmte, oder haben es vermutet. Das Alter des Kindes war unklar, es gab keinerlei Papiere, also hat man es einfach geschätzt.«

»Und die Härlins ahnten nichts von der Krankheit, als sie das Kind adoptierten?«

»Laut Inga Härlin nicht. Erst ein paar Jahre später. Ungefähr zu dem Zeitpunkt, als sie Kaj aufnehmen. Eigentlich hätte sie es wissen müssen. Mukoviszidose ist eine Krankheit, die sich früh bemerkbar macht, oft schon im frühesten Kindesalter. Wahrscheinlich hat sie es doch gewusst oder immerhin geahnt, schließlich hatte sie medizinische Kenntnisse. Aber ich glaube nicht, dass es eine Rolle spielte, sie wollte dieses Mädchen, das hat man gemerkt. Wenn sie

134

das Kind ansah oder von ihr sprach… Und Kaj, ja, ich kann mir nicht helfen, aber ich habe den Eindruck, dass er wegen Desirée in die Familie kam. Dass es schon von Anfang so vorgesehen war, dass er ihr Helfer werden sollte, ein Retter in der Not.«

John Nielsen nickte nachdenklich.

»Es sieht so aus, als wären sie da ziemlich involviert gewesen? In ihre Krankheit und die Familienverhältnisse…«

Marianne Linde musste lachen.

»Ja, aber das ist nicht so verwunderlich. Man kann ruhig sagen, dass ich zur Helferin Nummer 2 auserkoren wurde. Von Inga Härlin. Und wenn sie sich etwas vorgenommen hatte, hatte man meist keine andere Wahl.«

Sie legte den Kopf auf die Seite.

»Es ist komisch, wenn man jetzt darüber nachdenkt. Im Alltag war sie wie eine kleine, graue Maus. Sagte nicht viel. Ein bisschen beschränkt, konnte man denken. Auf jeden Fall habe ich diesen Irrtum begangen. Und habe mich gründlich getäuscht! Unter ihrer Schale war sie messerscharf. Und bekam immer ihren Willen, auf die eine oder andere Art. Ich will nicht sagen, dass sie Leute manipulierte, aber sie wusste immer genau, was sie wollte, und sah zu, alle anderen in diese Richtung zu manövrieren. Wie ein gerissener Politiker.«

Sie lächelte.

»Das war sie vielleicht sogar, tief im Inneren. Sie war nach dem Krieg in der Friedensbewegung engagiert gewesen. Hatte Ende der Vierziger ein paar Jahre in Mitteleuropa als Freiwillige gearbeitet, soweit ich gehört habe. Hier oben war sie eine Zeit lang die Vorsitzende der Sozis. Sie war radikal in ihrer politischen Haltung. Ja, hier oben war es schon radikal für eine Frau, sich überhaupt mit Politik zu beschäftigen…«

Sie hielt inne, blieb eine ganze Weile stumm sitzen und betrachtete Nielsens Gesicht.

»Nun haben wir fünf Minuten über Anna-Greta gesprochen und fast eine halbe Stunde über die Geschwister Härlin. An wem sind Sie jetzt eigentlich interessiert?«

Er zuckte mit den Schultern.

»Ich höre nur zu«, antwortete er ausweichend. »Und Sie scheinen mehr über die Geschwister erzählen zu können.«

»Ja, ich bin wohl gezwungen, mir das einzugestehen. Wäre Anna nichts zugestoßen, hätte ich mich wahrscheinlich kaum an sie erinnern können, nur als eine von vielen. Aber die Härlins hätte ich niemals vergessen, auch wenn ihnen nichts passiert wäre. So einfach ist das wohl.«

»Gilt das auch für den Bruder?«, fragte er.

Sie schüttelte den Kopf.

»Kaj? Da bin ich mir nicht so sicher. Man erinnert sich an die beiden, vermute ich. Oder man erinnert sich an Desirée. Und Inga Härlin. Kaj war jemand, den man noch obendrein bekam, sozusagen. Er war da, aber es fällt schwer, besonders viel über ihn zu sagen. Er war in gewisser Weise konturenlos. Oder er wurde es neben der Schwester.«

»Und der Vater?«

Marianne lachte plötzlich laut auf.

»Ja, an Göte Härlin hätte ich mich sicherlich auch erinnert! Er war ein bisschen verrückt. Verdiente sein Geld mit Ausschachtungen, Brunnenbohrungen und so etwas, glaube ich. Aber eigentlich interessierten ihn die Grotten, die Grottenforschung! Ja, vermutlich hängt das alles zusammen. Auf jeden Fall musste man bei ihm immer einen längeren Vortrag über Geologie über sich ergehen lassen. Die Gesteine und Rissbildungen, zur Rechten und zur Linken! Er erzählte von Abstiegen, die er gemacht hatte, wie er

136

dort unten tagelang herumgekrochen ist. Man konnte ihn kaum stoppen. Ganz offensichtlich war das einer der ausschlaggebenden Gründe, sich hier niederzulassen. In der Gegend hier gibt es einige Grottensysteme. Damals wusste ich nicht, dass es Menschen gab, die sich mit so etwas beschäftigen – zum Vergnügen!«

Sie schwieg einen Moment lang und schüttelte dann den Kopf.

»Ja, das war schon eine merkwürdige Familie. Und dann dieses Feuer, diese unfassbare Tragödie... Es ist nicht verwunderlich, dass sie uns in Erinnerung geblieben sind. Noch Jahre später ertappte ich mich bei dem Gedanken, wie wohl Desirées Leben ausgesehen hätte, wenn nichts passiert wäre...«

Sie holte Luft und warf John Nielsen einen Blick zu.

»Und ich war gewiss nicht die Einzige. Man konnte sie nicht so leicht vergessen. Haben Sie vielleicht von den Gerüchten gehört, dass sie danach gesehen worden sind, Wiedergänger gewesen sein sollen?«

Nielsen beugte sich nach vorne.

»Nach dem Feuer? Die ganze Familie?«

»Nur die Geschwister, Kaj und Desirée.«

Marianne Linde sah ihn nachdenklich an.

»Obwohl das eigentlich nicht so überraschend ist. Es gehört irgendwie zu dieser Gegend, dass man noch einmal wiederkehrt.«

Nielsen hob die Augenbrauen.

»Glauben Sie an so etwas?«

Sie lächelte ihn an.

»Nein, obwohl im Falle von Desirée Härlin wäre ich mir da nicht so sicher. Sie wäre meiner Meinung nach im Stande gewesen, die Naturgesetze auf den Kopf zu stellen. Wenn jemand, dann sie.«

Vor dem Hintergrund der Informationen, die er in den letzten Tagen erhalten hatte, versuchte er, seinen nächsten Text in Gedanken zu entwerfen. Er erkannte, dass es das Vernünftigste war, die Geschichte auf dem Kahlschlag enden zu lassen, an der Stelle, an der Anna-Greta Sjödins Körper nach dreißig Jahren gefunden wurde. Und der große Unbekannte war weiterhin unbekannt und würde es wohl auf immer bleiben. Ebenso wie die beiden anderen Leichen.

Es war sinnlos, eine Verbindung zwischen ihnen zu suchen – sofern es überhaupt eine gab –, alles würde sowieso nur in einem Sumpf aus Spekulationen und Vermutungen enden.

Was er sonst noch hatte, waren einige merkwürdige Begegnungen. Und Gerede und Aberglaube, Gerüchte und Beschuldigungen. Persönlich gefärbte und vielleicht etwas überdrehte Erinnerungen. Nichts, was er für seinen Zweck verwenden konnte. Und nichts, was auch nur im Entferntesten Anna-Greta Sjödins Verschwinden oder die Ereignisse der letzten Zeit hätte erklären können. Es war ein Durcheinander von losen Fäden, die nirgendwohin führten. Nein, er sollte es dort draußen im Wald enden lassen. Sowohl beginnen als auch enden, mit einem Mittelteil, der so weit wie möglich ein richtiges Bild der lebenden Anna-Greta zeichnete und gleichzeitig jene persönlichen Tragödien berührte, die durch ihr Verschwinden ausgelöst worden sind. Es gab keine andere Lösung.

Ein Schicksalsdrama, dessen Schuldiger nicht mehr gefunden werden konnte. Dennoch befiel ihn ein nagendes Unbehagen, eine Unzufriedenheit. Das Gefühl, dass er sich geirrt oder nicht genau genug hingesehen hatte. Dass ihm etwas entgangen war, was er hätte sehen müssen, wonach er noch länger suchen müsste.

Und ihn beschlich das diffuse Gefühl, bedroht zu sein,

dass etwas – er konnte nicht sagen, was es war – gegen ihn gerichtet war.

Er schüttelte sich gereizt, zog seine Tasche hervor und begann, die Kleidungsstücke hineinzustopfen. Dabei warf er einen Blick auf die Uhr. Bald zwölf. Er hatte umgebucht auf einen früheren Flug am Nachmittag, doch es war noch genug Zeit. Der Bus, den er nehmen wollte, würde erst in zwei Stunden fahren. Ivarsson hatte er in den letzten Tagen kaum gesehen. Er ging früh aus dem Haus und kam spät zurück. Überhaupt war er sehr viel zugeknöpfter und reservierter, seit dem Gespräch mit Bernt Larsson. So als hätte er ihn damit missachtet, gar persönlich gekränkt.

»Ja, ich werde dann noch nicht wieder zu Hause sein, aber Sie wissen ja, wo Sie den Schlüssel hinlegen sollen«, hatte er mit einem kurzen Nicken gesagt, als Nielsen ihm seinen Beschluss mitteilte, schon früher abreisen zu wollen.

Er trat ans Fenster. Draußen war es unverändert grau, aber inzwischen mit schärferen, klareren Abstufungen. Die Wolkendecke hatte einige blaue Risse bekommen, und auf den Feldern lag eine dünne Decke aus Schnee. Die Temperatur war gesunken, bis auf minus zehn Grad mittlerweile. Windstille. Es waren keine Menschen unterwegs, aber von den Nachbarhäusern stiegen dünne Rauchsäulen auf und hingen beinahe bewegungslos in der kalten Luft. Der Duft von Kaminfeuer fand seinen Weg ins Haus.

Er sog ihn mit einem Gefühl von Wehmut ein, überlegte, welches Zentrum im Gehirn dieser Geruch wohl aktivierte. Logischerweise dürfte er gar nichts fühlen, denn er hatte keine Erinnerungen, weder an Holzöfen noch an das Landleben. Vielleicht war seine Reaktion genetisch bedingt, eine Art kollektive Erinnerung von den Jahrtausenden am Lagerfeuer und in rauchigen Grotten...

Das Telefon klingelte. Er ließ es ein paar Mal läuten, ehe er sich erhob, um den Hörer abzunehmen, in der Erwartung, Ivarssons Stimme zu hören. Es dauerte darum einen Moment, ehe er begriff, wer am anderen Ende war.

»Sie rufen *hier* an?«, sagte er. »Das hätte ich nicht erwartet.«

Er konnte hören, wie Bernt Larsson leise lachte.

»Das ist doch wohl kaum strafbar, oder? Daraus kann einem noch nicht einmal Ivarsson einen Strick drehen. Außerdem wollte ich mit Ihnen sprechen. Haben Sie einen Augenblick Zeit?«

»Was wollen Sie denn?«

»Nicht am Telefon. Ich komme vorbei. Da ist etwas, was Sie vielleicht interessieren könnte.«

Nielsen überlegte kurz.

»Ich fahre heute Nachmittag«, sagte er zögerlich. »Wann können Sie denn vorbeikommen?«

»Jetzt, ich stehe vor der Tür!«

Nielsen schaute aus dem Fenster und sah sich suchend um.

»Nicht etwa der alte 245er Volvo da?«, sagte er schließlich. »Was ist geschehen? Sind schlechtere Zeiten angebrochen?«

Bernt Larsson lachte erneut.

»Wohl eher schlechteres Wetter. Es wird langsam Lastwagenwetter. Also, haben Sie Zeit? Es dauert nicht lange.«

John Nielsen hatte sich in Larssons Wagen gesetzt und versuchte, Platz für seine Beine zu schaffen. Er drehte sich zu Larsson hin, streckte den Arm vor und klopfte auf seine Uhr.

140

»Ich habe nicht den ganzen Tag Zeit, das wissen Sie ja, oder?«

Bernt Larsson machte ein ungeduldiges Gesicht.

»Ich bin nicht taub. Und auch nicht dumm. Sie werden schon noch wegkommen.«

Er fuhr an der Handvoll Geschäfte vorbei, die eine Art Zentrum darstellten, und erhöhte die Geschwindigkeit. Der hochbetagte Volvo rasselte träge und gequält beim Gasgeben und schwankte bedenklich in den Kurven. Er warf einen Blick zu Nielsen hinüber.

»Ich habe über unsere Unterhaltung nachgedacht«, sagte er. »Über die Härlins. Da gibt es noch etwas, was Sie vielleicht wissen sollten.«

»Gerüchte?«, sagte John Nielsen. »Wollten Sie das nicht anderen überlassen?«

Bernt Larsson lachte. »Aha, Sie erinnern sich! Aber auch in der Hölle gibt es ja Abstufungen. Oder sind Sie nicht mehr interessiert?«

Nielsen schwieg. Dann zuckte er mit den Schultern. »Ich sitze doch noch hier!«

Bernt Larsson kaute auf seinen Lippen und sah starr nach vorne.

»Es wurde viel über diesen Brand geredet. Wussten Sie, dass es nie ganz geklärt wurde, wie er ausgebrochen ist? Man hat von einem Kurzschluss gesprochen, aber diese Begründung wird meistens gewählt, wenn man eigentlich nichts weiß. Und es wurde auch nie abschließend festgestellt, wie viele Personen sich tatsächlich in dem Haus aufgehalten haben. Man hat den Körper von Inga Härlin gefunden. Und Göte Härlin. Zumindest Teile davon. Sowie ein paar blutverschmierte Kleidungsstücke, die der Tochter gehört haben sollen und die wohl bei der Explosion fortgeschleudert worden sind. Aber das war auch schon alles.«

»Die Spurensicherung war doch bestimmt da gewesen?«, sagte Nielsen.

»Das war vor dreißig Jahren. Man hatte damals nicht die technischen Möglichkeiten wie heutzutage. Außerdem ging es ja auch um die Frage, welche Summen man für die Aufklärung aufwenden wollte. Schließlich wusste man ja, dass sie zu Hause gewesen waren. Nachbarn hatten sie am selben Abend noch gesehen. Und wie schon gesagt, es muss eine wahnsinnige Feuersbrunst gewesen sein. Auch wenn man nicht beweisen konnte, dass alle vier bei dem Brand umgekommen sind, lag es doch auf der Hand, diesen Schluss zu ziehen.«

Sie waren von der Hauptstraße abgebogen und einige Kilometer auf einem kleineren Weg gefahren. Bernt Larsson bremste und hielt den Wagen an. Auf der einen Seite erstreckte sich der Wald, auf der anderen war Wasser. Ein Stück weiter vor ihnen öffnete sich der Wald und gab den Blick auf einen Acker frei, der augenscheinlich noch bewirtschaftet wurde. Am Waldrand lag eine Reihe großer Plastikballen mit Futter wie riesige weiße Dracheneier.

»Hier hat das Haus gestanden.«

Nielsen betrachtete das Feld neben dem Weg. Aus der dünnen Schneedecke ragten Teile des Fundamentes heraus. Eine deformierte Umzäunung. Weiter hinten ein unübersichtlicher Wirrwarr aus Büschen und abgestorbenen Baumstümpfen.

»Es ist nichts mehr übrig, außer dem Schrott aus der Garage und der Werkstatt. Den Rest hat man beseitigt, als dieser Weg verbreitert wurde. Aber es gab ohnehin nichts mehr. Das Wohngebäude ist in die Luft geflogen und ein Großteil davon im Fluss gelandet. Und das hat offensichtlich auch erklärt, warum man so wenig gefunden hat.«

Bernt Larsson nickte hinunter zum Fluss, etwa zwanzig

Meter von dort entfernt. Hier verbreitete sich der Fluss und wurde zu einem länglichen See.

»Außerdem tauchte keiner von ihnen wieder auf. Es gab keinerlei Grund, etwas anderes anzunehmen, als dass die ganze Familie beim Brand ums Leben gekommen war. Zumindest nicht direkt danach...«

»Lassen Sie mich raten«, unterbrach ihn Nielsen. »Es ist also nicht möglich, dass jemand später behauptet hat, die Geschwister Härlin gesehen zu haben?«

Bernt Larsson sah mit einem kurzen Lächeln zu ihm rüber.

»Aha, Sie waren unterwegs und haben sich umgehört? So interessant war es dann doch?«

Nielsen schüttelte den Kopf.

»Sie wissen schon, was das ist, was Sie mir da erzählen? Spukgeschichten. Haben Sie mich deshalb hierher gebracht?«

Bernt Larsson sah ihn noch immer unverwandt an.

»Sie wurden nicht nur einmal, sondern mehrere Male gesehen«, sagte er schließlich. »Von unterschiedlichen Leuten. Und am Tag, bevor Anna verschwand.«

John Nielsen schnaubte.

»Und das soll beweisen, dass sie noch lebten, meinen Sie? Und außerdem noch etwas mit Anna-Greta Sjödins Verschwinden zu tun haben?«

Bernt Larsson war verstummt.

»Da ist noch etwas anderes«, sagte er dann. »Kennet Eriksson, erinnern Sie sich an ihn? Kennet Eriksson soll Kaj Härlin wiedererkannt haben. Und er soll danach außer sich vor Angst gewesen sein. So sehr, dass er sich Hals über Kopf aus dem Staub gemacht hat. Und nicht etwa, weil er ein Gespenst gesehen hätte. Da hatte er Routine, ist einigen davon begegnet im Laufe der Jahre, wenn er besoffen war.

Nein, er hatte offenbar dreißig Jahre eine Todesangst vor Kaj Härlin. Obwohl es dafür logischerweise keinen Grund mehr gab.«

Er hielt kurz inne, ehe er fortfuhr.

»Kennet war bei den Partys im Sommerhaus der Härlins dabei. Doch er gehörte nicht wirklich zu dem inneren Zirkel. Er arbeitete ja schon und war auch ein bisschen älter als die anderen. Aber er hatte einen Führerschein. Und ein Auto. Das war gewissermaßen seine Eintrittskarte. Er hat schon damals gesoffen, allerdings nicht wenn er fuhr. Zumindest nicht so, dass es einen störte. Bis auf das eine Mal. Einmal zu viel. Er versuchte, Dede Härlin zu vergewaltigen. Oder so etwas in der Art…«

»Dede?«, unterbrach ihn John Nielsen.

»Desirée. Die Schwester«, antwortete Bernt Larsson. »Sie wurde so genannt.«

Er schüttelte den Kopf.

»Er dachte offenbar, dass sie das auch wollte und war zu besoffen, um den feinen Unterschied zu bemerken. Was sich als nicht besonders schlau erwies. Kaj Härlin war in der Nähe. Das schien er im Übrigen – was seine Schwester anbetraf – immer zu sein. Er setzte ein Messer an Kennets Hals und zwang ihn sich auszuziehen. Dann fragte er ihn, an welchem seiner Körperteile er denn als Erstes zu schneiden beginnen solle. Aber eines der Mädchen hatte angefangen zu schreien, und darum ließ er ihn laufen und meinte, er solle weit weglaufen, solange er das noch könne. Und dass er sich von ihnen fern halten solle. Wenn er ihm noch einmal unter die Augen komme, würde er ihn abschlachten wie ein Schwein.«

Er holte kurz Luft.

»Und Kennet glaubte ihm natürlich. Er verschwand im Wald. Splitternackt. Keiner wusste, wie er nach Hause ge-

144

kommen ist, aber es dauerte Wochen, ehe er es wagte, seinen Wagen abzuholen. Und man kann sagen, dass er sich nach diesem Schrecken nicht wieder gefangen hat. Er war seitdem mehr oder weniger unsichtbar. Trank und machte einen großen Bogen um die anderen. Und jetzt ist er ganz unsichtbar geworden.«

John Nielsen hatte sich in seinem Sitz so gedreht, dass er fast ganz zu Bernt Larsson gewandt war.

»Woher wissen Sie das alles?«

Larsson machte eine unbestimmte Geste.

»Ich habe mich umgehört, das habe ich doch gesagt. Mich umgehört und eins und eins zusammengezählt.«

»Demnach soll der da oben im Wald Kaj Härlin gewesen sein? Und Kennet Eriksson hat ihn wiedererkannt? Nach dreißig Jahren?«

Bernt Larsson zuckte leicht mit den Achseln.

»Er muss etwas gewusst haben«, sagte er schließlich leise, als würde er mit sich selbst sprechen. »Er scheint die ganze Zeit nur darauf gewartet zu haben, dass Kaj Härlin wieder auftauchen würde. Er muss von ihm gewusst haben, geahnt haben, dass er beim Brand nicht ums Leben gekommen war.«

Nielsen sah ihn mit wachsendem Befremden an.

»Und Sie glauben ernsthaft selbst alles das, was Sie da sagen?«, sagte er. »Ein Trinker mit Verfolgungswahn. Sowie ein Haufen von Gerüchten. Das glauben Sie?«

Bernt Larsson sah ihn an.

»Er hat sich doch bei Ihnen gemeldet, oder nicht?«

Nielsen hob die Hände.

»Ich habe mich eben geirrt. Was Falsches gehört.«

Der andere lachte trocken.

»Glauben Sie das selbst?«

»Ja, außerdem war das auch Ihre Schlussfolgerung, als

ich es Ihnen erzählt habe. Soweit ich mich erinnere, schien Sie das nicht sonderlich beeindruckt zu haben. Und immerhin kennen Sie diese Gerüchte offenbar schon etwas länger.«

Bernt Larsson machte eine ungeduldige Geste und unterbrach ihn.

»Ich musste erst einmal meine Gedanken sortieren. Und ich wollte zudem nicht wie ein Verrückter wirken. Außerdem konnte ich mir denken, wie Ivarssons Leier lauten würde. Aber ich war mir trotzdem da schon ganz sicher.«

Er starrte mit zusammengepressten Lippen vor sich hin.

»Ich wusste es die ganze Zeit«, sagte er plötzlich mit heiserer Stimme. »Ich habe das gefühlt, dass die krank sind! Ich konnte es daran merken, wie sie darüber schrieb…«

Seine Hände waren ums Lenkrad gekrallt, und abwechselnd streckte und ballte er sie. John Nielsen sah ihn verwundert an. Sein Gesichtsausdruck hatte etwas Besessenes. Gleichzeitig lag darin ein wilder, unterdrückter Schmerz. Larssons Augen waren schmale Striche, seine schmalen Lippen zitterten leicht. Dann holte er kurz Luft und drehte sich zu Nielsen. Ein flüchtiges Lächeln glitt wieder über sein Gesicht.

»Sie glauben, dass ich ein verfluchter Idiot bin, was? Aber es gibt Dinge, die man nicht genau erklären kann. Oder beweisen. Dennoch weiß man, dass es sie gibt. Man kann sie fühlen, riechen!«

Nielsen verzog das Gesicht.

»In diesem Fall benötigen wir mehr als nur unseren Geruchssinn«, sagte er. »Olle Ivarsson zufolge gab es damals keinen Zweifel, dass alle vier verbrannt sind.«

Bernt Larsson warf ihm einen unbestimmten Blick zu.

»Olle Ivarsson, ja«, sagte er mit einem kleinen Lächeln. »Das überrascht mich nicht weiter. Denn er ist ja wirklich

146

kein zweiter Einstein. In seinen Gedanken herrscht kein Gedränge. Vielleicht sollten Sie nicht alles, was er sagt, für bare Münze nehmen.«

John Nielsen sah ihn nachdenklich an.

»Gilt das auch für das, was er über Sie gesagt hat?«

Bernt Larsson lehnte sich in seinem Sitz zurück und lachte herzhaft. »Es ist das Übliche, nehme ich an? Das Gerede vom großen bösen Wolf! Dass ich die zentrale Figur in einer Art Unterwelt hier oben sei! Ich kann Ihnen verraten, dass er mit seinen Ansichten so ziemlich alleine dasteht.«

Er machte eine ausschweifende Geste und lachte erneut auf.

»Schauen Sie sich doch einmal hier um. Finden Sie, dass so ein geeigneter Platz für das organisierte Verbrechen aussieht? Man könnte gleich Bananen züchten. Das würde sich ungefähr genauso gut auszahlen. Ich versuche nur klarzukommen. Mit allem, was so geht. Und wenn ich es auch mit einigen Regeln nicht so genau nehme, dann bin ich damit sicherlich nicht der Einzige. Es gibt noch genügend andere.«

Er schüttelte den Kopf.

»Ich bin ihm ein paar Mal auf die Zehen getreten, und das kann er einfach nicht vergessen. Und ich habe auch nichts dagegen, er darf sich gerne hin und wieder daran erinnern.«

Er startete den Wagen, drehte um und fuhr zurück Richtung Ortszentrum.

John Nielsen saß stumm in seinem Sitz und starrte hinaus auf die schneebedeckte Landschaft. Gelegentlich sah er hinüber zu Bernt Larsson, auch er war stumm und verschlossen. Er fuhr jetzt langsamer, schwenkte an den Straßenrand, um den überholenden Autos Platz zu machen. Nach einer Weile drehte er den Kopf.

»Nielsen…«, sagte er. »Ist das Norwegisch oder Dänisch?«
John Nielsen zuckte kurz mit den Schultern.

»Schwedisch«, antwortete er kurz angebunden. »In meinem Fall. Ungefähr so Schwedisch wie Larsson, nehme ich an.«
Der andere lachte.

»So furchtbar empfindlich?«, sagte er. »Ich war nur neugierig. Nicht, dass es irgendeine Rolle spielt.«
Nielsen breitete die Arme aus.

»Meine Familie stammt aus Dänemark«, sagte er. »Der Großvater meiner Mutter, glaube ich, hat sich in Stockholm niedergelassen und ist dann dort geblieben. Sind Sie zufrieden?«

Bernt Larsson nickte nachdenklich. »Der Großvater Ihrer Mutter, sagen Sie? Es ist also der Name Ihrer Mutter?«

»Taugt das nichts?«

»Natürlich. Daran ist nichts auszusetzen. Aber was ist mit Ihrem Vater? Sie hatten doch wohl einen, nehme ich an?«

John Nielsen holte tief Luft. »Was ist das hier? Die Zwanzigfragenshow?«

Bernt Larsson lachte ihn an. »Sie haben doch die meiste Zeit Fragen gestellt. Ich dachte, dass Sie vielleicht ein wenig Abwechslung vertragen könnten. Sie müssen den Mund aufmachen, wenn es Ihnen zu viel wird.«

Nielsen sah ihn eine Weile an, und dann gab er nach.

»Mein Vater war nicht so lange bei uns. Eigentlich gar nicht. Meine Mutter bekam mich mit siebzehn. Sie haben nie zusammengelebt. Ich habe ihn ein paar Mal getroffen, das war alles. Und es war eine Enttäuschung, das darf ich zugeben. Er war so verdammt mittelmäßig! Alles an ihm schrie förmlich nach Mittelmaß. Fand ich damals auf jeden Fall. Das war nicht böse gemeint. Ich konnte mir nur nicht vorstellen, dass er mich gezeugt haben sollte. Ich wollte jemanden haben, mit dem man angeben konnte. Oder der den Jungs, die einen schikanierten, so viel Angst einjagte, dass sie sich die Hosen voll machten. Er hätte alles sein dürfen, nur nicht so furchtbar *gewöhnlich*! Außerdem auch noch geizig. Ich habe einen Zehner von ihm bekommen, als ich ihn das letzte Mal sah. Da war ich siebzehn. ›Soll ich mir den einrahmen?‹, habe ich ihn gefragt. Ich war da schon einen Kopf größer als er. Da bekam ich den Eindruck, dass er Angst vor mir hatte. Und ich glaube, dass ich darüber ein bisschen stolz war.«

»Lebt er nicht mehr?«

John Nielsen verstummte. Er war zum einen über seine Redseligkeit, zum anderen über die Tatsache verblüfft, dass er nachdenken musste, um die Frage beantworten zu können.

»Nein, er ist tot«, sagte er dann. »Vor ungefähr zehn Jahren. Ich habe das erst ein halbes Jahr später erfahren. Er war verheiratet gewesen und wieder geschieden worden. Sie haben mich wohl aus den Augen verloren.«

Er schwieg eine Weile und runzelte die Stirn. Wer war sein Vater eigentlich gewesen? Das war ein Rätsel, an dem er eigentlich interessiert sein müsste. Dennoch fühlte er nichts, nicht einmal Gleichgültigkeit. Auch das war Teil des Rätsels.

»Und Ihre Mutter?«

Er drehte sich zu Bernt Larsson, einerseits irritiert, andererseits amüsiert von der Eindringlichkeit, mit der er fragte.

»Sie sind dabei, sich meiner Schmerzgrenze zu nähern«, sagte er und war sich bewusst, dass er das auch so meinte.

Bernt Larsson zuckte mit den Achseln. »Ich habe Sie noch nicht schreien hören.«

Nielsen seufzte resigniert.

»Sie war wohl ein bisschen zu jung damals. Hat das nicht geschafft. Ich habe die meiste Zeit bei einem ihrer Brüder und dessen Frau gewohnt. Sie wurden meine Ersatzeltern. Ein paar Mal hat sie versucht, mich mit zu sich nach Hause zu nehmen, aber das haute nie so richtig hin. Ich wollte immer wieder zurück zu Janne und Kerstin.«

Aus der Jackentasche holte er eine Zigarettenschachtel, hielt sie hoch und sah fragend auf Bernt Larsson, der den Kopf schüttelte. Er drehte das Fenster auf seiner Seite herunter und zündete sich eine Zigarette an. Er spürte, wie der eiskalte Fahrtwind gegen sein Gesicht schlug.

»Als ich etwa zehn war, hat sie einen Wochenendtrip mit einem dieser Ålandschiffe gemacht und ist mit ein paar Arbeitskollegen fortgefahren. Und nie zurückgekehrt.«

Bernt Larsson warf ihm einen fragenden Blick zu. »Was ist passiert?«

Nielsen zuckte mit den Schultern. »Man weiß es nicht genau. Ein Unfall. Selbstmord. Verbrechen. Es ließ sich nicht aufklären. Man hat auch nie ihre Leiche gefunden. Aber ihre Sachen waren alle noch in ihrer Kabine. Bis auf die Kleider, die sie getragen hat und ein bisschen Geld und Schmuck vielleicht.«

Er versuchte, die Asche aus dem Fenster zu schnippen.

»Ich habe natürlich darauf gewartet, dass sie zurückkommen würde. So wie Kinder nun einmal sind. Habe gehofft, dass es alles nur ein großer Irrtum war…«

»Und Sie haben nie versucht herauszubekommen, was geschehen ist?«, fragte Bernt Larsson.

John Nielsen sah hinüber zu der kleinwüchsigen Gestalt neben sich. »Und nun glauben Sie sicher, deuten zu können, aus welchem Beweggrund ich in dieser Geschichte so herumwühle?«, sagte er.

Bernt Larsson schüttelte den Kopf.

»Nein. Ich werde kein einziges Wort in diese Richtung sagen. Außer Sie legen ein vernünftiges Honorar auf den Tisch. Solche Gutachten bekommt man nämlich nicht umsonst!«

Nielsen lachte, zog ein letztes Mal an seiner Zigarette und ließ sie durchs Fenster verschwinden. Aber natürlich war das in gewisser Weise der Grund, dachte er. Das hing alles miteinander zusammen. Das tat es schließlich immer. Das ganze Leben war ein verworrenes Durcheinander von Ursache und Wirkung, bei dem man nicht mehr sagen konnte, was was war.

»Einmal in all den Jahren hatte ich wohl den Wunsch, das Rätsel zu lösen. Ihrer Spur zu folgen. Aber ich habe eingesehen, dass zu viel Zeit vergangen war. Es gab nichts mehr zu klären.«

Er schüttelte wieder den Kopf.

»Es ist wie mit Anna-Greta Sjödin«, sagte er schließlich. »Oder mit den Geschwistern Härlin. Es ist zu lange her. Man kann nur noch rätseln und Vermutungen anstellen.«

»Stimmt vielleicht. Aber es gibt Unterschiede. Vor allem, was die Härlins betrifft.«

Bernt Larssons Gesicht hatte wieder denselben, konzentrierten und verbissenen Ausdruck wie zuvor angenommen.

»Inwiefern denn?«

»Nun, Kaj Härlin hat sich gemeldet und eine Spur hinterlassen.«

Er war noch langsamer geworden, kroch förmlich am Straßenrand entlang und drehte sich zu John Nielsen.

»Er will, dass wir wissen, dass es ihn gibt, dort draußen irgendwo. Merken Sie das denn nicht?«

Nielsen schüttelte den Kopf.

»Desirée Härlin war krank, wussten Sie das nicht?«, sagte er. »Chronisch krank. Sie wäre vermutlich heute gar nicht mehr am Leben.«

Er erzählte in knappen Worten von seinem Gespräch mit Marianne Linde, aber Bernt Larsson winkte wütend ab.

»Ich pfeife darauf, wie krank sie angeblich gewesen sein soll. Und woher wissen Sie überhaupt, dass es die Wahrheit ist. Haben Sie das überprüft?«

Nielsen seufzte.

»Nein, und ich gedenke es auch nicht zu tun. Ich glaube nicht, dass es notwendig ist. Es ist dreißig Jahre her. Keiner kann sich so lange verstecken, das ist unmöglich. Nicht in diesem Land. Und zwei Jugendliche, gerade neunzehn, ganz alleine...«

»Wer hat gesagt, dass sie alleine waren?«, unterbrach ihn Bernt Larsson.

Nielsen starrte ihn an.

»Sie glauben nicht, dass sie alleine waren?«

Bernt Larsson schüttelte den Kopf. »Ich habe das nie wirklich geglaubt. Es muss noch einen gegeben haben. Oder mehrere.«

Die Spur

Er fuhr in die Tiefgarage. Dort blieb er eine Weile im Wagen sitzen und dachte nach. Vielleicht sollte er zur Sicherheit den Wagen loswerden, die Marke wechseln. Es war schließlich noch immer möglich, die Spuren seines Besuches bei Kennet Eriksson zu sichern. Dann schüttelte er den Kopf. Nein, er benötigte keine Sicherheit mehr, keinen zusätzlichen Sicherheitsabstand.

Er holte kurz Luft, seine Augen verengten sich zu Schlitzen. Von jetzt an würde er ganz nahe dran sein, auf gleicher Höhe, beinahe sichtbar. Nahe genug, um einfach die Hand auszustrecken und sich zu erkennen zu geben.

Er lachte bei dem Gedanken. Es hatte etwas Stimulierendes, etwas zunehmend Erregendes, wenn er sich die leichte Berührung vorstellte, wie der andere zusammenzuckte und sich umdrehte ...

Dann unterbrach er seine Gedanken, schüttelte das Gefühl von plötzlichem Ekel ab. Er ersetzte dieses Bild durch ein anderes. Kein Versuch einer Berührung, kein Kontakt zwischen ihnen. Er würde einfach dort sein, im Schatten, wartend und unbeweglich. Er war derjenige, der beobachtete und steuerte. Keine Gefühle, außer das kühle Abwarten, das Lauern auf eine günstige Gelegenheit, auf den richtigen Zeitpunkt.

Aus seinen Gesichtszügen hatte er jede Regung getilgt. Er schob den Sitz nach hinten, griff nach den Kleidungsstücken auf dem Rücksitz und zog sich eilig im Wagen um. Dann stieg er aus und rückte Hemd und Jacke unter dem dunklen Mantel zurecht, ehe er mit schlendernden, aber dennoch zielstrebigen Schritten zu der Ausgangstür ging.

In der Wohnung angekommen blieb er wie gewöhnlich im Dunkeln stehen, nachdem er die Tür hinter sich geschlossen hatte. Er wartete, horchte nach Geräuschen, bevor er das Licht anmachte. Dann hängte er seinen Mantel auf, ging ins Arbeitszimmer und setzte sich an den Schreibtisch.

Nielsen war zurückgekehrt. Nun galt es nur darauf zu warten, was er als Nächstes tun würde.

Eine Weile saß er regungslos da, fixierte die heruntergelassene Gardine vor sich und lauschte dem schwachen Rauschen von der Straße. Er trommelte mit den Fingern auf der Tischplatte. Ein Gefühl von Enttäuschung beschlich ihn. Vielleicht hatte er sich geirrt, vielleicht war die schwerfällige, träge Art des Journalisten gar keine Fassade? Vielleicht war er wirklich so, ein träger Ochse, den man überallhin führen konnte, der nur müde an seinem Nasenring rüttelte. Ohne die Fähigkeit, einen Schritt zur Seite zu machen, jenes zu entdecken, das nicht ganz offen dalag. Er würde die eigentlichen Zusammenhänge nicht begreifen, obwohl sie dort waren, direkt vor seiner Nase, beinahe unverdeckt. Er schüttelte den Kopf. Er wollte es so nicht haben. Er wollte, dass Nielsen es sehen konnte, es entdeckte. Begriff, was geschehen war. Dass er dazu gezwungen war.

Er dachte an Anna. Es war notwendig gewesen. Noch immer spürte er diese dumpfe Wut, wenn er daran dachte. Dedes spöttischer, provozierender Blick, als sie ihm erzählte, dass sie sich bereits verabredet hätten.

Und später dann im Wagen mit dem süßlichen Leichengeruch, der immer aufdringlicher wurde. Dede saß auf dem

156

Beifahrersitz, zwitschernd und kichernd, so als würden sie ein Picknick machen wollen. War das ein Spiel? Oder begriff sie wirklich nicht, worum es hier ging?

Schon bevor sie aus dem Wagen stiegen, wusste er, was zu tun war. Er hatte an Annas Blick gespürt, dass sie nach einer Erklärung suchte. Dede hatte kaum ein verständliches Wort über den Brand von sich gegeben. Sie war wie im Fieber, verwirrt.

Es war fast unmöglich zu verstehen, was sie wollte, nur, dass sie unbedingt dorthin zurückmusste, zurück zur Quelle in der Grotte. Das schien für sie von großer Bedeutung zu sein.

Anna ging dicht an ihn gepresst, als würde sie dort Schutz suchen. Er lächelte sie an, vermied es aber, ihr in die Augen zu sehen, legte beschützend den Arm um sie.

Dann holte er tief Luft, glitt um sie herum und verdrehte ihre Arme auf den Rücken. Er spürte, wie ihr Körper plötzlich unter seinem Griff steif wurde, wie sie begann, sich zu wehren. Dennoch war es leicht gewesen und in wenigen Sekunden überstanden. Er erinnerte sich an den gurgelnden Laut, als das Messer die Kehle durchschnitt und der Kopf nach vorne kippte. Er ließ sie zu Boden sinken und stach mehrmals in den Brustkorb, ohne ihr dabei ins Gesicht zu sehen.

Er wollte sicher sein. Wollte nicht, dass sie ihn noch einmal ansehen konnte, wollte ihrem Blick nicht begegnen.

Dede hatte die ganze Zeit einige Schritte entfernt gestanden. Er versuchte, ihren Gesichtsausdruck zu deuten. Einen Augenblick lang hatte er gedacht, in ihren Augen läge Ekel. Aber dann erkannte er, dass er sich geirrt hatte. Ihr Blick war leer, sie hatte nichts gesehen. Sie sah auch ihn nicht. Er hätte genauso gut nicht dort sein können.

Wenn man dem Telefonbuch glauben durfte, gab es nicht nur einen Bengt Andersson. Es gab Hunderte davon, allein in der Stockholmer Gegend. Und darunter befand sich auch der Besitzer jenes inzwischen abgeschalteten Anschlusses, den er sich einst notiert hatte. Bengt Andersson war mit der im Telefonbuch angegebenen Adresse noch polizeilich gemeldet. Über einen Kontakt beim Finanzamt war es ihm gelungen, seine Sozialversicherungsnummer sowie Angaben zu seiner Steuererklärung herauszubekommen.

Nielsen starrte eine Weile auf die Angaben vor sich. Bengt Andersson, geboren 1950, selbstständiger Unternehmer – Vertreter, wofür, ging daraus nicht hervor. Sein Einkommen war erstaunlich gering, stellte er fest. Zumindest das angeführte. Aber vielleicht irrte er sich auch, dachte er. Womöglich hatte er es hier mit einem rechtschaffenen, aber nicht besonders erfolgreichen Unternehmer zu tun. Offensichtlich allein stehend. Und noch lebendig, zumindest laut Einwohnermeldeamt. Auch wenn er telefonisch nicht erreichbar war.

Nielsen war drei Tage lang zu Hause gewesen. In erster Linie hatte er die Zeit genutzt, um zwei Artikel abzuschließen, die er schon letzten Monat hätte einreichen sollen. Er schrieb ununterbrochen, ohne sich besonders in die Materie zu vertiefen. Gleichzeitig dachte er über eine Fortsetzung seines Anna-Greta-Sjödin-Artikels nach. Es war

158

nichts Neues geschehen. Zwei kurze Telefonate mit Ivarsson hatten nur bestätigt, was bereits vorher bekannt gewesen war. Die beiden anderen Leichen waren noch immer nicht identifiziert worden. Weitere Ermittlungen hatten vor allem deshalb keine so große Dringlichkeit, da man mit größter Wahrscheinlichkeit davon ausgehen konnte, dass diese Taten mehr als fünfundzwanzig Jahre zurücklagen. Auch bezüglich des Unbekannten im Kahlschlag hatten sich keine weiterführenden Neuigkeiten ergeben. Und Kennet Eriksson hatte auch noch nichts von sich hören lassen.

Olle Ivarsson antwortete einsilbig, wirkte bei den Telefonaten so, als würde er sie am liebsten umgehend beenden. Seine Stimme war irritiert und gleichzeitig unkonzentriert, als denke er an etwas vollkommen anderes.

»Werden Sie sich melden, wenn sich etwas Neues ergibt?«, hatte Nielsen gefragt.

»Finden Sie nicht, dass schon genug passiert ist?«, erwiderte Ivarsson mürrisch. »Außerdem bin ich kein verdammter Pressesekretär.«

Er hielt einen Moment inne, ehe er mit einem Seufzer fortfuhr.

»Ja, ja, schon gut. Wenn es etwas ist, was wir herausgeben dürfen. Und wenn ich Lust dazu habe.«

Nielsen schüttelte ärgerlich den Kopf, nachdem er aufgelegt hatte. Olle Ivarssons Stimmungswechsel begannen ihm auf die Nerven zu gehen. Er hatte etwas von einer Primadonna oder von einem verzogenen Kind an sich. Und er war jemand, den man auf jeden Fall bei guter Laune halten musste und dem man nicht auf die Zehen treten durfte. Und beides beherrschte er nicht gerade mit Bravour.

Tjarrko knurrte im Flur, wo er dicht an die Haustür gedrückt lag. Dann drehte er sich auf den Rücken und lag eine

Weile schamlos mit gespreizten Beinen da, ehe er mit einem Mal zusammenzuckte, aufsprang und auffordernd bellte. Nielsen schnappte sich seine Jacke, öffnete die Tür, ließ den Hund hinaus und folgte ihm.

Es war ein milder, wolkenverhangener Tag. Draußen war es wieder wärmer geworden. Etwas trügerisch Frühlingshaftes lag in der Luft, zu dem die Dunkelheit, die immer früher einsetzte, nicht passte. Der Waldrand auf der anderen Seite des Flusses wirkte bereits jetzt, gegen vier Uhr, unscharf und unwegsam.

Der Hund schnüffelte konzentriert an der Treppe, wie er es schon die letzten Tage getan hatte. Er bellte ein paar Mal, als würde er ihm etwas mitteilen wollen. Dann schüttelte er sich und kam hinter ihm hergetrottet, die Nase nah über dem Boden.

Nielsen nahm ihn an die Leine, überquerte die Straße und ging hinunter zum Naherholungsgebiet und dem Flussufer. Er ließ sich von Tjarrko bis zum Vogelturm am Rande des Schilfdickichts ziehen. Dort hielt er an, machte ihn los, lehnte sich an das Holzgestell und zündete eine Zigarette an.

Er konnte sein Haus von hier aus schemenhaft sehen. Deplatziert und ein wenig verloren lag es da, mit den Hochhäusern im Nacken. Er hatte es nun schon seit fast vier Jahren gemietet. Die Besitzerin war eine alte Dame, der er nie begegnet war, vermutlich war sie schon seit langem im Pflegeheim. Er überwies zwar seine Miete dem Enkelsohn, hatte aber noch nicht einmal einen richtigen Vertrag. Das Haus stand auf öffentlichem Gelände und sollte abgerissen werden. Für die Gegend existierte ein Bebauungsplan, der eine Reihe von Einzel- und Reihenhäusern in direkter Nachbarschaft zur Hochhausbebauung vorsah. Er hatte das gewusst, als er einzog. Die meisten anderen Ferienhäuser an der Straße waren bereits abgerissen worden. Er verlängerte von einem Jahr auf das nächste. Am Anfang hatte er noch versucht herauszufinden, wie der Stand der Dinge war. Mittlerweile hatte er es aufgegeben. Zwischendurch beschlich ihn das Gefühl, dass das Haus oder vielleicht sogar das ganze Areal in der bürokratischen Maschinerie verloren gegangen sein musste, sich in einer Art Raum des Vergessens befand, und es eine große Dummheit wäre, an dessen Existenz zu erinnern. Er warf die Zigarette von sich, sah sich nach Tjarrko um und pfiff. Seine Gedanken arbeiteten auf Hochtouren, während er darauf wartete, dass der Hund wieder auftauchte.

Bengt Andersson.

Was sprach eigentlich dafür, dass dieser Mann etwas mit Anna-Greta Sjödins Verschwinden zu tun hatte? Nichts weiter als der Name Kaj Härlin und die Telefonnummer, die er aufgeschrieben hatte. Und in beiden Fällen bestand schließlich noch die Möglichkeit, dass er sich verhört hatte.

Nach nur wenigen Sätzen hörte er Lasse Hennings demonstratives Stöhnen im Hörer.

»Verdammt noch mal, Johnny, ich kann dir jetzt nicht einfach so diese Sachen besorgen!«

»Warum nicht? Ich möchte doch nur wissen, ob er verurteilt wurde. Und das ist ja kein Staatsgeheimnis, soweit ich weiß. Das kann doch nicht so kompliziert sein.«

»Dann kannst du es auch selbst machen, oder?«

»Du sitzt einfach an der besseren Quelle. Ich bräuchte dazu mehrere Tage. Und du kannst das in einem Handumdrehen machen. Mit deinem hervorragenden Wissen und deinem Scharfsinn …«

»Wen, zum Teufel, glaubst du, dass du damit einwickeln

kannst, he? Mich bestimmt nicht. Du bist nur faul, Johnny! Das ist alles!«

Nielsen hörte diesem Ausbruch mit einem Lächeln zu. »Lieber«, sagte er dann, als es schließlich still wurde. »Lieber Lasse! Nur für mich. Ich werde dich nie wieder um einen Gefallen bitten.«

Lasse Henning holte tief Luft. »Außerdem bist du eine elendige Klette. Man wird dich ja nie los.«

John Nielsen lachte laut auf. »Auch darin hast du Recht. Ich kann dir nur zustimmen.«

»Was hat er denn getan?«, fragte Henning nach einer Weile. »Dieser Andersson da?«

»Das will ich ja gerade herausbekommen. Nichts, wird man hoffen dürfen. Um seinetwillen. Es lebt sich immer besser mit einem reinen Gewissen.«

Lasse Henning schnaubte. »Und was weißt du davon?«

Er verstummte wieder für einen Moment, ehe er fortfuhr. »Wir müssten mal wieder ein Bier trinken gehen, Johnny.«

»Ich trinke gerade eins«, erwiderte Nielsen.

»Ja, das ist vielleicht genau das Problem.«

Seine Stimme hatte einen schrofferen und gleichzeitig etwas besorgten Tonfall bekommen.

»Ich weiß«, sagte Nielsen. »Ich weiß es, und es tut mir Leid. Dass ich der bin, der ich bin. Eine traurige Figur. Und dazu noch ein undankbares Schwein, das sich nur dann meldet, wenn es einen Gefallen braucht. Bist du jetzt zufrieden?«

»Nein, aber du müsstest es sein«, erwiderte Lasse Henning. »Das war ja eine Vorführung der hohen Schule in Selbstmitleid.«

Nielsen seufzte. »Im Frühling«, sagte er nach einer Weile. »Das Bier trinken wir im Frühling. Ich bin kein amüsanter Gesellschafter in dieser Jahreszeit. Im Frühling, versprochen. Dann werde ich ein anderer und besserer Mensch sein.«

Er goss sich ein weiteres Bier ein, gespritzt mit Wodka. Einen Augenblick lang starrte er ins Glas und goss dann noch einen Finger breit Wodka hinterher. In den letzten zwei Wochen hatte er kaum einen Tropfen zu sich genommen und auch kein Verlangen danach gehabt. So funktionierte das bei ihm, etwas tauchte auf und nahm ihn gefangen. Oder er warf sich diesem vielleicht auch in die Arme, wie man nach einer Rettungsleine greift.

Nun wusste er, dass er weitertrinken würde, bis zum absoluten Nullpunkt. Er bemühte sich erst gar nicht mehr, dafür eine Erklärung zu finden. Oder die Ursachen aufzudecken. Es war einfach eine gewaltige Unersättlichkeit, eine Maßlosigkeit. Er konnte einfach nicht aufhören.

Er würde eine Zeit lang noch leidlich funktionieren im sozialen Kontext, das wusste er. Aber das würde auch nachlassen, er würde sich zielstrebig in Grund und Boden trinken, bis zu einem Tiefpunkt, dem Moment der Auflösung, in dem nichts mehr eine Bedeutung hatte, nichts mehr existierte. Wenn nichts passierte.

Er lehnte sich zurück und dachte an Lasse Henning. Im Prinzip wusste er, dass er ihn um alles bitten konnte. Wenn es ihm möglich war, würde Lasse es regeln. Oder er würde ihm Ratschläge geben und Alternativen aufzeigen. Er spürte, dass Lasse ein so unerschütterliches Vertrauen zu ihm hatte, dass ihm noch nicht einmal der Gedanke gekommen war, dass dieses Vertrauen missbraucht werden könnte. »Entweder bist du ein besserer Menschenkenner als jeder, den ich kenne«, hatte Nielsen einmal zu ihm gesagt. »Oder du bist ganz einfach dumm.«

Lasse hatte laut aufgelacht.

»Das gehört vielleicht irgendwie zusammen, glaubst du nicht? Zwei Seiten einer Medaille.«

Wie lange kannten sie sich schon? Er rechnete nach, es mussten fast fünfundzwanzig Jahre sein. Er war siebzehn gewesen, als er das erste Mal mit Lasse Henning zusammenstieß. In einem Einsatzwagen. Zu der Zeit war Lasse noch Streife gefahren, und Nielsen hatte wütend versucht, ihm eins zu verpassen, aber ohne Erfolg. Er erinnerte sich schwach, dass Lasse ihn ganz ruhig am ausgestreckten Arm gehalten hatte, ehe er ihn herumdrehte und mit einem einfachen Griff zu Boden warf. Ohne große Anstrengung und ohne sich von ihm provozieren zu lassen.

Später wurde Lasse sein Bewährungshelfer und derjenige, der ihm seine ersten journalistischen Erfahrungen ermöglichte, indem er ihm mithilfe seiner Kontakte ein Volontariat bei der *Norrtelje Tidning* verschaffte.

Es lagen zwar nur sieben Jahre zwischen ihnen, aber Lasse wurde sehr schnell zu einem Elternersatz, wie es Janne und Kerstin für ihn nicht sein konnten. Zumindest war er der Einzige, der es wagte, ihm Grenzen zu setzen.

»Es gibt ein Wort, das man lernen muss«, hatte er immer gesagt. »Und das ist nein. Dann regelt sich das andere meist von selbst.«

»Das kann kaum ein größeres Problem für dich gewesen sein«, hatte Nielsen säuerlich bemerkt. »Das ist sicher angeboren. Und mir scheint, es ist auch das einzige, woraus dein Wortschatz besteht.«

Gegen acht Uhr klingelte das Telefon.

»Bist du noch ansprechbar?«

Er registrierte sehr wohl die Portion Ernst hinter dem Scherz.

164

»Natürlich«, erwiderte er. »Keine Gefahr. Du musst dir keine Sorgen machen. Du kennst mich doch!«

»Na eben darum.«

Nielsen grinste. Er konnte Lasse Hennings prüfenden Blick förmlich spüren.

»Du hast Überstunden gemacht, scheint mir«, sagte er. Der andere schnaubte.

»Wann soll ich sonst Zeit dafür finden, was meinst du?« Er schwieg einen Moment, ehe er fortfuhr.

»Ich musste ein kleines Stückchen in die Vergangenheit zurückgehen. Aber auf jeden Fall ist dieser hier nicht immer ein wohlerzogener Junge gewesen. Willst du es hören?«

Als Henning zu Ende war, schwiegen sie eine Weile. »Na ja, so schlimm steht es ja nicht um ihn«, sagte Nielsen schließlich. »Nicht so schlimm, als dass ich das nicht selbst hätte sein können.«

Lasse Henning lachte leise. »Ich weiß.«

»Und später ist nichts mehr vorgefallen?«

»Ein paar Vermerke vom Finanzamt. Aber nichts Auffälliges. Er scheint beschlossen zu haben, mit dem ganzen Mist aufzuhören. Und hat es offensichtlich auch durchgehalten. Oder es ist etwas passiert. Vielleicht ist er errettet worden.«

Nielsen nickte. Er wusste, dass es nicht als Scherz gemeint war. Die meisten, die mit ihrem alten Leben brachen, taten dies auf Grund einer umwälzenden emotionalen Erfahrung. Liebe konnte das sein. Oder eine radikale Veränderung, religiös oder politisch.

»Wäre es möglich, an ein Foto zu kommen?«

Lasse Henning holte Luft. »Jetzt reicht es aber, zum Teufel! Was hat dieser arme Kerl dir eigentlich getan?«

Er verstummte und fuhr nach einer kurzen Pause mit leiserer Stimme fort. »Ich habe in der Tat danach gesucht. Aus

165

lauter Neugierde. Um zu sehen, ob es jemand war, den ich kannte. Aber dieser Geselle hat keinen Führerschein. Und auch noch nie einen Pass beantragt. Also, wenn du unbedingt ein Foto von ihm haben willst, wirst du ihn wohl besuchen und ihn artig darum bitten müssen. Das ist mein Vorschlag.«

Er schwieg erneut für einen Moment.

»Das scheint dir nicht zu genügen! Ist das eine Sache, an der du dranbleiben willst?«

»Ich weiß es nicht«, antwortete Nielsen langsam. »Ich weiß genau genommen überhaupt nicht, was …«

Er hielt inne, dachte nach. »Triffst du Harri noch?«, fragte er.

Lasse Henning pfiff durch die Zähne. »Harri Rajamäki? Ach so, du willst also diesen Weg einschlagen: Harri fragen? Das ist natürlich eine Möglichkeit. Ja doch, der müsste eigentlich noch unter derselben Adresse wie letztes Mal anzutreffen sein. Wenn er nicht das Glück hatte, wieder rausgeschmissen worden zu sein.«

Die Haut am Hals war so schlaff und faltig wie bei einem alten Mann, das Gesicht war eingefallen. Er hatte im ersten Augenblick Schwierigkeiten, ihn wiederzuerkennen. Harri Rajamäki wirkte etliche Jahre älter als seine vierundvierzig.

Seine Bewegungen waren ruckartig und verrieten jahrelangen übermäßigen Konsum von allem, was man überhaupt zu sich nehmen konnte, dachte Nielsen, während er ihn ansah. Aber sein Blick war klar, wachsam und konzentriert. Ein Schimmer von berechnender Intelligenz glitzerte in seinen braunen Augen.

»Donnerwetter, Johnny, ist schon 'ne Weile her, dass ich dich zum letzten Mal gesehen hab! Dachte, du würdest

166

dich hier in der Gegend überhaupt nicht mehr blicken lassen. Dass du zu fein geworden bist, um nach Hause zurückzukommen.«

Harri Rajamäki hatte den Kopf schief gelegt, fröhlich gegrinst und dabei ein fast zahnloses Gebiss entblößt. Als er Nielsens Blick bemerkte, zwinkerte er und hob die Oberlippe mit den Fingern.

»Meine Milchzähne sind rausgefallen, endlich. Aber neue sind unterwegs. Die Behörde wird mich mit einer Garnitur neuer Stacheln versorgen. Und das bin ich doch auch wert, findest du nicht? So lange, wie ich dafür Sorge getragen habe, dass sie genug Arbeit haben.«

Nielsen nickte. »Ich weiß. Du warst ihr Felsen in der Brandung.«

Harri Rajamäki lachte. »Na klar. Einer der Säulen der Gesellschaft. Ist das der Grund deines Kommens, um zu sehen, wie es dem Bodensatz geht? Denn selbst wirst du dich wohl nicht mehr daran erinnern können.«

Nielsen folgte ihm in die Zweizimmerwohnung.

Aus der Küche schlug ihm der Gestank nach Müll und Essensresten entgegen. Und ein Blick in das Wohnzimmer ließ ihn einsehen, dass Lasse Hennings Befürchtungen einer bevorstehenden Kündigung nicht ganz unbegründet waren. An der einen Wand befand sich ein Stapel mit Dingen, die ganz offensichtlich Diebesgut waren: Stereoboxen, Handys und tragbare CD-Player. Der Rest des Raumes beherbergte eine unbeschreibliche Mischung aus dreckiger Wäsche, Verpackungsmüll, Zeitungen und kaputten Möbeln. In der einen Ecke war der Boden bedeckt mit eingetrocknetem Erbrochenem.

Er räumte einen Stapel Gerümpel beiseite und ließ sich am äußersten Rand des Sofas nieder.

»Ich benötige jemanden, der etwas über einen Typ herausbekommt, der Anfang der Siebziger im Knast war. Etwas vor meiner Zeit, aber du warst zu dem Zeitpunkt sicher schon da und bist dort herumgelaufen, wenn ich mich nicht irre?«

Harri nickte. »Ich war schon früh entwickelt«, sagte er mit einem Lächeln. »Hat er einen Namen?«

»Bengt Andersson.«

Harri Rajamäki lachte laut auf. »Ja, mein Lieber, da kann ich dir aber eine ganze Reihe von besorgen…«

»Er wurde Pippi genannt«, unterbrach ihn Nielsen. »Was er wohl nicht so richtig gemocht haben soll. Einige haben von ihm eins aufs Maul gekriegt, wenn er es mitbekommen hatte. Offenbar war er sehr kräftig. Nicht groß, aber vierschrötig. Stark. Darum wurde er wohl auch so genannt. Außerdem hatte er eine piepsige Stimme. Das hat bestimmt auch eine Rolle gespielt.«

»Was hat er denn so getrieben?«

»Nichts Besonderes. Diebstahl, Körperverletzung, ein paar Verurteilungen wegen Drogen. Hauptsächlich Kleinkram. Er hat ein paar Runden gedreht, aber in einer offenen Anstalt. Obwohl das, was man über ihn herausbekommt, bestimmt nur ein Bruchteil von dem ist, was er wirklich auf dem Kerbholz hatte. Er ist bei Pflegeeltern aufgewachsen, bei verschiedenen, danach tanzte er durch mehrere Heime für schwer erziehbare Kinder. Er muss so um die zwanzig gewesen sein, als er hier auftauchte.«

»Und über den soll ich dir Informationen beschaffen?«

»Ich dachte, dass du dich einmal umhören könntest. Vielleicht erinnert sich jemand an ihn. Weiß noch etwas über ihn.«

Harri kaute auf seinen Lippen und blinzelte ihn an. »Warum?«

John Nielsen dachte nach, ehe er antwortete.

168

»Nach 1972 scheint er ein anderer Mensch geworden zu sein. Keine krummen Sachen mehr. Ja, für ein paar Jahre war er sogar ganz verschwunden, soweit ich das ermitteln konnte. Als er wieder auftauchte, hatte er eine eigene Firma gegründet. Und dann ließ er sich auch noch in Östermalm nieder. Dort hat er die letzten fünfzehn Jahre gelebt.«

Harri lehnte sich nach hinten und brach in Gelächter aus. »Und es stört dich, dass er es gedeichselt hat, was? Was für ein Glück, dass auf uns da mehr Verlass ist.«

Er sah Nielsen unverwandt an. »Glaubst du, ich bin blöd? Es muss einen anderen Grund geben. Raus damit, spuck es aus!«

John Nielsen zuckte mit den Achseln. »Es könnte etwas passiert sein, in diesem Sommer 1972. Davor ist er wohl kein helles Licht gewesen. Eher minderbegabt, wenn man den Unterlagen der Ermittlungsverfahren glauben darf. Als er aber dann wieder auftauchte, scheint er mit einem Mal sowohl anpassungsfähig als auch erfolgreich geworden zu sein. Was ich herausbekommen möchte, ist, ob sich jemand an diesen Mann erinnert. Jemand, der sich diese Verwandlung erklären kann. Oder auch nicht.«

Harri Rajamäki schwieg einen Moment. »Du willst also wissen, ob es ein und derselbe Typ ist. Oder jemand anderes. Ist das so schwer zu sagen?«

Er knetete nachdenklich sein Kinn.

»Und wie hast du dir das vorgestellt? Weißt du eigentlich, wie viele aus der alten Zeit noch übrig sind? Man würde kaum eine Fußballmannschaft zusammenbekommen. Und von denen, die es noch gibt, erinnern sich die meisten noch nicht einmal, wie man sich den Hintern abwischt. Geschweige denn, was damals, vor einer Million Jahre passiert ist!«

Er setzte sich plötzlich kerzengerade hin und lachte. »Aber natürlich werde ich dir helfen. Logisch werde ich das tun!«

Er bog seinen langen, knochigen Körper nach vorne, streckte die eine Hand aus und rieb Zeigefinger und Daumen aneinander. »Zwei«, sagte er dann. »Zwei Scheine.«

Nielsen stierte ihn an, schüttelte dann heftig den Kopf. »Niemals. Fünfhundert. Und das ist schon verdammt großzügig.«

Harri lachte höhnisch. »Du Scheißkerl! Fünfhundert. Dann kannst du genauso gut alleine rumlaufen und fragen. Allerdings, so fein wie du geworden bist, bezweifle ich, ob ich dir das empfehlen würde.«

Nielsen sah ihn zunächst unnachgiebig an. »Tausend«, sagte er schließlich. »Fünfhundert jetzt und fünfhundert, wenn du was lieferst.«

»Tausend, meinetwegen. Aber alles auf einmal. Keine verdammten Anzahlungen. Alles auf einmal. Sonst sind wir nicht im Geschäft.«

»Und wie weiß ich, dass ich etwas für mein Geld bekomme?«

Harri Rajamäki prustete los. »Überhaupt nicht. Das ist, wie wenn man an der Börse spekuliert, es gibt immer Risiken. Aber schließlich bist zu mir gekommen und nicht andersherum. Richtig?«

Dann breitete er die Arme aus.

»Verdammt, Johnny! Traust du mir nichts Gutes mehr zu? Bist du zu allen alten Kumpels so? Obwohl, du hast bestimmt keine mehr, vermute ich mal. Du bist ein Stockwerk höher gezogen.«

Nielsen zählte die Scheine, ohne zu antworten. Dann sah er auf und schüttelte den Kopf.

»Du glaubst, dass mir die Kohle nur so aus den Ohren

170

tropft, was? Dass die Kronen in meine Tasche geschaufelt werden, Stunde um Stunde, ohne dass ich einen Finger krumm machen muss? Ich vermute mal, dass ich noch nicht einmal in die Nähe deiner Umsätze komme, wenn du einen guten Tag hast.«

Ihre Blicke trafen sich. In Harri Rakamäkis Augen lag unverändert dieser Schimmer kühler, intelligenter Berechnung. »Willst du mit mir tauschen?«

John Nielsen verzog verächtlich den Mund und wechselte das Thema. »Siehst du Lasse noch regelmäßig?«

Harri betrachtete ihn eine Weile. »Ach so, du hast mit ihm gesprochen?«

Harri war auch einer von Lasse Hennings Schützlingen gewesen, wenn auch mit weniger erfolgreichem Resultat. Aber er hatte nie richtig den Kontakt abgebrochen. Lasse blieb jemand, an den man sich wenden konnte, wenn es notwendig war.

»Ja, doch. Er kümmert sich um seine Schäfchen. Du kennst ihn ja! Obwohl du natürlich aufgestiegen bist, um dich muss er sich keine Sorgen mehr machen.«

Nielsen zündete sich eine Zigarette an und warf ihm die Packung zu. »Ich habe das Gefühl, dass du mich nicht mehr leiden kannst, Harri«, sagte er. »Obwohl, vielleicht hast du das ja noch nie getan?«

Harri Rajamäki schnipste sich eine Zigarette aus der Packung und steckte sie dann ganz ein, während er sein Gegenüber gelassen fixierte. »Wir können ruhig sagen, dass ich im Allgemeinen für andere Menschen nicht besonders viel übrig habe. Ich habe genug mit mir selbst zu tun.«

Er griff nach den Scheinen auf dem Tisch und fuchtelte mit ihnen vor Nielsens Gesicht herum. »Aber wenn du heute Abend noch bleibst, dann kann ich uns eine Wiedervereinigungs- und Versöhnungsparty organisieren. Und einen Cocktail mixen, der Hirn und Hintern den Platz tauschen lässt. Wie klingt das? Nicht gut? Vielleicht merkst du schon jetzt keinen Unterschied...«

Nielsen erhob sich. »Sieh zu, dass du tust, worum ich dich gebeten habe. Das genügt mir völlig.«

Harri Rajamäki lachte breit. »Selbstverständlich. Wenn ich etwas sage, dann tue ich es auch. Wenn ich mich daran erinnern kann.«

Nach seinem Besuch bei Harri verbrachte er einige Tage damit, Daten über die Familie Härlin aufzutreiben. Eintragungen im Einwohnermeldeamt, in denen er die Spuren der Familie verfolgte. Angaben über die Adoptionen, soweit zugänglich.

Verblüfft starrte er auf die Ergebnisse. Schließlich nahm er das Telefon und wählte die Nummer der Person, die seiner Meinung nach Licht in diese Angelegenheit bringen könnte.

Marianne Linde klang zuerst angenehm überrascht, als er anrief. Nachdem sie ihm eine Weile zugehört hatte, wurde ihre Stimme bedächtiger.

»Woher ich weiß, dass sie adoptiert war? Das war kein großes Geheimnis. Außerdem war das auch nicht so schwer zu erkennen. Auf jeden Fall bei Desirée. Warum fragen Sie?«

»Tja, es gab eine Reihe von Ungereimtheiten, als ich versuchte, bestimmte Angaben dazu zu recherchieren«, antwortete Nielsen ausweichend. »Aber vielleicht habe ich mich auch geirrt.«

Er ging schnell zu etwas anderem über.

»Und dass Desirée Härlin chronisch krank war, war das auch allgemein bekannt?«

172

»Dass sie an einer Krankheit litt, ja, sicherlich. Aber was es wirklich war, das wussten bestimmt nicht so viele. Inga Härlin war der Ansicht, dass man das nicht zur Schau stellen musste. Sie fand, dass es besser war, wenn ihre Tochter unter denselben Bedingungen wie die anderen aufwuchs. Und Desirée selbst wollte auch nicht, dass man ihre Krankheit hervorhob. Ich glaube nicht, dass sie sich als Kranke sah, für sie war es ja der normale Zustand. Sie hatte gelernt, damit zu leben.«

»Hatten Sie Kontakt zu ihren Ärzten?«, fragte Nielsen.

»Nein, überhaupt nicht. Darum haben die sich selbst gekümmert. Und dafür gab es auch eigentlich keinen Grund. In Desirées Fall gab es nie eine wirklich brenzlige Situation. Sie war ja gewissermaßen unter ständiger Aufsicht. Und sie war sehr diszipliniert, was ihre Medikamente und ihr Atemtraining anbetraf. Na ja, sie hatte auch keine andere Wahl.«

»Wie war eigentlich das Verhältnis innerhalb der Familie Härlin? Konnten Sie sich davon ein Bild machen? Das Verhältnis zwischen den Kindern und den Eltern, meine ich?«

»Lieber Gott, das ist dreißig Jahre her! Aber ich vermute, das war so wie überall, nichts Besonderes, soweit ich mich entsinne. Ein bisschen Gekeife vielleicht, zwischen Inga und der Tochter. Aber das ist in diesem Alter nichts Ungewöhnliches. Und diese spezielle Situation hat wohl zwangsläufig dazu geführt, dass sie sich ab und zu auf die Nerven gegangen sind…«

Marianne unterbrach ihren Redefluss.

»Sie fragen die ganze Zeit nach den Geschwistern Härlin«, sagte sie dann. »Kein Wort über Anna-Greta Sjödin. Warum?«

John Nielsen holte Luft.

»Das ist ein bisschen kompliziert«, sagte er. »Ich habe mir über einige Sachen so meine Gedanken gemacht und weiß noch nicht so recht, wo das hinführen wird. Aber ich habe das Gefühl, dass in der Familie Härlin nicht immer Friede und Freude herrschte. Und da Sie einen gewissen Einblick hatten, schien es mir nahe liegend, Sie zu fragen.«

»Friede und Freude? Das liegt doch auf der Hand, dass nicht Friede und Freude herrschte, mit einer chronischen Krankheit in der Familie!«

»Ich habe nicht nur daran gedacht. Gab es da nicht noch andere Spannungen? Etwas, das merkwürdig war?«

Eine Weile schwiegen sie beide, während Marianne Linde über seine Worte nachzudenken schien.

»Sie meinen die Gerüchte über den Missbrauch«, sagte sie dann. »Dass Inga tablettensüchtig gewesen sein soll?«

Nielsen sagte zuerst nichts.

»War sie es denn?«, fragte er dann.

Marianne Linde schwieg.

»Ich weiß es nicht«, antwortete sie dann mit einem kleinen Seufzer. »Es ist schwer, die richtigen Worte zu finden. Sie hat Medikamente genommen. Beruhigungsmittel. Das weiß ich. Und es stimmt, dass sie ab und zu abwesend wirkte. Aber zu sagen, dass sie tablettensüchtig war – nein, das wage ich nicht. Und dass Inga Härlin das Kind mit Tabletten voll gestopft haben soll, das glaube ich erst recht nicht! Desirée hat ihre Medikamente selbst genommen, sie war ja dazu gezwungen, vielleicht ist das Gerücht so entstanden.«

»Und Göte Härlin?«, fragte Nielsen.

Marianne Linde entfuhr ein Lachen.

»Er hat auf jeden Fall keine Beruhigungsmittel genommen, das ist sicher! Auch wenn er das vielleicht hätte vertragen können.«

174

»Was meinen Sie damit?«

Marianne Linde ließ mit der Antwort auf sich warten.

»Der konnte ganz schön anstrengend sein. Sogar ziemlich unausstehlich zum Teil, besessen, wenn ich ehrlich sein soll. Es passierte mehr als einmal, dass er mit dem Auto vor der Schule stand und wartete. Immer an den Tagen, an denen ich Sprechstunde hatte. Ja, er stand sozusagen direkt vor meiner Wohnung…«

Sie unterbrach sich wieder.

»Jetzt müssen Sie mir sagen, worum es hier eigentlich geht! Worauf wollen Sie hinaus?«

»Das kann ich nicht«, erwiderte Nielsen. »Ich weiß es doch selbst nicht richtig.«

Marianne Linde schien erneut nachzudenken.

»Dann glaube ich auch nicht, dass ich noch mehr über die Familie Härlin erzählen werde«, sagte sie mit einer plötzlichen Müdigkeit in der Stimme. »Wenn Sie mir nicht verraten können, wofür es verwendet wird. Sonst habe ich das Gefühl, dass ich hier nur Gerüchte verbreite. Und das wurde ja bereits zur Genüge getan, nicht wahr?«

Nielsen versuchte, ihr zu widersprechen, aber sie hatte schon aufgelegt.

Er war unruhig und konnte sich nicht entschließen, was er tun sollte. Olle Ivarsson anzurufen, um dessen Meinung zu hören, wäre zwecklos. Dass Ivarsson seinen Theorien nicht für eine Sekunde Glauben schenken würde, hatte er begriffen. Und eigentlich konnte er ihm das noch nicht einmal verübeln.

Stattdessen setzte er sich hin und versuchte, Bernt Larsson zu erreichen. Endlich bekam er ihn unter einer der Handynummern, die er ihm gegeben hatte, zu fassen.

»Das ist ja ziemlich schwer, Sie zu erwischen«, sagte er.

Es dauerte einen Augenblick, ehe der andere antwortete.

»Ich weiß nicht. Vermutlich bin ich zu faul, an den Apparat zu gehen.«

Wieder Schweigen, das Larsson brach.

»Sie hatten etwas auf dem Herzen! Oder wollten Sie nur meine Stimme hören?«

Nielsen dachte kurz nach.

»Ich habe ein paar Fragen«, sagte er zögernd. »Was veranlasste Sie eigentlich zu der Aussage, dass die Härlins etwas mit Anna-Gretas Verschwinden zu tun hatten? Und glauben Sie wirklich, dass es Kaj Härlin war, der vor drei Wochen oben bei Ihnen einen Soloauftritt gehabt hat, nachdem er dreißig Jahre lang unsichtbar gewesen ist?«

Bernt Larsson lachte. »Das war nicht wenig!«

Es klang, als würde er aufstehen und im Zimmer auf und ab gehen.

»Ich weiß nicht«, sagte er dann. »Ich bin vielleicht etwas übereifrig geworden. Habe mich von meiner Phantasie davon treiben lassen. Ich hätte mich da nicht einmischen sollen.«

»Und wer hätte es sonst sein sollen?«

»Der auf den Weg sprang mit dem Sack in der Hand? Tja, was soll man da sagen? Es kann irgendeiner gewesen sein, der durch Zufall die Gebeine gefunden hat, etwas merkwürdige Neigungen hat und beschloss, sie mit nach Hause zu nehmen.«

»Das klingt nicht besonders wahrscheinlich, was?«

Nielsen konnte hören, wie der andere Luft holte.

»Nein, aber auf der anderen Seite klingt nichts wirklich wahrscheinlich an dieser Geschichte, oder? Und wie gesagt, ich weiß es einfach nicht. Vielleicht hat es gar keinen Sinn zu spekulieren.«

176

»So klang es aber nicht, als ich das letzte Mal mit Ihnen gesprochen habe.«

»Ich habe meine Meinung eben geändert.«

»Sie wussten, dass die beiden adoptiert waren«, sagte Nielsen. »Wussten Sie auch, dass die Tochter Härlin ein Flüchtlingskind war? Dass sie mit einer Gruppe von Flüchtlingen aus dem Osten kam?«

»Ja, ich habe davon gehört.« Bernt Larsson schwieg einen Moment. »Anna hat mir davon geschrieben«, fuhr er fort, fast unwirsch so schien es. »Sie fand wohl, dass es spannend war, ein bisschen exotisch. Und das war es zu der Zeit sicherlich auch.«

»Ich habe versucht, dem nachzugehen«, sagte Nielsen. »Und es scheint, als hätte es diese Gruppe von Flüchtlingen nie gegeben. Ich habe zumindest nichts Näheres darüber herausbekommen können. Es gibt auch keine Adoptionsunterlagen von Desirée Härlin.«

Bernt Larsson schwieg erwartungsvoll, und Nielsen fuhr fort:

»Es gibt dafür mehrere Erklärungsmöglichkeiten, soweit ich das sehe. Entweder war sie Inga und Göte Härlins leibliches Kind. Aber das wäre merkwürdig. Warum sollten sie das Kind verleugnen? Zudem deutete ihr Äußeres ja darauf hin, dass dem nicht so war.«

Er hielt kurz inne.

»Und die zweite Möglichkeit: Nun, Inga Härlin hatte gute Kontakte. Sie war nach dem Krieg als freiwillige Helferin tätig gewesen, unter anderem im damaligen Jugoslawien. Und sie hat Anfang der Fünfzigerjahre offenbar mehrere Reisen dorthin unternommen …«

»Wollen Sie damit etwa behaupten, dass die Alte das Kind ganz einfach direkt importiert hat?«, unterbrach ihn Bernt Larsson. »Und es ihr dann irgendwie gelungen ist, sie im Einwohnermeldeamt eintragen zu lassen? Wie hätte das gehen sollen?«

»Es gibt immer einen Weg. Wenn man weiß, wie man vorgehen muss. Und Inga Härlin hatte offensichtlich besondere Qualitäten, Dinge in die von ihr gewünschten Bahnen zu lenken.«

Bernt Larsson schien über die Theorie eine Weile nachzudenken. »Das klingt ein wenig weit hergeholt, oder? Wozu sollte das gut sein?«

»Ich weiß es nicht. Vielleicht hatten sie vorher versucht, ein Kind zu adoptieren, und waren gescheitert. Das lässt sich heute nicht mehr genau feststellen. Oder aus einem anderen Grund. Wie Sie wollen!«

Bernt Larsson lachte leise. »Eine ziemlich merkwürdige Familie, nicht wahr?«

»Das hatten Sie schon zu Anfang einmal gesagt, wenn ich mich recht erinnere.«

Es wurde für einen Augenblick still, ehe Bernt Larssons Stimme wieder zu hören war.

»Sicherlich, aber das waren nur Gerüchte. Und das hier – ja, das ist auch nicht viel mehr.« Er verstummte wieder. »Lassen Sie es ruhen«, sagte er schließlich. »Wie es auch immer gewesen sein mag. Was für eine verdammte Rolle spielt das jetzt noch? Es hat keinen Sinn, noch länger darin herumzustochern.«

Dede stand in der Mitte des Zimmers, Blut an Händen und Gesicht. Auch ihre Bluse war voller Blut. Sie hustete und lachte abwechselnd und ließ sich nicht beruhigen. Er hielt sie fest, aber sie riss sich los und brach in neues Gelächter aus, bis das Lachen von einem neuen Hustenanfall erstickt wurde. Er sah hinauf zum Obergeschoss und musste alleine entscheiden, was zu tun war. Göte musste sie gehört haben und kam die Treppe vom Keller hochgestürmt. Sein Blick streifte ihn mit ebenjenem Funken von Abscheu darin, der ihm so vertraut war. Dann erblickte er Dede und blieb abrupt stehen.

Es war ganz einfach gewesen. Ein Griff um seinen Arm und ein heftiger Stoß ließen ihn rücklings taumeln und dann die steile Treppe hinunterstürzen. Er landete mit dem Kopf auf dem Betonboden. Ein dumpfes Knacken war zu hören, als er landete. Eine Weile noch zuckten seine Arme und Beine, ehe er bewegungslos liegen blieb, der Hals in einem spitzen Winkel verdreht. Sein Kopf ruhte auf der Schulter, es sah irgendwie grotesk aus, als würde er gar nicht zum Körper gehören, sondern nur zum Spaß dort hingelegt worden sein.

Dede lachte ununterbrochen, hatte immer größere Schwierigkeiten, Luft zu bekommen. Aus ihrer Lunge kamen pfeifende Geräusche. Er hatte einen Blick hinunter auf den leblosen Körper auf dem Kellerboden geworfen. Und er wusste, dass von jetzt an alle Verantwortung auf seinen Schultern lag.

Er ging in der Wohnung umher. Sein Entschluss, sie zumindest fürs Erste zu verlassen, stand fest. Vielleicht würde er später zurückkehren können, das würde davon abhängen, was geschah.

Er würde Nielsen eine weitere Möglichkeit geben, näher zu kommen. Er würde ihm einen Strohhalm reichen und zusehen, wie weit ihn der führte.

Zuvor hatte er bereits alle persönlichen Gegenstände, die auf ihn hinweisen konnten, entfernt. Das war nicht sonderlich schwer gewesen. Eine Reisetasche reichte dafür aus. Die technische Ausrüstung verstaute er in ein paar Kartons und stellte sie hinaus in den Flur. Er würde die Nacht abwarten, um sie fortzubringen, in der Zeit zwischen zwei und vier Uhr. Er hatte so gut wie aufgehört, die Apparate abzuhören. Hatte das Gefühl, es nicht mehr zu benötigen. Das Wichtigste war jetzt, wie er sich verhielt, wie er das Geschehen steuerte. Das Moment der Ungewissheit spornte ihn an, forderte seinen Einfallsreichtum heraus.

Er aß in einem Restaurant, das sich in einem anderen Viertel befand. Es hatte während der letzten Jahre einige Male den Besitzer und den Namen gewechselt, und voraussichtlich auch die Kundschaft. Nicht dass dies irgendeine Bedeutung hatte, keiner würde ihn wiedererkennen. Er hatte es sich zur Angewohnheit gemacht, ein und denselben Ort nur sporadisch, mit langen Zwischenräumen aufzusuchen. Das galt für fast alles in seinem Leben. Der Park war die einzige Ausnahme. Bei den Schwachköpfen. Dort fühlte er sich in gewisser Hinsicht immer sicher, entspannt. Es hatte beinahe etwas von einem Heimatgefühl.

Auf einmal ertappte er sich dabei, wie er darüber sinnierte, wie sie wohl heute aussehen würde. Die Stimme würde dieselbe sein, er könnte sie aus Hunderten von anderen heraushören. Aber ihr Gesicht? Wie hätte sich das verändert?

Ein plötzlicher Schmerz im Unterleib. Dieser glühende Speer, der durch seinen Körper getrieben wurde. Die Kellnerin war neben ihm aufgetaucht, stand lächelnd am Tisch und wartete. Für einen kurzen Augenblick war er wie versteinert und spürte, wie sich der Schmerz mit einer unsäglichen Wut mischte, ehe es ihm gelang, seine Gefühle unter Kontrolle zu bekommen. Er entspannte seine Gesichtszüge und Muskeln, versuchte, locker werden. Machte sich undurchschaubar, unbedeutsam, verwechselbar. Er sah auf die Karte und runzelte ein wenig die Stirn, so als würde er überlegen, mit sich selbst beratschlagen. Schließlich zeigte er aufs Geratewohl auf eines der Gerichte und erwiderte im selben Moment das Lächeln der Kellnerin.

Er musste sich beherrschen, durfte sich von nichts und niemandem beeinflussen lassen. Es war wichtig, dass er in sich ruhte, sich leicht und geschmeidig bewegte.

OlleIvarsson verblüffte ihn immer wieder aufs Neue. Keine Spur von dem zugeknöpften, missbilligenden Wesen, als er ihn unversehens anrief und ihm mitteilte, dass er sich in Stockholm befände und ihn gerne treffen würde. »Morgen? Gegen elf, vor dem Hauptbahnhof. Dann können wir reden.«

Auch als sie sich trafen, schien er bester Laune zu sein, beinahe überschwänglich. Mit breitem Grinsen kam er auf Nielsen zu. »Wollen wir zu Mittag essen?«, sagte er. »Ich lade Sie ein.« Ohne eine Antwort abzuwarten, drehte er sich um und ging in die Ankunftshalle auf das Bahnhofsrestaurant zu, das so kurz vor der Mittagszeit noch sehr spärlich besetzt war.

An der Theke schien er Teile seines alten Ichs zurückzugewinnen. Missmutig nörgelte er über die erhöhten Preise und stocherte mit offensichtlichem Misstrauen in seinem Salat herum. »Ich würde verdammt noch mal gerne wissen, wie es hier in der Küche aussieht«, sagte er, nachdem er einige Zutaten hochgehoben hatte, die nicht seine Gnade gefunden hatten.

»Das sollten Sie besser nicht«, sagte John Nielsen und nahm einen Schluck des Bieres, mit dem er sich begnügte. »Nicht mit Ihren Ansprüchen.«

Er lachte und prostete Olle Ivarsson zu, der ihm einen säuerlichen Blick zuwarf, ehe er skeptisch einen Bissen probierte.

182

»Sie wollten mir etwas erzählen?«, fragte Nielsen.

Ivarsson sah ihn mit einem fragenden Blick an, ehe er sich zu erinnern schien und nickte. »Ja, natürlich«, erwiderte er. »Der Wagen wurde gefunden. Ragnarssons. Der ihm gestohlen wurde.«

»Wo?«

»In einer Kiesgrube in der Nähe von Enköping. Es war nicht so viel von ihm übrig. Und auch nichts drin, übrigens. Außer ein paar Kanülen und Abfall. Der ist offenbar durch einige Hände gewandert, ehe er dort gelandet ist.«

Erneut wandte er sich dem Salat zu, aß vorsichtig weiter. Nielsen wartete ungeduldig einen Moment.

»Nichts anderes?«, fragte er dann. »War die Spurensicherung denn nicht da?«

Olle Ivarsson sah auf. »Selbstverständlich. Aber es hatte nicht die allerhöchste Priorität. Autodiebstähle sind ja an der Tagesordnung. Selbst wenn in diesem Fall zugegebenermaßen besondere Umstände vorlagen.«

Er machte eine kurze Pause.

»Sie denken an Fingerabdrücke, nehme ich an. Eine Menge, die offenbar Ragnarsson gehören. Und einige andere. Ein paar konnten sie identifizieren. Ein Kleinkrimineller, knapp zwanzig Jahre alt. Er ist bestimmt einer von denen, die mit dem Wagen hier herumgefahren sind. Aber für den Diebstahl selbst werden wir ihn nicht drankriegen. Zu dem Zeitpunkt war er nämlich gerade wegen eines Einbruchs in der Gegend um Enköping vorläufig verhaftet worden.«

John Nielsen starrte ihn an. »Das heißt also, dass es gar keine Rolle spielt, ob man den Wagen gefunden hat oder nicht?«

Ivarsson zuckte mit den Schultern. »Das hat aber auch keiner wirklich erwartet. Oder haben Sie das?«

»Ich hatte den Eindruck gehabt, dass Sie mich sehen wollten. War das nur wegen dieser Information?«

Olle Ivarsson schob den Teller von sich und legte das Besteck parallel nebeneinander auf die Serviette.

»Tja, Sie wollten doch wissen, wenn was Neues passiert ist. Das ist passiert.« Er warf einen Blick über den Tresen und trommelte leicht mit den Fingern an der Tischkante. »Außerdem hat eine Marianne Linde angerufen. Sie haben offenbar mit ihr gesprochen. Sie fragte, ob wir da in irgendeiner Form beteiligt seien. Ich habe ihr gesagt, wie es ist. Dass Sie in der Sache privat unterwegs sind. Und dass es eigentlich auch keine Angelegenheit sei, mit der sich jemand beschäftigen sollte.«

Nielsen lehnte sich nach hinten. »Und Sie kommen extra hierher, um mir das zu sagen?«

»Ja, weil ich sowieso hier zu tun hatte. Außerdem habe ich ihr versprochen, mit Ihnen zu reden.«

Ivarsson sah ihn scharf an.

»Ich weiß nicht, was Sie glauben, welcher Sache Sie da auf der Spur sind. Aber es kommt mir langsam wie eine fixe Idee vor. Die Härlins! Ich dachte, das hätten Sie schon längst aufgegeben. Das sind doch verdammte Hirngespinste!«

Er holte tief Luft.

»Das Einzige, was wir in diesem Fall hier tun können, ist, nach der Person zu suchen, die Anna-Greta Sjödins Gebeine ausgegraben und aus Byström Kleinholz gemacht hat. Und die sich wahrscheinlich auch Ragnarssons Wagen bemächtigt und den armen Alten fast totgeschlagen hat. Das sind im Übrigen auch die einzigen Vergehen, derer wir ihn anklagen können. Und das ist Sache der Polizei und nicht von Privatdetektiven!«

Nielsen schnaubte verächtlich. »Das ist bis dato ja noch nicht besonders erfolgreich verlaufen.«

Olle Ivarsson breitete wütend die Arme aus.

»So etwas braucht seine Zeit, das müssten Sie doch am besten verstehen! Die Kunst besteht darin, Geduld zu haben. Es wird früh genug etwas auftauchen, was in seine Richtung weist. Es geht nur darum, warten zu können.«

Nielsen schüttelte den Kopf. »Ich habe das Gefühl, dass wir sehr wohl nach ihm suchen sollten. Dass er eigentlich gefunden werden will.«

Ivarssons Augen verengten sich zu schmalen Schlitzen. »Dann würde ich mich erst recht davor hüten, es auf eigene Faust zu versuchen.« Er wartete einen Augenblick. »Oder haben Sie etwas Bestimmtes herausgefunden?«, fragte er.

John Nielsen sah hinaus in die Ankunftshalle. Dort liefen jetzt viele Menschen herum. Familien mit Kinderwagen und Koffern. Rentner. Urlauber auf dem Weg zu oder von einer Reise. Pendler. Obdachlose mit ihrer Sammlung von Plastiktüten, auf den Bänken dösend. Ein paar Drogenabhängige, die sich hektisch und nervös in dem Gewühl bewegten und aufmerksam die Halle mit Blicken absuchten. Einen Moment lang dachte er, Harri gesehen zu haben, bemerkte aber seinen Irrtum, als der Mann an ihm vorbeihastete und ihn herausfordernd anstarrte, so als hätte er seinen Blick gespürt.

Er dachte an Harris Stimme auf seinem Anrufbeantworter, ein bisschen undeutlich, aufgedreht, die Worte stolperten übereinander. »Verdammt, das hättest du nicht gedacht, was? Dass ich was von mir hören lasse? Aber du weißt ja, ich bin treu wie so ein blöder Hund. Das bin ich jetzt wohl geworden, was? Dein verdammter Spürhund! Du, also ich hab tatsächlich einen aufgetan, der sich an diesen Typen erinnern konnte. Und du hattest Recht. Er *war* dumm, so strohdumm, wie er es noch nie zuvor erlebt

185

hatte. Und man muss hinzufügen, dass derjenige, der das gesagt hat, auch nicht gerade ein Stern am Himmel ist. Und... Ach ja, es ist tatsächlich etwas passiert. Er verschwand. Puff! Einfach so, weg. Eines Sommers. Frag mich nicht in welchem, das war kein Gedächtniskünstler, mit dem ich da geredet habe! Aber er konnte sich erinnern, dass er vorher was am Laufen hatte. Auf jeden Fall hat er es offenbar behauptet. Hat dick aufgetragen, du weißt schon. Als ob er den Geheimgang in die Staatsbank gefunden hätte. Aber das hat keinen so richtig interessiert. Man wusste, mit wem man es zu tun hatte – mit 'nem verdammten Haufen Müll, der was darstellen wollte. Und dann war er auf einmal weg. Er tauchte nicht mehr auf. Irgend so eine Tussi, mit der er zusammen war, löste sich zusammen mit ihm in Luft auf. Zufrieden? Du, übrigens, die paar Scheinchen, die du locker gemacht hast, die haben nicht weit gereicht. Du bist ein geiziger Teufel, weißt du das? Das quietscht, wenn du scheißt. Das nächste Mal zahlst du reguläre Marktpreise! Ich hab nämlich noch was anderes gehört. Was gut auf *deinen* Andersson passt, den späteren, der doch so ein dämlicher Vertreter ist. Die können wirklich nicht ein und dieselbe Person gewesen sein, da hätte er eine gelungene Hirntransplantation bekommen! Ich bin ein bisschen in seinem Gebiet unterwegs gewesen. Der ist doch nicht einfach so untergetaucht, wie du gedacht hast. Ich werde mich weiter umhören... Aber wie gesagt, dieses Mal andere Preise. Das scheint schwerer Tobak zu sein. Mindestens zwei Riesen will ich sehen, wenn du meine schöne Stimme noch einmal hören willst. Und außerdem sorg gefälligst dafür, dass man dich erreichen kann. Es gibt Handys, wusstest du das nicht? Ich kann dir ohne weiteres eins besorgen, für 'nen anständigen Preis! Was sagst du dazu?«

186

Nielsen sah Ivarsson an und gab ihm eine kurze Zusammenfassung des Gesprächs. Olle Ivarsson hörte zu, während er hier und dort das Besteck um einige Millimeter verrückte, auf der Suche nach der perfekten Symmetrie.

»Kennen Sie diesen Harri gut?«, fragte er, als Nielsen fertig war.

Er nickte. »Zumindest habe ich ihn einmal gut gekannt.«

»Ein ehemaliger Drogenabhängiger. Und Sie haben ihm Geld gegeben?«

»Glauben Sie, dass er mich hereinlegen will?«

Ivarsson zuckte mit den Achseln. »Ich würde auf jeden Fall nicht mein Vermögen auf seine Angaben verwetten, wenn ich Sie wäre. Er hätte sich genauso gut diese Dinge ausdenken können, nach dem, was Sie ihm vorher erzählt haben. Und wenn er nicht auf den Kopf gefallen ist, weiß er genau, was er sagen muss, damit Sie am Ball bleiben. Und das scheint er geschafft zu haben.«

Nielsen erhob sich. »Vielleicht sollten wir ihm einen kleinen Besuch abstatten?«, sagte er.

Ivarsson starrte ihn ungläubig an. »Diesem ... wie hieß er noch gleich ... Ihrem Kontakt da, Harri?«

John Nielsen schüttelte den Kopf. »Nein, Bengt Andersson«, erwiderte er. »Um herauszufinden, ob er wirklich unter dieser Adresse anzutreffen ist und von dort aus sein Spiel treibt, oder ob er nur ein Hirngespinst ist.«

Sie betrachteten das Haus von der anderen Straßenseite. Ivarsson stand einige Meter weiter weg, als würde er eine deutliche Distanz zum Ausdruck bringen wollen. Seine Hände steckten in den Manteltaschen, die Schultern waren bockig hochgezogen. Ein missbilligender Zug lag auf seinem Gesicht.

»Wie in aller Welt können Sie glauben, dass er jetzt zu Hause ist? Mitten am Tag?«

»Ich glaube gar nichts«, antwortete Nielsen. »Aber da wir schon einmal hier sind, können wir genauso gut klingeln.«

Er überquerte die Straße, und Olle Ivarsson folgte ihm widerstrebend. »Und wenn er zu Hause ist und sich nicht zu erkennen geben will, waren wir zumindest einmal hier, stimmt's?«, brummte er mürrisch.

John Nielsen kümmerte sich nicht um ihn und ging, ohne zu antworten, auf die Sprechanlage zu. Er klingelte. Keine Reaktion. Dann versuchte er sein Glück bei einigen der anderen Namen und wartete. Außer einem Krachen und Knistern im Lautsprecher war nichts zu hören. Er seufzte und drückte auf den nächsten. Plötzlich öffnete sich die Tür, und ein älterer Mann im Mantel tauchte dahinter auf. Abrupt blieb er stehen und schaute ihn misstrauisch an.

»Suchen Sie jemanden?«, fragte er kurz angebunden.

Nielsen versuchte Vertrauen erweckend zu lächeln. »Bengt Andersson. Er ist doch einer der Mieter hier im Haus, nicht wahr? Wir würden ihn gerne besuchen.«

Der Mann sah ihn unverwandt an, ohne sein Lächeln zu erwidern. »Sind Sie ein Bekannter?«

»In gewisser Weise schon. Und wir würden wie gesagt gerne mit ihm in Kontakt treten.«

Der Blick des Mannes wanderte weiter zu Ivarsson, der ein Stück weiter weg stand. Sein Gesichtsausdruck wurde augenblicklich sanfter, und er betrachtete Ivarsson interessiert.

»Sind Sie von der Behörde? Von der Polizei?«

Olle Ivarsson zuckte verlegen mit den Schultern und wandte seinen Blick ab. »Das ist verdammt und zugenäht nicht eine Minute zu früh!«, sagte der Mann und lachte plötzlich beinahe triumphierend auf. »Darauf habe ich nur gewartet!«

Ivarsson öffnete den Mund, um zu protestieren, aber John Nielsen war schneller.

»Sie kennen Bengt Andersson?«

Der Mann wandte sich wieder an ihn, und sein Lächeln verschwand.

»Sicher nicht«, sagte er mit Ekel in der Stimme. »Und ich habe auch nicht die geringste Lust, ihn kennenzulernen.«

»Warum?«, fragte Nielsen.

»Das ist, tja … Da stimmt etwas nicht. Der ist so ein glatter, schmieriger Typ.« Der Mann schüttelte energisch den Kopf. »Der passt einfach nicht hierher. Und ich werde das Gefühl nicht los, dass der krumme Sachen macht. Außerdem ist er auch meistens nachts zu Werke.«

Er sah wieder hinüber zu Ivarsson.

»Was hat er denn verbrochen?«, fragte er in gebieterischem Ton.

Ivarsson warf Nielsen einen wütenden Blick zu.

»Wir wollen nur mit ihm sprechen«, sagte er schließlich kurz angebunden.

Der Mann rümpfte die Nase. »Dann sollten Sie eher nachts kommen! Und zwischendurch scheint er lange überhaupt nicht da zu sein. Höchstwahrscheinlich hat er einen Stein, unter dem er sich versteckt!«

Nielsen sah ihn nachdenklich an. »Haben Sie ihn in letzter Zeit gesehen?«

»Nur seinen Schatten. In der Regel sieht man auch nicht mehr von ihm. In dieser Woche war er wieder einmal da. Wird er eines Gewaltverbrechens verdächtigt? Dann nämlich haben wir doch das Recht, davon zu erfahren, wenn wir schon in ein und demselben Haus wohnen müssen...«

Nielsen drängte sich mit dezenter Gewalt an ihm vorbei in den Hauseingang. »Wie gesagt, wir wollen nur ein paar Worte mit ihm wechseln.«

»Ich halte für Sie gerne Ausschau nach ihm«, sagte der Mann und packte Olle Ivarsson am Arm. »Cederskog. Zweiter Stock. Es wäre mir ein Vergnügen. Aber rufen Sie mich vorher an. Ich mache Unbekannten nicht auf. Und gehe auch nicht an die Sprechanlage, wenn ich niemanden erwarte...«

Ivarsson nickte mit zusammengepressten Lippen und schob ihn beiseite.

Nielsen klingelte mehrere Male. Wartete, klopfte. Olle Ivarsson stand mit der Hand auf dem Treppengeländer hinter ihm und starrte ihn wütend an. »Was zum Teufel soll das, mich in die Sache mit hineinzuziehen?«

Nielsen zuckte mit den Achseln.

»Sie sind freiwillig mitgekommen, soweit ich das beurteilen kann!«

»Den Leuten einzureden, dass es sich hierbei um eine polizeiliche Angelegenheit handelt!«

»Der gute Opa hat diesen Schluss gezogen. Ich habe doch kaum ein Wort gesagt.«

Ivarsson schnaubte vor Wut.

»Das Resultat ist aber das Gleiche. Und das hatten Sie doch bezweckt.«

Nielsen drehte sich zu ihm um.

»Ich verstehe Sie nicht, Ivarsson. Mitunter erwächst in mir der Eindruck, dass Sie gar nichts wissen *wollen*! Weder über die Geschichte, die vor kurzem passiert ist, noch über Bengt Andersson und seine komischen Geschäfte. Oder wie es sein kann, dass jemand mich angerufen hat und sich Kaj Härlin nennt.«

»Was zum Teufel meinen Sie! Nur, weil ich nicht all Ihre Phantasien teile...«

Ivarsson war laut geworden. Hinter einer der anderen Türen der Etage raschelte es hörbar, und er verstummte augenblicklich, trat nervös auf der Stelle.

»Sind Sie bald zufrieden? Damit wir wieder gehen können?«, sagte er nach einer Weile mit leiser Stimme.

John Nielsen betätigte die Klingel ein letztes Mal. Dann legte er die Hand auf den Türknauf und drückte ihn herunter. Die Tür war unverschlossen.

Einige Sekunden lang stand er regungslos da. Dann stieß er die Tür auf und trat in den dunklen Flur. Dort blieb er erneut still stehen, tastete nach dem Schalter. Ein gedämpftes Licht fiel von der Flurwand. Keine Deckenlampe. Langsam ging er in die Wohnung, hörte Ivarssons Stimme hinter sich.

»Das hier ähnelt verdammt noch mal dem Tatbestand des unbefugten Eindringens!«

Nielsen schüttelte abwehrend den Kopf. »Dann bleiben Sie halt draußen«, erwiderte er stur.

An der Schwelle zu dem Raum, der das Wohnzimmer zu sein schien, blieb er stehen. »Hallo! Ist jemand zu Hause?«, rief er mit lauter Stimme.

Keine Antwort. Er suchte nach dem Schalter und machte das Licht an. Auch hier war dieses gedämpfte Licht. Er sah sich um. Der Raum war leer, bis auf die Werkbank am Fenster. Er starrte auf die dichten Gardinen, die die Dunkelheit in der Wohnung erklärten.

Er ging quer durch den Raum zu der Tür, hinter der er das Schlafzimmer vermutete. Eine einsame, nackte Matratze lag auf dem Boden an der Wand. Er betätigte den Schalter einige Male, erfolglos. In diesem Zimmer waren offenbar keinerlei Lampen angebracht. Und vor dem Fenster dieselben dicken Gardinen. Dann drehte er sich um. Der Teppichboden verschluckte jedes Geräusch seiner Schritte. Er blieb stehen und horchte. Dann bemerkte er, wie leise es hier war, die Laute von draußen drangen kaum mehr als ein Flüstern herein.

Er nickte Ivarsson zu, der ihm gefolgt war, und breitete die Arme aus. »Was meinen Sie?«

»Es sieht nicht so aus, als würde hier überhaupt jemand wohnen«, sagte Ivarsson und sah sich vorsichtig um.

Tatsächlich gab es keinerlei Hinweise darauf, dass jemand in der Wohnung lebte. Außer diesem Gefühl, dachte Nielsen. Er bemerkte, wie er zu schwitzen begann. Es war warm, als wäre die Heizung hochgedreht worden. Er blinzelte in das matte Licht der Lampe.

»Das ist hier ja wie in einem verdammten Terrarium!«, fluchte er, ging zum Fenster und zog die schwere Gardine zur Seite. Eine fahle Nachmittagssonne fiel herein. Dann sah er die Zeitungsausschnitte auf der Werkbank. Er beugte sich über den Tisch.

»Kommen Sie mal bitte her?«, sagte er mit belegter Stimme.

Der Artikel vom letzten Frühling lag obenauf, sein eigener Name war dick unterstrichen. Darunter fand sich eine Auswahl von Texten über die Geschehnisse der letzten Monate sowie der Artikel über den Brief, der behauptete, dass Anna-Greta Sjödin noch am Leben sei. Ganz unten lagen die vergilbten Artikel über ihr Verschwinden.

Olle Ivarsson sog scharf die Luft ein und studierte aufmerksam die Ausschnitte. »Er scheint sich da richtig hineingearbeitet und vorbereitet zu haben.«

»Ich glaube nicht, dass er es musste«, antwortete John Nielsen kurz. Er stellte sich ans Fenster und sah hinunter auf die Straße.

»Es war beabsichtigt, dass wir sie finden sollen«, sagte er. »Er wusste, dass wir kommen würden. Oder vielmehr, dass ich kommen würde. Darum war auch die Tür unverschlossen.«

Ivarsson schüttelte den Kopf.

»Das kann man doch nicht planen. Wie sollte jemand wissen können, dass Sie ausgerechnet heute hier auftauchen würden?«

»Ich habe keine Ahnung. Aber mein Gefühl sagt mir, dass er wusste – oder spürte –, dass ich kommen würde. Und dass dieser Stapel für mich gedacht ist.«

John Nielsen starrte weiter auf die Straße hinunter. Einige Passanten huschten die Straße entlang. Er hob seinen Blick zur gegenüberliegenden Häuserfassade und ging die Fenster einzeln ab. Dann wandte er sich ab und sah sich in der Wohnung um. Wieder beschlich ihn dieses Gefühl wachsenden Unbehagens, dass er beobachtet und überwacht wurde. Er ließ den Finger auf dem kräftigen Strich unter seinem Namen verweilen.

»Man kann fast sagen, dass er diese Papiere an mich adressiert hat.«

Er zog den Stapel zu sich, faltete die Zettel sorgfältig zusammen und steckte sie in die Tasche. Dann verließ er mit langsamen Schritten die Wohnung. Ivarsson folgte ihm mit gerunzelter Stirn, ohne ein Wort zu sagen, und zog die Tür hinter sich zu.

Unten auf der Straße angekommen, fing Nielsen an, in den Taschen nach seiner Zigarettenschachtel zu suchen. Schließlich fand er sie und klopfte eine heraus. Als er sie anzündete, merkte er, dass seine Hände zitterten. Er warf einen Blick zu Olle Ivarsson.

»Er hätte dort drinnen sein können«, sagte er. »Wir haben nicht einmal ordentlich nachgesehen.«

Ivarsson schüttelte den Kopf. »Da war keiner«, erwiderte er entschieden.

John Nielsen starrte vor sich hin.

»Ja, Sie haben bestimmt Recht. Aber man konnte ihn spüren. So als wäre er in der Nähe, als würde er hier irgendwo stehen und uns beobachten ...«

Er nahm einige gierige Züge von der Zigarette, warf sie dann weg und sah hinüber zu Ivarsson.

»Wann fahren Sie wieder gen Norden, nach Hause?«, fragte er.

»Ich bin schon auf dem Weg. Mein Zug geht heute Nachmittag, kurz nach fünf.«

»Wäre es Ihnen vielleicht möglich, heute Nacht bei mir einen Zwischenstopp einzulegen?«

Ivarsson sah unschlüssig aus, knetete sich das Kinn. »Nun ja, ich sollte eigentlich schon morgen früh wieder zurück sein ...«

»Wenn Sie das ändern könnten, wäre es gut«, unterbrach ihn Nielsen. »Ich glaube, wir sollten uns einmal ausführlich unterhalten.«

Olle Ivarsson sah ihn eine Weile aufmerksam an, dann nickte er. »Vielleicht haben Sie Recht«, sagte er schließlich. »Vielleicht wäre das eine gute Idee.«

Ivarsson zwängte sich ohne weiteren Kommentar durch das Durcheinander im Wohnzimmer.

»Sie haben es ein wenig eng hier, nicht wahr?«, war das Einzige, was er sagte, nachdem er vorsichtig seine Tasche abgestellt, sich umgesehen und auf dem Sofa Platz genommen hatte. Nielsen ging in die Küche und warf einen Blick in den Kühlschrank. Ein paar Dosen Bier und eine Flasche Mineralwasser sowie eine halb volle Flasche Wyborowa Wodka in der Tür. Er hatte noch nicht wieder aufgehört mit dem Trinken, doch er tat es auf eine merkwürdig zerstreute, geistesabwesende Weise. Ohne großes Engagement. Der schwarze Sog war plötzlich wie weggefegt. So war es immer, wenn etwas geschah, worauf er seine volle Energie konzentrieren musste. Augenscheinlich ein Mangel an Simultankapazität, dachte er mit einem flüchtigen Lächeln. Was in seinem Fall allerdings einen großen Vorteil darstellte.

Er holte den Aufschnitt heraus und vermied es, auf das Verfallsdatum zu sehen. Ein vereistes Kastenbrot, das er im Gefrierfach fand, stopfte er in die Mikrowelle. Dann bereitete er ein paar Schnittchen mit ungarischer Salami, die ihm am wenigsten gesundheitsschädlich erschien, sowie Käse, Chilischoten und Tomaten und garnierte das Ganze mit Salatstreifen, die ebenfalls erhebliche Alterserscheinungen aufwiesen. Er trug sie ins Wohnzimmer, räumte den Tisch frei und stellte die Teller ab.

»Sie haben keine Angst vor Hunden, hoffe ich?«, sagte er mit einem Blick auf Olle Ivarssons Füße, auf denen schnarchend der Hund lag.

Nachdem er zu Anfang wild bellend um Ivarssons Beine gesprungen war, war Tjarrko schließlich neben ihm niedergesunken und hatte es sich auf Ivarssons Füßen gemütlich gemacht.

»Er scheint ja ganz friedlich zu sein«, sagte Ivarsson und sah hinunter zum Hund.

»Selbstverständlich«, antwortete Nielsen. »Solange Sie sich nicht bewegen.« Nielsen sah ihn eine Weile prüfend an, bevor sich sein Gesicht zu einem kleinen Lächeln verzog.

Sie aßen eine Weile schweigend. Dann lehnte sich Nielsen nach hinten und streckte sich nach den Zeitungsausschnitten, die er in einer kleinen Plastiktüte verstaut hatte.

»Ich möchte, dass Sie mir einen Gefallen tun«, sagte er.

Ivarssons Augen verengten sich. »Und was, meinen Sie, könnte ich Ihnen für einen Gefallen tun?«

»Es müsste doch möglich sein, das Material genau zu untersuchen, nach Fingerabdrücken zum Beispiel.«

»Und dann?«

»Bengt Anderssons Abdrücke müssen irgendwo zu beschaffen sein, oder nicht? Ich möchte einen Abdruckvergleich machen lassen.«

Olle Ivarsson holte tief Luft. »Und wie soll ich das begründen? Es ist nicht verboten, Artikel aus Zeitungen zu schneiden und auch nicht, Leute anzurufen, vorausgesetzt, er ist es tatsächlich gewesen.«

»Können Sie nicht, oder wollen Sie nicht?«

Ivarsson wandte den Blick ab und schüttelte den Kopf. »Worauf wollen Sie eigentlich hinaus?«

»Das wissen Sie doch. Ich möchte herausfinden, ob Bengt Andersson auch wirklich Bengt Andersson ist. Was ich nicht glaube. Aber wer er auch immer sein mag, ich bin der Meinung, dass er sich schon lange, seit den Siebzigern, so nennt.«

Olle Ivarsson lehnte sich zurück.

»Ich weiß, was Sie glauben. Dass es Kaj Härlin ist, der in irgendeiner Form wieder auferstanden ist. Nach dreißig Jahren. Und der auch für Anna-Greta Sjödins Verschwinden verantwortlich ist. Und der darüber hinaus aus irgendeinem unerklärlichen Grund unsere Aufmerksamkeit darauf lenken will…«

»Ich weiß, wie merkwürdig das klingt...«, unterbrach ihn Nielsen. »Vielleicht haben Sie ja einen besseren Vorschlag. Dann höre ich mir den gerne an.«

»Es kann nicht Kaj Härlin sein«, sagte Ivarsson. »Das ist unmöglich.«

»Zumindest existiert eine winzige Chance. Es wurde nie eindeutig festgestellt, dass die ganze Familie bei dem Brand ums Leben gekommen ist. Und das wissen Sie genauso gut wie ich. Auch wenn es unglaublich erscheint, hätte er tatsächlich davonkommen können...«

»Ich denke gar nicht an diesen verdammten Brand!«

Olle Ivarsson schüttelte verärgert den Kopf.

»Ich denke an Kaj Härlin als Person. Wie er war...«

Nielsen starrte ihn überrascht an. »Sie kannten ihn? Davon haben Sie nichts erzählt.«

»Was heißt schon kennen. Ich hatte ihn im Training der Junioren. Im Fußball. Eine Saison lang, glaube ich. Kurz nachdem die Familie dorthin gezogen war. Talentiert, offen und aufgeweckt, aber einfach ein ganz gewöhnlicher Junge. Es gab nichts Niederträchtiges an ihm. Er war kein Psychopath, das kann ich Ihnen versichern!«

John Nielsen sah ihn eine Weile versonnen an. »Laut Bernt Larsson gäbe es da durchaus das eine oder andere über ihn zu sagen, was nicht allzu schmeichelnd wäre...«

Er hielt die Luft an, aber der erwartete Ausbruch seines Gegenübers erfolgte nicht. Stattdessen schüttelte Ivarsson nur den Kopf.

»Ach so, Sie haben wieder mit ihm geredet? Ja, er ist gewiss die richtige Person, die sich dazu äußern sollte. Im Übrigen kann er, was die Härlins betrifft, wohl kaum mehr als Gerüchte kennen.«

Er schwieg eine ganze Weile, blinzelte mit den Augen.

»Sie glauben, dass ich schamlos übertreibe, wenn ich

über Larsson rede, nicht? Dass ich ihn auf dem Kieker habe wegen einer alten Geschichte? Aber ich kann Ihnen wirklich versichern, dass er keine angenehme Gesellschaft ist. Ich würde ihm nicht über den Weg trauen, wenn ich Sie wäre.«

»Können Sie mir bitte nur ein einziges Beispiel geben?«

Ivarsson schnaubte gereizt. »Ich könnte Ihnen viele geben. Und sie ähneln sich alle. Er entkommt immer in letzter Sekunde. Er ist wie eine verdammte Ratte, die weiß, wo die Fallen stehen, bevor man sie aufgestellt hat!«

Er holte heftig Luft.

»Ein Beispiel: Wir hatten einen estländischen Lastwagen observiert, weil wir davon überzeugt waren, dass er voll mit Schmuggelware war, Zigaretten und Alkohol. Vielleicht auch noch andere Dinge. Wir wussten, dass er nach Norden fahren sollte, und wollten sehen, wer der Empfänger war. Natürlich verloren wir ihn auf irgendeinem Rastplatz südlich von Gävle aus den Augen. Später tauchte der Fahrer auf und behauptete, dass er überfallen, ausgeraubt und der Lkw gestohlen worden sei. Der Laster war also verschwunden, bis wir ihn hier oben bei uns wiederfanden, auf einem Waldweg. Fast komplett ausgeräumt. Wir ließen ihn einige Tage stehen und beobachteten die Stelle. Und wer, glauben Sie, tauchte dort auf, mitten im Nichts? Bernt Larsson! Aber er fuhr nicht bis zum Wagen vor, er ahnte wohl etwas. Er blieb eine Weile in seinem Auto sitzen, drehte dann um und verschwand. Als wir ihn endlich zu fassen bekamen, behauptete er, dass er nur zufällig dort vorbeigekommen sei und sich gewundert habe, diesen Wagen dort zu sehen. Und dass er schon bei der Polizei angerufen und es gemeldet habe. Dass er sich auf den Weg gemacht habe, um die Polizisten zum Fundort zu begleiten!«

»Und hatte er angerufen?«

»Natürlich hatte er das! Er hat von seinem Handy aus den Fund gemeldet. Ungefähr auf die Sekunde genau in dem Augenblick, als es uns gelungen war, ihn nach einer verfluchten Rallye durch den Wald anzuhalten! Ich wette, dass er sich hinterher ins Fäustchen gelacht hat.«

»Er kann doch genauso gut die Wahrheit gesagt haben.«

»Ja, und ich könnte seine Mutter sein!« Olle Ivarsson sah wütend aus. »Sie müssen wissen, dass er sich nicht mit Peanuts abgibt.«

Nielsen sah ihn lange schweigend an.

»Dass er nicht das brävste Kind auf Erden ist, kann ich mir schon denken«, sagte er dann. »Aber mir scheint fast, dass Sie – was Larsson anbetrifft – Ihre Objektivität verloren haben.«

»Sie kennen ihn nicht«, erwiderte Ivarsson resigniert. »Ich hingegen schon.«

»In welcher Hinsicht denn?«, fragte Nielsen.

Aber Olle Ivarsson verweigerte eine Antwort und wandte seinen Blick ab. »Ich begreife nicht recht, warum ihn diese Sache hier interessiert«, sagte er schließlich. »Damit kann er doch keinen Gewinn machen. Und das ist eigentlich sein einziger Antrieb. Er muss darin etwas sehen, was es ihm wert erscheinen lässt. Ich frage mich nur, was das sein könnte.«

Er griff nach der Plastiktüte mit den Ausschnitten.

»Ich sehe zu, was sich tun lässt. Aber erwarten Sie nicht zu viel. Ich bin kein hohes Tier, das einfache Sonderuntersuchungen anordnen kann. Aber ich werde mich erkundigen. Ich habe ja noch einige Kontakte zu unterschiedlichen Stellen. Wenn die nicht alle zusammen mit den Mammuts ausgestorben sind.«

Schnee wirbelte durch die Luft. Sie standen draußen vor dem Haus und warteten auf das Taxi, das jeden Augenblick kommen musste. Olle Ivarsson sah sich um.

»Fühlen Sie sich hier wohl?«

John Nielsen zuckte mit den Achseln. »Irgendwo muss man ja wohnen. Aber, ja, ich fühle mich wohl hier. Ich habe mich eingelebt.«

Ivarsson sah ihn mit zweifelnder Miene an und machte eine Kopfbewegung zu den Hochhäusern. »Trotz der Tatsache, dass ein Ghetto in Ihrer nächsten Nachbarschaft ist?«

Nielsen sah ihn mit hochgezogener Augenbraue an. »Soll ich vielleicht hoch zu Ihnen ziehen? Aber dort scheint es ja auch nicht so sicher zu sein.«

Olle Ivarsson schlug den Blick nieder und verzog mürrisch den Mund.

»Dann verlasse ich mich darauf, dass Sie tun, was Sie können«, sagte Nielsen nach einer Weile.

»Ich habe es doch versprochen«, erwiderte Ivarsson irritiert. »Aber erwarten Sie nicht zu viel. Das Einzige, was höchstwahrscheinlich geschehen wird, ist, dass man mich für einen Vollidioten hält. Noch mehr als vorher.«

Er starrte mit düsterer Miene vor sich hin.

»Das Beste wäre gewesen, wenn über diese Geschichte niemals ein Wort geschrieben worden wäre«, sagte er wie zu sich selbst.

»Das Beste wäre gewesen, wenn nichts von alldem passiert wäre«, sagte Nielsen. »Aber das ist es nun einmal.«

Das Taxi tauchte auf, rollte den Kiesweg hinauf. Ivarsson hob seine Tasche hoch, nickte ihm zu und ging hinunter zur Zauntür.

Nielsen blieb stehen, sah, wie der Wagen wendete und davonfuhr. Unten auf dem Parkplatz zum Naherholungsgebiet stand ein einsames Auto. So früh am Morgen war auch der Verkehr auf der Durchfahrtsstraße noch sehr spärlich. Eine bleiche Sonne ging mühevoll und langsam über den Baumwipfeln auf.

Er hielt an und schlief ein paar Stunden im Auto. Als er erwachte, hatte es bereits zu dämmern begonnen. Er streckte sich, strich sich über seine kratzenden Bartstoppeln und hielt die Handflächen an die Nasenflügel. Mit einem Anflug von Ekel sog er den Geruch seines eigenen Körpers ein. Dann kurbelte er das Fenster herunter, um ein wenig Luft hereinzulassen. Er hatte die letzten Tage praktisch durchgängig im Auto verbracht.

Ivarsson war auf dem Weg nach Hause, vermutlich war er dort schon angekommen. Und er hatte ihn fahren lassen, ohne zu handeln. Es hatte einen Tag gedauert, ehe er sich entschieden hatte, ihm hinterherzufahren.

Eigentlich könnte er ihn ignorieren. Er hatte keinerlei Bedeutung und wäre niemals in der Lage, irgendeinen Zusammenhang zu erkennen, nicht aus eigener Kraft.

Aber gerade das störte ihn so sehr. Er *wollte,* dass er es begriff. Wollte sein Gesicht sehen, diesen Ausdruck bodenloser Verwunderung und die Angst… Er warf einen Blick auf die Uhr, versuchte auszurechnen, wie viele Stunden er dorthin benötigen würde.

Er stand auf dem Parkplatz einer großen Raststätte kurz hinter Hudiksvall. Ein Laster hielt vor der Tankstelle. Der Fahrer sprang heraus, ging um den Wagen und arretierte den Einfüllstutzen. Er streckte sich, während der Tank gefüllt wurde.

Er betrachtete den Mann eine Weile, das unrasierte, müde Gesicht. Sein dicker Bauch hing über den Gürtel seiner Jeans. Er sah zu, wie der Fahrer sich unter den Armen und im Schritt kratzte, gähnte und sich noch mal ausgiebig streckte. Er spürte den wohl bekannten Widerwillen, spürte gleichermaßen Ekel und Faszination. Menschen, die sich so ungeniert zeigten, ohne einen Gedanken daran zu verschwenden, wie sie dabei aussahen, welche Gerüche sie absonderten.

Mit zusammengepressten Lippen startete er den Wagen, jagte ihn hoch und schoss sehr dicht an dem Laster vorbei, ehe er auf die Straße bog. Er sah, wie der Fahrer nach hinten sprang und sich gegen seine Reifen presste, Mund und Augen weit aufgerissen.

Er raste davon, warf einen Blick in den Rückspiegel und musste unweigerlich lächeln. Dann schüttelte er den Kopf über die Einfältigkeit seines Handelns. Diese idiotischen Ausbrüche, die er nicht unter Kontrolle hatte. Wahnsinnig, sinnlos. Er starrte auf die Straße. Oder ebenso sinnvoll wie alles andere.

Unerbittlichkeit lag allen Dingen zu Grunde. Etwas Unpersönliches, Gleichgültiges, das sich nicht beeinflussen ließ. Etwas, das ihn mit fortriss. Alle mit sich riss. Eine Sache bedingte die nächste. Eine Handlung führte zur nächsten. Und es spielte keine Rolle, was es war. Es gab keinen Unterschied, außer an der Oberfläche. Darunter floss immer derselbe Strom. Gleichgültig und unaufhörlich.

Er näherte sich dem Haus von der Rückseite, sprang über den Zaun und sah sich vorsichtig um. Die nächsten Nachbarn waren die Besitzer der vereinzelten Villen aus den Fünfziger- und Sechzigerjahren. Etwa einen halben Kilometer weiter begann ein Industriegebiet, das jedoch nur teilweise bebaut war. Ansonsten endete die Ortschaft an dieser Stelle hier. Hinter einem Vorhang von Gestrüpp und Gebüsch verlief die Europastraße, auf der noch ziemlich reger Verkehr herrschte, obwohl es schon fast zehn Uhr abends war.

Er schlich ans Wohnzimmerfenster heran und konnte von dort schemenhaft die Gestalt im Schein des blau flimmernden Fernsehbildschirmes ausmachen. Geduckt ging er zurück zum Weg und ums Haus herum zur Eingangstür. Dort blieb er einen Moment lang stehen, ehe er die Treppe mit einem Schritt nahm, vor der Tür stehen blieb und die Türklinke betätigte.

Wie erhofft war die Tür nicht verschlossen. Er wartete noch einige Sekunden, öffnete sie dann, glitt hinein in den Flur und schloss sie wieder hinter sich, alles in einer einzigen, geschmeidigen Bewegung.

Regungslos blieb er stehen, zwei Schritte außerhalb des Lichtkegels der matten Flurlampe, und wartete mit angehaltenem Atem. Er konnte hören, wie sich Ivarsson plötzlich im Sofa bewegte. Er verharrte still. Man konnte immer eine Veränderung wahrnehmen, wenn jemand einen Raum betrat. Ein Luftzug, Gerüche, kaum hörbare Geräusche. Es gab immer etwas, das man unterbewusst registrierte. Er sollte ihn dort sitzen lassen, horchend, unsicher, ob er richtig gehört hatte, hin und her überlegend, ob er aufstehen und nachsehen sollte.

Er spürte, wie sein Atem ruhiger wurde, der Puls sich verlangsamte, das Herz fast aufhörte zu schlagen, als würde sich sein ganzer Körper nur noch auf das Kommende konzentrieren. Er war bereit.

Dann hörte er, wie Ivarsson zurück ins Sofa sank und etwas Unverständliches murmelte. Noch einen Augenblick hielt er inne, dann ging er mit wenigen Schritten durch den Flur zur Wohnzimmertür.

Ivarsson saß halb abgewandt von ihm, sein Blick fest auf den Bildschirm geheftet. Er berechnete den Abstand zu ihm ohne anzuhalten und näherte sich beinahe lautlos über den Teppichboden. Breitbeinige, gleitende Schritte, um schnell die Richtung ändern oder sich zurückziehen zu können. Er hatte Ivarsson fast erreicht, als dieser jählings seinen Kopf drehte. Etwas Erwartungsvolles war in seinem mageren Gesicht. Dann entglitten ihm plötzlich die Gesichtszüge.

»Sie!...«, stieß er hervor und versuchte aufzuspringen.

Harri Rajamäki hatte nichts von sich hören lassen. Was für Nielsen nicht weiter verwunderlich war. Offenbar war ihm ein anderes Geschäft dazwischengekommen. Oder er hatte einfach das Interesse verloren oder die Sache vergessen. Wenn nicht gar Ivarsson Recht gehabt und Harri sich alles nur ausgedacht hatte und nun keine weitere Energie mehr darauf verschwenden wollte, nachdem er gemerkt hatte, dass für ihn nicht mehr viel herauszuholen war.

Auch Ivarsson hatte nichts von sich hören lassen. Nielsen überlegte, was er tun sollte, entschied dann aber, noch einen Tag abzuwarten, ehe er ihn anrufen würde.

Das Gefühl bedroht zu sein, das ihn direkt nach dem Besuch der Wohnung beschlichen hatte, verflog zunehmend. Ersetzt wurde es durch den Eindruck, dass dies alles unwirklich und tatsächlich nie passiert sei. Er konnte es kaum glauben, dass da jemand die Artikel über die Geschichte in Bräcke über Jahrzehnte hinweg ausgeschnitten und gesammelt, sie in der Wohnung zurückgelassen, seinen Namen unterstrichen und die Tür unverschlossen gelassen hatte, in der Hoffnung, dass ausgerechnet er sie dort finden würde.

Bei Tageslicht fiel es ihm schwer, das alles für bare Münze zu nehmen. Es kam ihm kindisch und naiv vor. Ein wenig so wie seine eigene Reaktion darauf.

Er machte seine übliche Tour hinunter zum Fluss und lief ein Stück talabwärts. Die Temperaturen waren mittlerweile deutlich über null. Diesiges Wetter. Die Spuren des letzten Schneefalles waren fast alle verschwunden. Er beobachtete, wie sich Tjarrko voller Hingabe immer wieder in einem der schmutzigen Schneehaufen nahe am Flussufer wälzte, darin herumscharrte und sich schüttelte. Seine Oberlippe war schon ergraut, und das buschige Fell begann an den Flanken bereits auszudünnen. Er war bald elf Jahre alt. Nielsen hatte den Hund, seit er ein Welpe war. Noch zeigte er keine weiteren konkreten Alterserscheinungen, aber Nielsen wusste, dass sein Countdown begonnen hatte.

Er versuchte, sich das Leben eines Tieres vorzustellen. Diese Einfachheit und Selbstverständlichkeit, wo alles einen klaren Sinn und Zweck besaß. Alles war das, was es war. Und nichts anderes.

Der Hund hob den Kopf und fixierte ihn. Er sah beschämt weg, fühlte sich ertappt. Als hätte das Tier seine Gedanken erraten.

Gegen Ende der Woche begann er nach Ivarsson zu suchen. Zuerst rief er ein paar Mal bei ihm zu Hause an, aber ohne Erfolg. Unter der Nummer der Polizeistation gab ihm ein Anrufbeantworter die Telefonzeiten durch sowie den Hinweis, dass er sich in dringenden Fällen an die Polizei in Östersund wenden oder alternativ die Notrufnummer 112 wählen sollte.

Irritiert schob er das Telefon beiseite und versuchte sich an die Nummer der Direktwahl zu erinnern, die er vorher ein-, zweimal benutzt hatte. Er warf einen Blick auf die Zentralnummer der Polizeistation und probierte sein Glück mit verschiedenen Endziffern. Nach mehreren fruchtlosen Versuchen nahm jemand den Hörer ab.

»Ivarsson? Da haben Sie die falsche Durchwahl. Der hat die 63. Obwohl das keine Rolle spielt, der ist noch immer krankgeschrieben. Geht es um etwas Wichtiges?«

»Krankgeschrieben?«, sagte Nielsen verblüfft. »Seit wann das denn?«

»Ja, das ist er wohl schon seit Mitte des Monats, soweit ich informiert bin.«

John Nielsen schwieg verwirrt.

»Ist es etwas Wichtiges?«, wiederholte der andere. »Geht es um eine Anzeige…«

»Weshalb ist er denn krankgeschrieben?«, unterbrach ihn Nielsen.

Es dauerte einen Moment, ehe sich die Stimme wieder meldete.

»Worum geht es denn eigentlich? Und mit wem spreche ich?«

Nielsen holte Luft. »John Nielsen«, antwortete er. »Ich bin Journalist. Ich habe Olle Ivarsson einige Male getroffen. Und ich würde gerne wieder mit ihm in Kontakt treten.«

»Nielsen? Ach so, ja, dann weiß ich Bescheid.«

Er merkte, wie die Stimme des Polizisten steifer und förmlicher wurde. »Ich kann Ihnen nicht helfen. Er ist krankgeschrieben, wie schon gesagt.«

»Ich habe bei ihm zu Hause angerufen, aber da nimmt keiner ab. Und Sie können mir also nichts darüber sagen, warum er krankgeschrieben ist?«

»Nein.«

Wieder Schweigen nach dieser knappen Antwort.

»Sie müssten sich direkt an den Chef wenden, wenn Sie mehr wissen wollen«, sagte er schließlich. »Aber der ist nicht vor morgen Vormittag zurück. Versuchen Sie es dann. Am besten zu den regulären Telefonzeiten.«

208

Nielsen überlegte. »Und es gibt keine Möglichkeit, ihn zu Hause zu erreichen?«

Der Polizist lachte laut auf.

»Das würde ich Ihnen nicht empfehlen. Wenn Sie nicht Nerven wie Stahlseile haben.«

Er schien nachzudenken.

»Nach sechs wird er kurz vorbeischauen«, sagte er schließlich. »Sie können es ja dann probieren. Auf der 61. Wenn es sehr dringend ist. Ich werde ihm sagen, dass Sie angerufen haben.«

Er legte auf.

Nielsen lehnte sich nach hinten und starrte vor sich hin. Das Ganze musste ein Missverständnis sein, versuchte er sich einzureden. Es konnte einfach nicht wahr sein, dass Olle Ivarsson bereits krankgeschrieben war, als sie sich zuletzt getroffen hatten. Ohne ein Wort darüber zu verlieren. Ja, in diesem Fall hatte er es sogar absichtlich verschwiegen.

Er erhob sich und ging ruhelos auf und ab. Die Tatsache, dass er mit kaum einem anderen Kollegen aus dem Revier Kontakt gehabt hatte, außer ganz kurz bei seinem ersten Besuch dort, machte ihn nachdenklich. Warum war das so? Damals hatte das ganz selbstverständlich gewirkt. Sich an denjenigen zu wenden, der sowohl von der Gegend als auch vom Tatbestand um Anna-Greta Sjödins Verschwinden fundierte Kenntnis besaß.

Nun konnte er sich des Gefühls nicht erwehren, dass Olle Ivarsson ihn in Beschlag genommen hatte. Aus irgendeinem Grund hatte er ihn von den anderen weggelotst und dafür gesorgt, ihn so weit wie möglich für sich allein zu behalten.

Er wartete bis kurz nach sechs und wählte dann die angegebene Nummer.

»Sune Bergman.«

Er konnte sich nicht erinnern, dass Ivarsson diesen Namen jemals erwähnt hatte. Die Stimme deutete darauf hin, dass er ein Mann mittleren Alters war. Kein Dialekt. Wohl aus Mittelschweden.

»Ach, ja. Sie haben sich nach Ivarsson erkundigt. Er ist krankgeschrieben, wie Ihnen schon mitgeteilt worden ist. Sie wussten nichts davon?«

»Ich habe ihn letzte Woche getroffen«, sagte Nielsen. »Hier unten bei mir. Da hat er nichts gesagt. Ich hatte sogar den Eindruck, dass er im Dienst war und wegen des gefundenen Wagens gekommen war. Der damals gestohlen wurde, als man die Gebeine von Anna-Greta Sjödin fand.«

»Ein Wagen? Und deswegen sollte er extra zu Ihnen runtergefahren sein?«

Bergmans Stimme klang ehrlich verblüfft. »Nein. Da gab es nichts weiter zu tun. Und außerdem war er doch krankgeschrieben. Ich hatte keine Ahnung, dass er weg gewesen ist.«

»Was für eine Krankheit hat er, können Sie mir das sagen?«

»Eigentlich nicht.«

Es dauerte eine Weile, ehe Bergman fortfuhr.

»Aber ich weiß ja, wer Sie sind. Und dass Sie bei Ivarsson gewohnt haben. Ja, ich habe sogar Ihren Artikel über Anna-Greta Sjödin gelesen. Außerdem gäbe es da einige Dinge, zu denen ich Ihnen gerne ein paar Fragen stellen würde. Darum wäre es vielleicht ganz vernünftig, wenn Sie den Hintergrund kennen. Wie gut sind Sie mit Olle Ivarsson eigentlich bekannt?«

»Ja, ich fange auch an, mich das zu fragen«, sagte er.

Er wartete und hörte erst nach einiger Zeit Bergmans Stimme wieder im Hörer. »Ivarsson ist aus psychischen

Gründen krankgeschrieben worden, weil er keine Kraftreserven mehr hatte. Das würde ich Ihnen unter anderen Umständen gar nicht erzählen, aber die Sache ist die, dass er seit einigen Tagen verschwunden zu sein scheint. Und vielleicht können Sie ja Licht in die Angelegenheit bringen.«

Der Polizeichef machte eine Pause.

»Es ist nicht das erste Mal, dass so etwas passiert«, sagte er mit zögernder Stimme. »Dass er dem Druck nicht mehr standhalten konnte. Er litt an Niedergeschlagenheit und hatte Depressionen. Und das ist an und für sich noch nichts Verwunderliches in diesem Beruf.«

Er holte Luft.

»Aber ich bin besorgt. Wir waren gestern zur Sicherheit bei ihm zu Hause. Die Wohnung war leer. Er ist, der Post nach zu urteilen, die letzten Tage nicht dort gewesen. Und nun sagen Sie, dass Sie ihn letzte Woche unten in Stockholm getroffen haben?«

»Er war auf dem Weg zurück nach Hause«, sagte Nielsen fassungslos. »Er ist Freitagvormittag gefahren.«

Wieder herrschte Schweigen in der Leitung, ehe Bergman weitersprach.

»Und er hat nichts angedeutet, was erklären könnte, warum er hier nicht aufgetaucht ist? Wohin er gefahren sein könnte?«

»Nein, nichts«, erwiderte Nielsen. Er dachte nach. »Das ist schon öfter passiert, sagen Sie. Dass er kollabiert ist. Sie wissen nicht zufällig, ob etwas Ähnliches auch damals in den Siebzigern bei der Suche nach Anna-Greta Sjödin geschehen ist?«

Bergman entfuhr ein hartes Lachen. »Ich war damals fünfzehn. Hatte keinen Schimmer davon, dass ich einmal Polizist werden würde. Olle Ivarsson kenne ich erst, seitdem ich vor circa zehn Jahren hierher gekommen bin. Das war ungefähr zur gleichen Zeit, als er wieder zur Polizei zurückkehrte.«

»Dann wissen Sie auch nicht, warum er damals die Gegend verlassen hat?«

»Er wollte wohl seinen Horizont erweitern, was weiß ich! Und ich glaube, dass er sich zur gleichen Zeit auch hat scheiden lassen. Das kann ja durchaus dazu beigetragen haben.«

»War Ivarsson verheiratet?«, fragte Nielsen überrascht.

»Ja, sicherlich, irgendwann einmal. Das wussten Sie nicht? Nun, er ist nicht besonders redselig, wenn es um Privates geht. Ich kann auch nicht sagen, dass ich ihn besonders gut kenne, obwohl wir so viele Jahre zusammengearbeitet haben.«

Nielsen dachte an das Kleid in der Kammer. Dafür gab es also eine einfache Erklärung. Allerdings waren jetzt neue Fragen aufgetaucht, und für die wollten ihm überhaupt keine Antworten einfallen.

»Würden Sie sagen, dass Olle Ivarsson ein guter Polizist ist?«, fragte er plötzlich. Er konnte hören, wie Bergman tief Luft holte. »Natürlich ist er das«, antwortete er. »Soweit ich weiß, hat es niemals einen Grund zur Klage gegeben.«

Nach Beendigung des Gesprächs blieb Nielsen sitzen und starrte vor sich hin. Er hatte nichts über Bengt Andersson oder von ihrem Besuch in seiner Wohnung gesagt. Auch kein Wort über Kaj Härlin. Was hätte er auch sagen sollen? Er wusste, dass er nicht ernst genommen worden wäre.

Zögernd wählte er schließlich Bernt Larssons Nummer. Dieses Mal nahm er sofort ab.

»Lassen Sie doch endlich diese Scheißgeschichte sein«,

sagte Bernt Larsson, nachdem er Nielsens Bericht angehört hatte. »Hören Sie auf!«

»Was meinen Sie damit?«, fragte Nielsen.

»Geben sie verdammt noch mal einfach Ruhe!«, sagte Bernt Larsson mit einer ungekannten Schärfe in seiner Stimme. »Beschäftigen Sie sich mit etwas anderem. Das hier geht Sie wirklich nichts an, oder?«

»Und wen sollte es etwas angehen?«

Bernt Larsson schnaubte wütend. »Niemanden. Es ist einfach ein Haufen Dreck.«

»Das heißt also, dass an den Geschehnissen der letzten Zeit nichts ist, was Ihnen merkwürdig erscheint? Nichts, was einen beunruhigen müsste?«

»Wenden Sie sich an die Polizei, wenn Sie Angst haben. Nicht an mich, ich bin nicht interessiert …«

Bernt Larsson verstummte plötzlich.

»Stimmt etwas nicht mit Ihrem Telefon?«, fragte er einen Augenblick später.

»Soweit ich weiß, nicht«, antwortete Nielsen verwundert. »Warum?«

Es war wieder still auf der anderen Seite.

»Dann habe ich mir das wohl eingebildet.«

Plötzlich wirkte Bernt Larsson wie geistesabwesend und schien das Gespräch so schnell wie möglich beenden zu wollen. Nielsen hörte ihn mit den Fingern trommeln.

»Ivarsson ist verschwunden, sagten Sie?«, sagte er dann. »Ich kann nicht direkt behaupten, dass ich deswegen bitterlich weinen muss. Wir dürfen nur hoffen, dass Sie Recht haben.«

Dann legte er unvermittelt den Hörer auf.

Es würde ein Fest nötig sein, dachte er, während er die Treppe hinauf ins Haus hinkte. Ein Fest, auf dem er die Sau rauslassen könnte. Das alle Gedanken, alle Spuren einer gedanklichen Aktivität fortfegte.

Alles ging im Augenblick bergab. Er saß in etwas fest, und dieses Etwas ließ ihn nicht los, riss ihn immer tiefer. Es gab keine Erklärung, keine einzige Theorie, die auch nur im Geringsten glaubwürdig zu sein schien. Es kam ihm vor, als sei er in zähem Schlick stecken geblieben und jeder Versuch, sich daraus zu befreien, mache die Sache nur noch schlimmer.

Er war mit dem schlecht gelaunten Tjarrko, der an der Leine zog und zerrte, nicht weiter gegangen als bis zum Parkplatz. Dort hatte er gestanden, ins Tal hinuntergeblickt, den Nieselregen im Gesicht, und war dann umgedreht und zurückgegangen.

Im Wohnzimmer machte er zuerst das Licht an. Das Foto bemerkte er, als er bereits einige Schritte in den Raum getan hatte. Plötzlich fuhr er mit dem Kopf herum und begriff in diesem Moment, was er gesehen hatte. Er starrte wie gebannt auf den Abzug.

Die Aufnahme war grobkörnig, sehr vergrößert und mit einem Objektiv aufgenommen. Darauf war er zu sehen, zusammen mit Olle Ivarsson direkt vor seinem Haus. Um beide Köpfe war mit einem Kugelschreiber ein Kreis gezogen worden. Er beugte sich näher heran, starrte wie gebannt auf das Foto, als könnte er nicht glauben, was er sah. Seit wann hing es hier an der Wand? Wie war es dorthin gekommen? War es tagsüber geschehen, während er weg war? Oder schon zu Beginn der Woche? Wie hatte jemand ins Haus eindringen können, ohne Spuren zu hinterlassen?

Fassungslos betrachtete er das Bild. Es musste aufgenommen worden sein, als Ivarsson nach Hause aufgebrochen war, eine andere Möglichkeit gab es nicht.

Er spürte, wie eine plötzliche Kälte sein Rückgrat hinaufkroch. Für einen Moment hatte er Mühe, Luft zu bekommen, es flimmerte vor seinen Augen. Er war gezwungen, sich an der Wand abzustützen. Dann richtete er sich wieder auf, ging mit schnellen Schritten in den Flur, verschloss mit zitternden Händen die Haustür und löschte das Licht. Er stolperte zurück ins Wohnzimmer, machte auch dort das Licht aus und blieb regungslos in der Dunkelheit stehen, versuchte nachzudenken.

Er klebte häufig Fotos an die Wand als eine Art Arbeitsmaterial, sie gaben ihm Denkanstöße, um bestimmte Situationen oder Gefühlslagen beschreiben zu können. Ab und zu tauschte er sie aus, wahllos und eher zufällig, einige hingen dort jahrelang. Jemand war in seinem Haus gewesen und hatte das Foto zwischen die anderen gehängt. Das hätte zu jedem beliebigen Zeitpunkt in dieser Woche gewesen sein können. Er hatte es nur vorher nicht entdeckt.

Plötzlich kam es ihm in den Sinn, dass sich dieselbe Person noch immer im Haus aufhalten konnte. Abrupt drehte er sich um und starrte hinüber zur kleinen Küche und zum Schlafzimmer. Dann warf er einen Blick auf Tjarrko. Aber der Hund, nur ein dunkler Schatten, schien nichts Ungewöhnliches gewittert zu haben. Er lag unbeirrt vor der Haustür und hatte sich kaum bewegt, als Nielsen an ihm vorbeigerannt war. Doch Nielsen spürte diese Kälte, die durch seinen Körper kroch. Dieser Jemand war in sein Haus eingedrungen, und er würde es wieder tun können.

Er sah aus dem Fenster in die Lichtkegel der Straßenlaternen entlang der Durchfahrtsstraße. Auf den Verkehr, der vorbeiglitt. Auf der anderen Seite, auf der sich Küche und Schlafzimmer befanden, lag der kleine Wald mit den sich

215

anschließenden Hochhäusern. Die Dunkelheit jenseits der Lichtkegel war pechschwarz und undurchdringlich. Obwohl es sinnlos war, starrte er unverwandt nach draußen, als würde er dort etwas entdecken können. Es blieb ihm nichts anderes übrig, als abzuwarten.

Er war in die Wohnung zurückgekehrt. Wie lange er sie noch benutzen würde, hatte er noch nicht entschieden. Jetzt aber musste er sich ausruhen. Er spürte, dass er sich einer Grenze näherte. Nach seiner letzten Reise war ihm ganz schlecht vor Erschöpfung gewesen.

Außerdem gab es keinen Grund, die Ereignisse voranzutreiben. Er konnte warten und die Umstände und den Zufall Regie führen lassen. Nichts konnte ihn mehr zu Fall bringen. Selbst wenn man nach ihm suchen würde, könnte man ihn nicht finden. Keiner konnte ihn sehen.

Das hatte er gespürt, als er zum Kahlschlag zurückgekehrt war. Seinen Wagen hatte er an der nahezu gleichen Stelle wie letztes Mal stehen lassen, ohne den Versuch zu unternehmen, ihn zu verbergen. Dann war er zu den Gräbern gegangen. Gleichgültig, unachtsam war er davorgestanden und hatte auf sie hinuntergesehen. Er war aufs Neue unsichtbar geworden.

Später war er die steile Böschung hinauf zum Bergkamm gestiegen, der in sechshundert Metern Entfernung aufragte. Kurz vor dem Ziel hatte er plötzlich angehalten und war auf die Knie gesunken.

Sein Atem ging schnell und stoßend, wie nach einem Lauf. Wieder war dieser Schmerz aufgelodert und durch seinen Körper geschossen. Nein, es war nichts. Alles nur Einbildung. Nichts anderes. Er hatte gar nichts gespürt.

Mühsam richtete er sich wieder auf und setzte seinen Weg zu der Höhle fort. Schritt für Schritt. Erneut sank er auf die Knie und begann, das Gestrüpp und die Zweige zu entfernen. Alles war verfault, verwittert und von Flechten und Heidekraut bewachsen, das sich um den Schieferstein herumrankte, den er damals vor den Eingang geschoben hatte. Er griff danach, schleuderte ihn beiseite und ließ ihn den Berg hinunterrollen. Dann holte er die Lampe aus der Innentasche und zwängte sich in die Öffnung hinein.

Der Gang verlief in einer leichten Schräge nach unten. Das Gestein war rutschig von Eis und Feuchtigkeit. Mit Händen und Ellenbogen stützte er sich gegen den Felsen. Nach wenigen Metern fiel der Gang plötzlich steil ab. Bis hierher hatte er sich mit geschlossenen Augen in der Dunkelheit bewegt. Jetzt erst holte er die Taschenlampe hervor und knipste sie an.

Unter ihm lag das metertiefe Wasserbassin, in denen sich die Bächlein und Rinnsale von der Oberfläche mit einem Strom aus dem Berginneren vereinigten, der das Wasser ständig in Bewegung hielt, sodass es niemals gefror. Er ließ den Lichtkegel über die schwarze Wasseroberfläche tanzen, rutschte noch ein Stück weiter vor und sah hinunter.

Sie war nicht da.

Er wusste nicht, ob er Erstaunen oder Erleichterung verspüren sollte. Dann hob er den Blick zur gegenüberliegenden Wand, zuckte zusammen und ließ die Taschenlampe fallen. Sie schlug gegen den Felsen unter ihm und verschwand im Wasser. Eine Weile noch leuchtete sie schwach unter der Oberfläche, dann erlosch sie ganz. Er begann verzweifelt zurückzurobben, rutschte aus, verlor den Halt und dachte für eine Sekunde, er würde hinunterstürzen, von einem unwiderstehlichen Sog ins Wasser gezogen werden.

Er holte tief Luft und zwang sich, ganz still zu liegen, ehe er einen neuen Versuch startete. Unendlich langsam, Zentimeter für Zentimeter schob er sich rückwärts zum Ausgang.

Lange lag er vornüber im Schnee. Er spürte, wie die Kälte durch seine Kleidung drang, doch er war zu keiner Reaktion fähig. Irgendwie schien diese Kälte ihn dort draußen festzuhalten, ihn davor zu bewahren, wieder in die Höhle hineingesogen zu werden.

Nach einiger Zeit holte er tief Luft, drehte sich mit größter Kraftanstrengung auf die Seite und drückte sich vorsichtig hoch. Auf dem Boden sitzend starrte er vor sich hin. Was hatte er gesehen? Ihren Körper – oder das, was davon übrig war –, zusammengekauert auf der anderen Seite der Höhle. So als wäre sie noch eine Zeit lang am Leben gewesen, als hätte sie versucht, sich aus dem Wasser zu stemmen und einen Fluchtweg zu finden. Auf dem Schädel hatten noch vereinzelte Strähnen ihrer schwarzen Haare geklebt. Die leeren Augenhöhlen hatten ihn angestarrt.

Er schüttelte den Kopf. Vielleicht hatte er gar nichts gesehen, sondern sich nur alles eingebildet, in dem schwachen Licht der Taschenlampe?

Dann sprang er mit einem Mal auf. Eine rasende Wut flammte in ihm auf. Was hatte er denn erwartet? Hatte er wirklich geglaubt, sie würde dort sitzen, den Kopf ein wenig schräg gehalten, und ihn mit ihrem Lächeln ansehen, das er nie zu deuten gewusst hatte?

Er zwang sich zur Ruhe und ging zu dem Eingang der Höhle zurück. Unachtsam schob er etwas Gestrüpp davor, sodass es notdürftig den Spalt verdeckte. Dann drehte er

sich um und ging den Abhang hinunter zurück zum Kahlschlag. Er wusste, dass er jetzt alleine war. Dass er es
eigentlich immer gewesen war.

Nielsen hörte ein schwaches Motorengeräusch und war mit einem Satz hellwach. Dämmriges Licht fiel durchs Fenster. Er sah auf die Uhr, kurz vor acht. Die Nacht hatte er auf dem Sofa verbracht und erst in den frühen Morgenstunden etwas Schlaf gefunden. Er spürte, wie seine Knochen knackten, als er aufstand und neben das Fenster trat. Der Wagen hatte direkt vor dem Zaun gehalten, der Motor lief. Er merkte, wie sein Puls schneller wurde, zwang sich, langsamer zu atmen, und versuchte zu erkennen, wer sich hinter den getönten Autoscheiben verbarg. Nichts geschah. Der Wagen blieb dort stehen, aber niemand stieg aus.

Das Klingeln des Telefons ließ ihn aufs Neue zusammenzucken. Fast verlor er das Gleichgewicht, als er sich eilig umdrehte. Er stolperte zum Schreibtisch und sah auf das Display. Nach einem Augenblick erkannte er die Handynummer wieder, die ihm entgegenblinkte. Er hob den Hörer ab und vernahm Bernt Larssons Stimme.

»Aha, Sie sind ja zu Hause! Und wach obendrein! Es ist wie immer, ich stehe draußen vor der Tür.«

Nielsen schwieg, glotzte auf den Apparat.

»Hallo? Sind Sie wieder eingeschlafen, oder…«

»Woher wissen Sie, wo ich wohne?«, fragte er kurz angebunden.

Bernt Larsson lachte. »Das war kein großes Geheimnis.

Sie stehen im Telefonbuch. Und der Rest war einfach. An diesem Weg befindet sich ja nur ein einziges Haus.«

»Was wollen Sie?«

Bernt Larsson holte Luft. »Ich komme rein«, sagte er. »Oder sind Sie zu fein für Besuch?«

John Nielsen zögerte einen Augenblick, dann legte er den Hörer auf, ging zur Haustür und öffnete sie. Er sah Bernt Larsson aus dem dunklen Kombi aussteigen, die Zauntür öffnen und auf ihn zukommen.

»Was wollen Sie?«, fragte er wieder und blieb im Türrahmen stehen.

Der andere sah ihn an, ohne zu antworten. Dann schüttelte er leicht den Kopf und drängte sich mit einem schnellen Schritt an ihm vorbei.

»Wir können später reden«, sagte er und ging ins Haus.

Nielsen drehte sich völlig überrumpelt um und sah, wie Larsson an der Schwelle zum Wohnzimmer stand und sich umsah, ohne die geringste Notiz von Tjarrko zu nehmen, der sich laut bellend vor ihm aufgebaut hatte. Dann holte er etwas aus seiner Jackentasche, das einem Handy glich, und schob den Hund beiseite, der sich knurrend zurückzog. Mit diesem Gegenstand in der Hand schritt er langsam durch den Raum und schwang es hin und her.

»Was zum Teufel…«

Bernt Larsson hob die Hand. »Später.«

Er drehte eine Runde durch den Raum. Plötzlich sank er auf den Boden, streckte die Hand unter eines der Bücherregale und tastete es ab. Kurz darauf erhob er sich wieder, kam zurück in den Flur, ging an Nielsen vorbei und bedeutete ihm, ihm zu folgen.

»Ein Sender«, sagte er leise. »Ich dachte, dass Sie ihn vielleicht sehen wollen. Und es gibt anscheinend mehr davon im Haus.«

Nielsen starrte stumm auf das kleine Ding in seiner Handfläche. Bernt Larsson nickte hinüber zur Straße. »Wir können im Auto reden. Das ist vielleicht das Beste.«

Er ging den Kiesweg hinunter. Nielsen sah seinem Rücken hinterher, dann griff er nach seiner Jacke und folgte ihm.

Bernt Larsson hatte mit einer nonchalanten Geste das Instrument, das er benutzt hatte, ins Handschuhfach gelegt. »Das misst elektromagnetische Felder. Oder so. Fragen Sie mich bloß nicht nach einer genauen Erklärung. Aber es scheint zu funktionieren. Eine Reihe von Unternehmen benutzt diese Geräte, wenn sie vermuten, dass jemand sie abhört, um Geschäftsgeheimnisse herauszubekommen.«

Dann hielt er den Fund aus Nielsens Haus hoch.

»In der Regel sucht man damit nach solchen Dingern. Mikrofone und Sender. Sie empfangen und senden. Haben eine Reichweite von ein paar Kilometern. Obwohl ich mir vorstellen könnte, dass man eine Relaisstation in der Nähe montieren kann, die dann weitersendet und die Sie dann vielleicht sogar mit einem gewöhnlichen Handy aktivieren und abhören können.«

Er nickte hinüber zum Haus.

»Und wie gesagt, Sie haben davon noch einige dort drinnen. Außerdem scheint Ihr Telefon angezapft worden zu sein. Das kann man dann auch aus bequemer Entfernung abhören. Aber ich wollte nicht weitersuchen. Darum habe ich nur dieses hier mitgenommen, um es Ihnen zu zeigen. Der Rest soll ruhig bleiben, wo er ist. Bis auf weiteres. Derjenige, der sie eingebaut hat, soll ruhig glauben, dass alles ist wie vorher.«

John Nielsen fühlte sich schwach, leer. Wie von innen ausgehöhlt, als wäre alle Kraft aus ihm gewichen. »Sie scheinen sich ja damit auszukennen«, sagte er langsam. »Wie kommt das?«

Bernt Larsson zuckte mit den Schultern. »Man lernt sein ganzes Leben dazu.«

»Und wie zum Teufel sind Sie darauf gekommen, ausgerechnet bei mir zu suchen?«

Bernt Larsson drehte sich zu ihm hin. »Ich hatte den Eindruck, dass es sonderbar klang, wenn Sie mich von dort angerufen haben. Ja, und außerdem gibt es da noch ein paar andere Dinge in dieser ganzen Geschichte, die merkwürdig genug klangen, nicht wahr?«

»Ich dachte nach unserem letzten Gespräch, Sie hätten beschlossen, das als bloße Phantastereien abzutun?«

»Ich wollte nicht zu viel sagen.«

Bernt Larssons Gesicht bekam einen wachsamen Ausdruck.

»Außerdem meinte ich eigentlich auch, was ich gesagt habe. Sie sollten diese Geschichte endlich aufgeben.«

Nielsen schnaubte.

»Und nun haben Sie Ihre Meinung geändert? Oder warum sind Sie hierher gekommen?«

Bernt Larsson sah ihn nachdenklich an.

»Ich wollte überprüfen, ob mein Verdacht berechtigt war. Und ich fand, dass Sie ängstlich klangen, als Sie anriefen. Dachte, Sie würden ein wenig Gesellschaft zu schätzen wissen. Habe ich mich geirrt?«

Nielsen saß eine ganze Weile stumm da und dachte nach. Dann berichtete er von dem Besuch in Bengt Anderssons Wohnung und von den Informationen, die er über Lasse Henning und Harri bekommen hatte. Er schloss seinen Bericht mit dem Foto an der Wand und beobachtete dabei genau Bernt Larssons Miene.

Dieser starrte ausdruckslos aus der Windschutzscheibe.

224

Dann nickte er und pfiff leise. »Es scheint, dass Sie häufiger mal Besuch gehabt haben, nicht wahr?«

Er drehte sich zu Nielsen.

»Und was vermuten Sie dahinter?«

Nielsen machte eine resignierte Geste.

»Dass Bengt Andersson und Kaj Härlin ein und dieselbe Person sind. Mittlerweile zumindest. Dass er noch immer lebt. Und dass er etwas mit Anna-Greta Sjödins Verschwinden zu tun haben muss.«

»Dann meinen Sie also, dass er die Feuersbrunst überlebt und sich ein paar Monate lang in den Bergen von Moos und Wurzeln ernährt hat, ehe er aus einem unerfindlichen Grund Anna umgebracht hat? Und auch den echten Bengt Andersson, der sich zufällig in der Gegend aufgehalten hatte? Sowie dass es ihm gelungen ist, unterzutauchen und dreißig Jahre lang unentdeckt zu bleiben?«

»Ja«, antwortete Nielsen reserviert. »Ja, das ist ungefähr mein Standpunkt. Und er ist Ihrer früheren Haltung nicht unähnlich, wenn ich mich recht entsinne. Aber Sie haben ganz offensichtlich Ihre Ansicht geändert!«

Bernt Larsson blinzelte einen Moment, dann schüttelte er den Kopf. »Nein«, erwiderte er. »Er ist es. Ich weiß es.«

Er sah wieder zu Nielsen.

»Ich habe keine Ahnung, wie er es gemacht hat. Oder warum. Aber ich weiß, dass er es ist. Ich kann es förmlich riechen.«

Schweigend saß er eine Weile da. Verschlossene Miene, nach innen gewandter Blick.

»Aber wie gesagt, das hier geht Sie eigentlich nichts an«, sagte er schließlich. »Das Beste wäre vielleicht sogar, wenn Sie jetzt nicht einmal in der Nähe wären.«

Nielsen starrte ihn an. »Was haben Sie vor?«

Plötzlich lachte Bernt Larsson auf. »Abwarten. Das ist

beim Jagen in der Regel die beste Methode. Einfach nur still sitzen. Früher oder später wird das Ziel sich bewegen. Man muss nur warten, bis er ungeduldig wird.«

»Und dann?«

Bernt Larsson lachte erneut. »Tja, dann wird man sehen. Aber, wie schon gesagt, das Beste wäre, wenn Sie gar nicht hier wären.«

Nielsen schüttelte trotzig den Kopf. »Ich bleibe«, sagte er nur.

Bernt Larsson zuckte mit den Schultern. »Sie bleiben? Ich hoffe nicht, weil Sie glauben, irgendetwas beweisen zu müssen. Den Großen markieren wollen.«

Er dachte einen Augenblick nach, griff dann nach hinten, hob einen Gegenstand vom Boden auf und legte ihn Nielsen in den Schoß. »Hier. Vielleicht sollten Sie das hier nehmen. Nur zur Sicherheit, für alle Fälle.«

John Nielsen wickelte den Stoff ab und starrte auf das abgesägte Schrotgewehr. »Was zum Teufel… Sind Sie komplett verrückt geworden?«

Er wickelte das Gewehr wieder in den Stoff ein und warf es Larsson hin.

»Nehmen Sie das wieder an sich! Ich will es nicht einmal sehen!«

Bernt Larsson sah ihn mit ausdrucksloser Miene an. »Das haben Sie auch nicht«, sagte er und verstaute die Waffe wieder hinten auf dem Boden.

Tjarrko schnüffelte auf dem Grundstück am Zaun entlang. Da und dort hob er den Kopf, sah wachsam hinüber zum Wagen und bellte, als würde er mitteilen wollen, dass er sich durchaus seiner Pflicht bewusst war, ehe er zu seiner Schnüffeltätigkeit zurückkehrte. Nielsen schwieg und beobachtete den Hund. Dann wandte er sich zu Larsson.

»Womit verdienen Sie eigentlich Ihr Geld, Larsson?«, sagte er. »Wer sind Sie?«

Bernt Larsson lachte leise. »Was wollen Sie denn haben? Vollständige Personenangaben, Schuhgröße?«

Nielsen schüttelte wütend den Kopf. »Glauben Sie denn, dass ich ein kompletter Vollidiot bin? Dass Sie kein Chorknabe sind, habe ich gleich erkannt. Aber jetzt beginne ich mich langsam zu fragen, wie viel an Ivarssons Behauptung womöglich dran ist.«

»Und was hätten Sie davon, wenn Sie es genau wüssten? Welchen Nutzen könnten Sie daraus ziehen?«

Bernt Larsson sah ihn einen Moment lang aus den Augenwinkeln an. Dann lehnte er sich in den Sitz zurück und verschränkte die Arme vor der Brust. »Nun, wir werden es wohl ausprobieren müssen. Und sehen, ob Sie dadurch so viel glücklicher werden.«

Er machte eine kurze Pause.

»Damals, als ich Mitte der Siebzigerjahre hierher zurückkehrte, war ich nichts wert. Also ungefähr so viel, wie zu dem Zeitpunkt meines Aufbruchs. Eine Zeit lang akzeptierte ich es, dachte, dass es nun einmal so sein müsse. Aber eines Tages war ich es leid und habe einen Entschluss gefasst. Ich würde niemals einen krummen Buckel machen, wie es meine gesamte Familie getan hat, seit ich denken kann. Ich würde mir nehmen, was ich brauchte. Und ich wusste, wie. Ich wusste nämlich etwas, was niemand anderes zu wissen schien.«

»Und das war?«, fragte Nielsen nach, als der andere nicht weitersprach.

»Dass ich nicht dumm war!«, sagte Bernt Larsson mit einem Lächeln. »Ich wusste sogar, dass ich alles andere als dumm war!«

»Und das hat ausgereicht?«

»Das reicht in der Regel ziemlich weit. Außerdem wusste ich auch, dass es immer Leute gibt, die bereit sind, für das eine oder das andere zu bezahlen. Gut zu bezahlen. Und dass es auch solche gibt, die bereit sind, gewisse Dinge zur Verfügung zu stellen. Aber es muss auch jemanden im Hintergrund geben. Der zusieht, dass die Geschäfte über die Bühne gehen, der vermittelt und organisiert.«

»Dann hatte Ivarsson also doch Recht?«

Bernt Larsson schnaubte ungeduldig. »Ivarsson! Der hatte bestimmt andere Gründe, das zu sagen. Wissen Sie, was ich bin? Ein verdammter kleiner Einzelhändler. Ich kaufe und verkaufe. Und vermittle Geschäfte, Waren und Dienste. Nichts worüber Sie grübelnd die Nacht verbringen müssen. Kleinkram. Bagatellen. Aber es läppert sich eben zusammen.«

»Und das da?«

Nielsen machte eine Kopfbewegung zu der Schrotflinte auf dem Boden. Doch Bernt Larsson zuckte bloß mit den Schultern.

»Zur Sicherheit. Wie ich schon sagte, ich bin nicht dumm. Ich wusste immer, dass es nicht ungefährlich ist, was ich da mache. Und das Gleiche gilt jetzt auch für Sie, nicht wahr? In diesem Fall, meine ich!«

Nielsen schwieg, starrte durch die getönte Scheibe. Wieder befiel ihn diese Müdigkeit. Plötzlich hatte er das Gefühl, dass er es kaum schaffen würde, aus dem Wagen zu steigen und ins Haus zurückzugehen. Und zudem verspürte er eine Geborgenheit, hier neben Bernt Larsson zu sitzen, die verlockend war. Als würde er allein dadurch beschützt und sicher sein. Umsorgt. Diese Empfindung ärgerte ihn, und er schüttelte sich.

Unter großer Kraftanstrengung richtete er sich auf und öffnete die Tür. »Dann warten wir. Bis auf weiteres. Aber wenn er auftaucht, wenn überhaupt irgendjemand auftaucht, dann gehen wir mit ihm zur Polizei. Es gibt genug Gründe, ihn genauer unter die Lupe zu nehmen. Wir machen nichts anderes, ist das klar?«

Bernt Larsson sah ihn eine Weile stumm an. Dann zog er zweifelnd die Augenbrauen hoch. »Und wie stellen Sie sich das vor? Wollen Sie ihn nett bitten, Ihnen aufs Revier zu folgen?«

Nielsen überhörte die Frage.

»Diese Woche. Wir warten noch diese Woche. Dann werde ich irgendetwas unternehmen. Einen Text schreiben, wenn es nicht anders geht. Wie verrückt die Geschichte dann auch klingen mag.«

Bernt Larsson nickte.

»Ich bin hier in der Nähe«, sagte er. »Sie haben ja meine Handynummer. Aber benutzen Sie die nur, wenn es unbedingt sein muss, und sagen Sie nur das Nötigste.«

Die folgenden Tage verbrachte er wie in Trance. Er machte kein Licht an, ging nicht ans Telefon. Ab und zu warf er einen Blick auf das Display, um zu sehen, ob die fragliche Nummer auftauchte. Dazu diese ständige Müdigkeit. Die letzten Nächte hatte er unruhig geschlafen, war bei jedem Geräusch aufgeschreckt. Tagsüber nickte er manchmal im Sitzen ein, wachte aber meist mit einem Ruck wieder auf, das Herz wild hämmernd. Einem inneren Zwang folgend stand er dann auf, wanderte im Haus umher und starrte aus dem Fenster.

Einige Male hatte er dabei Larssons Wagen entdeckt, unten beim Parkplatz, meist bei Einbruch der Dämmerung. Aber er selbst war nirgendwo zu sehen. Sie hatten sich seit dem Morgen, an dem er plötzlich bei ihm aufgetaucht war, nicht mehr gesprochen.

Er nahm Tjarrko an die Leine und ging hinunter zum Fluss. Der Wind war stark. Vor Kälte zitternd zog er den Reißverschluss bis zum Hals hoch, lehnte sich in den Wind und ging vornübergebeugt weiter. Er überquerte die kleine Holzbrücke und starrte in das trübe, dunkle Wasser. Hob dann den Kopf und sah sich um. Fünfhundert Meter weiter waren noch zwei andere Hundebesitzer mit ihren Tieren, die sich ausgelassen jagten und dabei große Kreise zogen. Auch Tjarrko hatte sie entdeckt, die Witterung aufgenommen und zog an der Leine. Aber Nielsen wandte sich in die andere Richtung und ging mit schnellen Schritten über die von niedrigen Büschen bestandene Wiese.

Erst nach mehreren hundert Metern band er Tjarrko von der Leine los und ließ ihn auf eigene Faust schnüffeln. Er zündete sich eine Zigarette an und sah hinauf zur Straße, auf der reger Nachmittagsverkehr vorbeiglitt. Es war fast halb fünf, und die Novemberdämmerung hatte schon eingesetzt. Hier war er so gut wie unsichtbar. Nur eine undeutliche Gestalt und die Glut der Zigarette, sonst nichts. Hier war er sicher.

Er sah sich nach Tjarrko um. Pfiff ein paar Mal nach ihm, drehte sich um und ging langsam zurück. Die beiden anderen Hundebesitzer waren fort. So weit er in der zunehmenden Dunkelheit sehen konnte, war er allein im Tal. Er pfiff erneut, rief nach dem Hund. Wütend fluchte er vor sich hin. Dann blieb er stehen und horchte. Er meinte, Hundegebell zu hören, aber der Laut verschwand sofort wieder.

Mit schnellen Schritten ging er den Weg zurück. Hoffte, dass Tjarrko bereits alleine nach Hause gelaufen sei. Das war schon einmal vorgekommen. Als er die Durchfahrtsstraße überquerte, blieb er noch einmal stehen und sah be-

230

unruhigt den Standstreifen entlang. Keine Spur von Tjarrko weit und breit. Rufend und pfeifend ging er den Kiesweg zum Haus hinauf und sah sich aufmerksam um.

Plötzlich erstarrte er. Die Haustür stand offen. Er versuchte nachzudenken. Hatte er vergessen abzuschließen? Das war unmöglich, er schloss immer die Tür ab.

In diesem Augenblick hörte er das Geräusch. Es kam aus dem Inneren des Hauses. Ein halb ersticktes Gebell, das direkt in ein Winseln überging, um dann abrupt abzubrechen. Für eine Sekunde blieb er wie angewurzelt stehen, ehe er zu rennen begann. Er wusste, dass sein Handeln falsch war, dennoch konnte er nicht anders. Er hastete den Kiesweg hinauf, die Treppe hoch und stürzte in den Flur.

Der Hund lag mit verdrehtem Kopf im Wohnzimmer. Eine dunkle Lache wuchs unter seinem regungslosen Körper.

Nielsen machte einen Schritt nach vorne und spürte im selben Moment, wie ihn etwas mit ungeheurer Kraft unterhalb des Knies traf. Sein Bein knickte nach hinten weg, und er fiel kopfüber, ohne eine Möglichkeit sich abzustützen. Er spürte nur noch, wie er mit dem Kopf auf der Türschwelle aufschlug. Einen Augenblick lang blieb er benommen liegen, dann gelang es ihm sich umzudrehen. Das Blut von der Kopfwunde lief ihm in die Augen. Er wischte es panisch ab und versuchte, den Angreifer zu erkennen.

Eine Gestalt löste sich aus der Dunkelheit und kam näher. Verzweifelt kroch er rückwärts, doch er wusste, dass es sinnlos war. Er blieb liegen und sah auf. »Dreckskerl«, sagte er leise. »Feiger Dreckskerl! Komm doch her! Komm her, zum Teufel!«

Der Mann blieb stehen, als würde er zögern.

»Komm schon. Oder traust du dich nicht? Komm doch, dann werde ich dir die Eier aus dem Leib treten!«

Er wollte ihn dazu bringen, etwas zu sagen, ihn ablenken. Um Zeit zu gewinnen und sich so einen winzigen Vorteil zu verschaffen.

»Du hast wohl begriffen, dass jetzt alles zu spät ist, ja? Du kommst nicht weiter. Ich weiß alles über dich, und damit bin ich nicht alleine. Du kannst dich nicht wieder irgendwo verkriechen.«

Für einen kurzen Moment stand der Mann unbeweglich da, dann kam er näher. Nielsen erkannte, dass er nichts erreicht hatte, dass er niemals auch nur ein einziges Wort aus ihm herausbekommen würde. Der Kerl hatte ihn nur still beobachtet, berechnend, ehe er seinen Entschluss fasste. Jetzt kam er näher. Nielsen bemerkte einen Gegenstand, der in die Luft gehoben wurde, so wie man eine Axt hebt, und krümmte sich zusammen. Er versuchte mit den Armen seinen Kopf zu schützen, wissend, dass dies vollkommen nutzlos sein würde.

Alles um ihn herum explodierte, und er wusste, dass ihn der Schlag schon getroffen haben musste. Dennoch konnte er noch immer sehen, erblickte für den Bruchteil einer Sekunde das Gesicht des Mannes, bevor es sich auflöste. Dann kam das Geräusch, eine gewaltige Erschütterung des Trommelfells. Er presste seine Hände an die Ohren und schrie, ohne seine eigene Stimme hören zu können. Er hatte die Kontrolle verloren. Alles war nur noch ein sich in die Länge ziehender, unerträglicher Schmerz.

Jemand beugte sich über ihn, und er starrte in Bernt Larssons Gesicht. Sah, wie seine Lippen sich bewegten, lautlos, wie er sich wieder aufrichtete, mit unverstelltem Erstaunen auf sein kaputtes Bein zeigte und den Kopf schüttelte.

Seine Lippen bewegten sich erneut, und Nielsen begriff, dass er aufstehen sollte. Mit Larssons Hilfe kam er schließlich auf die Beine, stützte sein Gewicht schwankend auf

232

dem rechten Bein ab und spürte mit einem Mal die Arme des anderen an Rücken und Oberschenkel. Er versuchte noch zu rufen, dass dies niemals gehen würde, aber da hatte Bernt Larsson ihn schon mit einem Ruck hochgehoben, ihn durchs Wohnzimmer getragen und im Schlafzimmer aufs Bett gelegt.

Er wandte den Kopf und konnte schemenhaft den Körper erkennen, der ausgestreckt an der Tür zum Flur lag, wie ausgegossen und ohne Gesicht.

Er hatte das Gefühl für Raum und Zeit verloren. War in einen Zustand von Schlaf und Dämmer gefallen. Ab und zu gelangte er an die Oberfläche und erinnerte sich an die Geschehnisse, wusste aber, dass er alles nur träumte, es sich einbildete. Der Schmerz kam kriechend. Er stöhnte, versuchte sich aufzurichten. Sah das Gesicht vor sich. Verzerrt, ein Affengesicht. Eine Ampulle wurde ihm zwischen die Lippen gepresst. Er schlug um sich, versuchte, sie auszuspucken.

»Nehmen Sie die, zum Teufel. Sie werden es mir danken.«

Die Stimme klang metallisch, vibrierend, wie bei einem elektronischen Spielzeug. Er lachte hysterisch auf. Diese Stimme erkannte er wieder, dachte er. Sie müsste ihn an etwas erinnern. Dann sank er wieder weg. Aber nicht so tief wie zuvor. Er trieb irgendwo unter der Oberfläche, tauchte ab und zu hervor und versank wieder in ein unendliches Dunkel, ergriffen von einer großen Erleichterung und Erlösung. Es war gar nichts geschehen, dachte er. Es konnte nichts geschehen sein. Und nichts existierte mehr. Nicht einmal die Zeit.

Als er das nächste Mal die Augen öffnete, fiel graues Tageslicht durch das Fenster. Seine Haut auf der Stirn spannte. Er tastete mit den Fingern den Verband ab, der stramm an Schläfe und Ohr geklebt war. Ihn überkam Übelkeit, sobald er sich bewegte. Dennoch stützte er sich auf den Ellenbogen und sah sich im Zimmer um. Ein scharfer Geruch nach Reinigungsmitteln hing in der Luft, und es zog, als würde irgendwo ein Fenster offenstehen.

Etwas bewegte sich zu seiner Linken, und er drehte mit großer Mühe den Kopf. Dort entdeckte er Bernt Larsson, der mit grauem, müdem Gesicht zusammengesunken in einem Stuhl saß. Jetzt richtete er sich langsam auf. »Ach, Sie sind aus dem Urlaub zurück?«

John Nielsen starrte ihn verständnislos an.

»Was ist mit ihm geschehen? Mit dem Mann?«, sagte er schließlich mit heiserer, trockener Stimme. »Was haben Sie mit ihm gemacht?«

Bernt Larsson zuckte mit den Achseln. »Ich weiß nichts von einem Mann«, sagte er.

Nielsen schüttelte heftig den Kopf.

»Verdammt, das geht nicht… Man kann nicht einfach… Wir müssen die Polizei benachrichtigen…«

Bernt Larsson sah ihn ausdruckslos an.

»Wozu? Ich habe ihnen auf jeden Fall nichts zu erzählen.«

Nielsen schüttelte wieder den Kopf. »Das ist doch nichts, was man einfach so…«

Er verstummte, suchte nach Worten.

»Man kann das nicht einfach vertuschen.«

»Ach so?«, erwiderte Bernt Larsson, ein kaltes Leuchten in den Augen. »Ich habe niemanden gesehen, der angelaufen kam und gefragt hat, was passiert ist. Haben Sie das? Glauben Sie, dass noch jemand kommen wird?«

»Verdammt, Larsson«, stieß Nielsen hervor. »Darum geht es doch nicht. So etwas kann man einfach nicht machen.«

234

Bernt Larsson betrachtete ihn lange mit derselben ausdruckslosen Miene. »Das löse ich auf meine Weise. Und ich frage weder Sie noch sonst jemanden um Erlaubnis. Wenn ich nicht gekommen wäre, würden Sie hier nicht liegen und mir eine Moralpredigt halten können. Darüber sollten Sie einmal nachdenken!«

Er machte eine kurze Pause.

»Außerdem sprechen Sie von jemandem, den es gar nicht gibt. Der dreißig Jahre lang nicht existiert hat. Und den keiner vermissen und suchen wird.«

John Nielsen sank zurück ins Kissen. Er spürte, wie die Kopfschmerzen sich veränderten, heftiger und pulsierender wurden. Erneut berührte er mit der Hand die Bandage.

»Hat er nicht getroffen?«, fragte er.

Bernt Larsson schüttelte den Kopf.

»Er hat es nicht geschafft. Ich habe ihn weggepustet, als ich ihn gesehen habe. Beide Patronen. Das da müssen Sie sich vorher zugezogen haben.«

Nielsen nickte.

»Er hat mich umgestoßen, als ich reinkam.«

»Stimmt, ich habe Sie da liegen sehen. Und das Bein. Am Anfang dachte ich, er hätte es Ihnen abgehackt.«

Plötzlich lachte Bernt Larsson auf, lehnte sich nach hinten und hob die Prothese vom Boden.

»Darauf wäre ich im Leben nicht gekommen! Dass Sie mit so einem Ding hier herumlaufen. Und er offenbar auch nicht. Man kann wohl sagen, dass Sie verdammtes Glück gehabt haben. Wären Sie nicht schon einbeinig gewesen, hätte er Sie dazu gemacht.«

Nielsen sah ihn an, ohne eine Miene zu verziehen. »Woher wussten Sie, dass er hier war? Im Haus?«

Bernt Larsson ließ die Prothese aufs Bett fallen. »Ich habe

gesehen, wie er kam und ins Haus ging. Ich war zweihundert Meter weiter, am Hang hinterm Haus. Ja, ich habe da auch gestern gesessen. Und vorgestern. Ich wusste, dass er auftauchen würde. Früher oder später würde er kommen. Was er dann auch tat. Er kam zusammen mit dem Hund. Der folgte ihm ganz friedlich, fast so, als seien sie sich schon öfter begegnet. Das hat mich zunächst verblüfft. Ich dachte, das sei vielleicht ein Bekannter von Ihnen.« Er machte eine kleine Pause und sah Nielsen nachdenklich an.

»Aber dann sind Sie ja plötzlich aufgetaucht. Ich war auf dem Weg den Hang hinunter, Sie waren aber zu schnell. Ich habe geschrien, ohne dass Sie reagiert haben.«

Er verstummte.

»Sie hatten das Gewehr bei sich«, sagte Nielsen nach einer Weile. »Sie waren von Anfang an fest entschlossen, oder?«

Bernt Larsson hob nur leicht die Schultern.

»Und was haben Sie mit dem Mann gemacht?«

»Das muss Sie nicht interessieren. Je weniger Sie wissen, desto besser.«

Nielsen schnaubte verärgert.

»War er es?«, fragte er dann. »War es Kaj Härlin?«

»Das konnte ich nicht mehr erkennen. Und ich hätte ihn sicherlich auch nicht wiedererkannt. Aber wer hätte es sonst sein sollen?«

»Hatte er keine Papiere bei sich?«

»Noch nicht einmal eine Briefmarke.«

Nielsen schloss die Augen und versuchte, einen klaren Gedanken zu fassen. »Ich frage mich nur… Was wollte er von mir? Warum hat er mich angerufen? Warum hat er das getan? Warum dieses ganze Theater, und dann versucht er mich totzuschlagen?«

236

Bernt Larsson schnaubte.

»Und Sie glauben, dass er das hätte beantworten können? Der war krank. Ganz einfach geisteskrank.«

Er schüttelte den Kopf und sah aus dem Fenster.

»Was nicht bedeutet, dass ich bereue, was ich getan habe. Im Gegenteil. Ich würde es wieder tun.«

Er war wieder eingeschlafen. Und wieder mit demselben Gefühl aufgewacht, dass alles unwirklich war. Und wieder weggedämmert. Er schlief in Etappen.

Dann endlich zwang er sich auf die Ellenbogen, richtete sich im Bett auf und schwang die Beine über die Bettkante. Bernt Larsson tauchte im Türrahmen auf.

»Benötigen Sie Hilfe?«, fragte er.

Nielsen verneinte, streckte sich nach der übel zugerichteten Prothese und schnallte sie mit einiger Mühe fest. Etwas schwankend ging er ins Badezimmer, während Larsson ihm ungeniert hinterher starrte.

Als er ins Wohnzimmer trat, blieb er einen Augenblick stehen und sah sich um. Der Raum war sorgfältig geputzt worden, dennoch konnte man an einer Wand noch etliche dunkle Flecken ausmachen. Der Teppich, der schräg im Zimmer gelegen hatte, war weg.

Er humpelte zum Sofa und sank darauf nieder. Bernt Larsson stand unbewegt an derselben Stelle und betrachtete ihn.

»Sie gehen damit großartig um«, sagte er und nickte zu seinem verstümmelten Bein mit der Prothese. »Man hat nichts davon gemerkt.«

»Ich hatte genug Zeit zum Trainieren«, erwiderte Nielsen. »Außerdem habe ich noch das Kniegelenk. Das macht einiges leichter.«

»Wie ist das denn passiert?«

Nielsen strich sich übers Knie. »Ein Autounfall«, sagte er. »Ich war dreiundzwanzig. Vor achtzehn Jahren. Trunkenheit am Steuer.«

Er schwieg eine Weile.

»Es hätte schlimmer kommen können«, sagte er dann. »Außer mir nur ein Verletzter. Der Fahrer.«

Bernt Larsson legte den Kopf auf die Seite. »Ach, verdammt«, sagte er.

»Obwohl ich gar nicht wieder aufwachen wollte«, fuhr Nielsen fort. »Damals nicht. Es hätte keine Rolle mehr gespielt, fand ich.«

Bernt Larsson sah ihn scharf an, der Blick seiner grauen Augen hatte etwas Suchendes. Dann wandte er sich ab und schüttelte den Kopf.

»Sie wollten sich umbringen?«

Nielsen zuckte mit den Schultern.

»In diesem Fall, ganz schön dämlich«, fuhr Bernt Larsson fort. »So etwas macht man in nüchternem Zustand.«

»Haben Sie damit etwa Erfahrung? Dann wissen Sie ja, wovon Sie da reden«, meinte Nielsen nur darauf und grinste. Ohne auf eine Antwort zu warten, fuhr er fort. »Ich kann mich eigentlich kaum an die Zeit, an diese Jahre erinnern.«

»Von welchen Jahren sprechen Sie?«

»Grob gerechnet, von der Wiege bis heute.«

Er erhob sich und ging suchend im Zimmer herum. Blieb stehen und sah aus dem Fenster.

»Und Tjarrko?«, sagte er nach einer Weile und ließ die Frage in der Luft hängen.

Bernt Larsson schüttelte bedauernd den Kopf. »Da war nichts mehr zu machen. Seine Kehle war durchtrennt. Aber er hat vermutlich nicht leiden müssen. Es wird zu schnell gegangen sein. Ich habe ihn nach draußen gelegt unter eine

Plastiktüte. Damit Sie entscheiden können, was Sie machen wollen.«

Er schwieg für einen Moment.

»Er muss ihn zu sich gelockt und mit ins Haus genommen haben. Er wollte wohl, dass Sie nach ihm suchen. Oder was er sich auch immer dabei gedacht hat.«

Nielsen starrte vor sich hin. Er spürte eine unendliche Leere und zugleich eine unbeschreibliche Wut in ihm wachsen. Er wusste nicht, was er nun zu tun hatte. Was machte man mit einem toten Hund? Sollte er verbrannt oder begraben werden? Wandte man sich dafür an einen Tierarzt? Durfte man um ein Tier trauern?

»Ich bilde mir ein, dass ich ihn wiedererkannt habe. Dass ich ihn vorher schon einmal gesehen habe«, sagte er.

»Sie haben sein Gesicht gesehen?«, fragte Bernt Larsson.

Nielsen schüttelte den Kopf. »Nur undeutlich. Von unten. Ich lag auf dem Boden.«

Er sah den anderen an.

»Wir werden niemals erfahren, warum er das Ganze inszeniert hat«, fuhr er nach einer Weile fort. »Wir werden auch niemals erfahren, was wirklich geschehen ist. Nichts von all dem. Wir kommen nicht mehr weiter, wissen Sie das?«

Bernt Larsson schwieg lange.

»Und das ist auch richtig so«, sagte er schließlich mit leiser Stimme.

»Jetzt muss Schluss damit sein. Keine Suche mehr, es reicht.«

Nielsen sah ihn an. »Und Kennet Eriksson? Und Olle Ivarsson?«

Bernt Larsson drehte sich um, und sein Blick streifte ihn. »Ich weiß es nicht. Aber was Ivarsson anbelangt ... Ja, ehrlich gesagt, hält sich mein Interesse für ihn in Grenzen.

Sollte er nicht mehr auftauchen, werde ich dem Schicksal dankbar sein.«

Nielsen sah ihn prüfend an. »Was ist da eigentlich zwischen Ihnen und Ivarsson vorgefallen? Finden Sie nicht, dass es jetzt an der Zeit ist, damit herauszurücken?«

»Das geht Sie nichts an«, sagte Larsson scharf. »Oder jemanden anderen. Das ist eine Sache zwischen ihm und mir, wie Sie ganz richtig sagten.«

Dann machte er ein paar Schritte, schien mit sich zu hadern. »Aber ich kann Ihnen wenigstens einen Hinweis geben. Dann müssen Sie keine schlaflosen Nächte mehr verbringen. Es ist sehr lange her, zumindest begann es damals. Warum, glauben Sie, hat er zum Beispiel den Jungenfußball geleitet? Was hat er wohl gemacht, wenn er einen von ihnen zur Seite nahm und sagte, dass er ihn hinterher noch sprechen müsse? Oder warum kam er zu einem, der spät dran war, in die Dusche, nachdem die anderen schon gegangen waren?«

John Nielsen starrte ihn verblüfft an, schüttelte den Kopf. »Wollen Sie damit sagen, dass Ivarsson ein Pädophiler war?«

»Nennen Sie es, wie Sie wollen. Er mochte kleine Jungen und junge Männer, so kann man es auch sagen. Und dagegen habe ich gar nichts einzuwenden. Die Leute können machen, was sie wollen. Solange sie mich in Frieden lassen.«

»Und das hat er nicht?«

Larsson wich seinem Blick aus, er wirkte auf einmal verschlossen. »Er hat es versucht«, sagte er dann. »Einmal zu viel. Ich habe ihm mit dem Knie in den Schritt getreten. Habe ihm dann den Knöchel zertrampelt, als er da so lag. Ich glaube, er hat danach nicht mehr viel Fußball gespielt.«

Er verstummte für einen Augenblick. »Ich war nicht der

240

Einzige, der Bescheid wusste. Aber meistens hat er die Jungs genommen, die leicht einzuschüchtern waren. Er sah zu, sie immer unter Kontrolle zu haben. Damit sie keine Dummheiten begehen.«

»Das kann ich fast nicht glauben. Er war doch verheiratet!«

Bernt Larsson schnaubte verächtlich. »Kann das Ihrer Meinung nach eine Garantie für etwas sein? Außerdem ist sie vermutlich aus diesem Grund weggegangen.«

Verbissen starrte er vor sich hin.

»Mich hat er gehasst wie die Pest. Aber er wagte nicht, irgendetwas zu unternehmen. Und ich bin ja auch kurz darauf abgehauen.«

»Und dann, in den letzten Jahren?«, fragte Nielsen.

Bernt Larsson lachte bitter.

»Er ist nicht mutiger geworden. War zurückhaltend. Hat aber viel Schlechtes über mich erzählt. Doch damit konnte ich umgehen.«

Dann legte er den Kopf auf die Seite und blinzelte hinüber zu Nielsen. »Kaj Härlin war übrigens sein großer Liebling, wussten Sie das? Er schaffte es kaum, seine Augen von ihm zu lassen.«

Nielsen sah ihn lange an. »Meinen Sie das im Ernst? Dass Ivarsson von Anfang an mit der Sache zu tun hatte? Haben Sie an ihn gedacht, als Sie sagten, dass Kaj Härlin nicht alleine gewesen sein kann?«

Bernt Larsson zuckte mit den Schultern. »Fällt Ihnen ein besserer Kandidat ein?«

Dann breitete er die Arme aus.

»Warum hätte er sonst so reagieren sollen, als man Annas Skelett fand? Und als Kaj Härlins Name auftauchte? Warum ist er zusammengebrochen und hat sich dann krankschreiben lassen? Warum hat er Ihnen nichts davon erzählt?«

John Nielsen sah aus dem Fenster und merkte, wie er zitterte. »Dann ist doch noch nicht Schluss«, sagte er. »Wenn das alles stimmt.«

»Ich weiß nicht«, erwiderte Bernt Larsson. »Aber ich glaube nicht, dass man vor Olle Ivarsson Angst haben muss.«

»Und wenn er wieder auftaucht?«

Bernt Larsson lachte plötzlich auf. »Dann sehen Sie zu, dass ich davon erfahre.«

Nichts

Haben Sie vor, hier wohnen zu bleiben?«, hatte ihn Bernt Larsson am Morgen seiner Abreise gefragt.

Nielsen hatte mit den Schultern gezuckt. »Ich weiß es nicht. Mal sehen.«

Bernt Larsson grinste, ging ans Fenster und klopfte mit den Knöcheln gegen den Rahmen. »Das soll abgerissen werden, haben Sie gesagt? Keinen Tag zu früh. Das verrottet ja alles. An jeder Ecke. Haben Sie das nicht gemerkt? Bald fällt Ihnen das Dach auf den Kopf.«

Nielsen nickte. »Ich werde darüber nachdenken«, sagte er.

Sie standen draußen vor dem Haus. Bernt Larsson ging ein paar Schritte auf den Rasen und betrachtete aus der Entfernung mit kritischem Blick das Haus. Dann wandte er sich Nielsen wieder zu, der auf der Außentreppe stand.

»Ja, ja, natürlich. Machen Sie, was Sie wollen. Das war auch nur so ein Gedanke.«

Er sah Nielsen einen Augenblick lang an.

»Wir werden uns vermutlich nicht wiedersehen«, sagte er. »Wenn es sich vermeiden lässt. Und das wird es wohl.«

Nielsen hatte erst abwesend genickt, dann hob er plötzlich eine Hand.

»Warten Sie«, sagte er.

Er ging ins Haus und kam nach einer Weile mit einer Kamera in der Hand zurück. Bernt Larsson zuckte zusammen, blieb aber mit leicht gequältem Gesichtsausdruck stehen, als Nielsen abdrückte.

»Ist das notwendig gewesen?«, fragte er ihn.

Nielsen sah ihn an. »Haben Sie etwas dagegen?«, fragte er zurück.

Bernt Larsson hob mit einem flüchtigen Lächeln die Schultern.

»Nicht direkt. Ich bin es nur nicht gewohnt, in Familienalben zu landen. Oder werden Sie es womöglich in Ihrer Brieftasche aufheben und bei feierlichen Momenten hervorholen?«

Er lächelte erneut, nickte ihm dann zu und ging hinunter zu seinem Wagen. Nielsen blieb noch eine ganze Zeit lang stehen und sah ihm hinterher. Danach war er allein. Die Stille im Haus machte sich jetzt anders bemerkbar als zuvor. Sie war fast greifbar, wie eine schwere Last, die ihn zu Boden drückte und ihm das Atmen fast unmöglich machte. Dennoch vermied er es, vor die Tür zu treten. Als würde draußen etwas Bedrohliches, Verhängnisvolles lauern und das Haus ihm davor Schutz bieten können.

Doch es geschah nichts mehr. Und es würde auch weiter nichts mehr geschehen, versuchte er sich einzureden. Trotzdem wartete er die ganze Zeit. Er war unfähig, irgendetwas zu tun, schrieb nicht, las nicht. Aß kaum. Die meiste Zeit lag er im Bett. Wenn er aufstand und im Haus herumging, vermied er instinktiv die Stelle, an der die Leiche gelegen hatte. Und er versuchte, sich so im Wohnzimmer zu platzieren, dass er sowohl die Auffahrt als auch die Straße überblicken konnte.

Nachts schlief er rastlos, kam nicht zur Ruhe. Er wachte jäh mit Herzklopfen und trockenem Mund auf und konnte das Gefühl nicht abschütteln, dass er der Schwächere, der

Unterlegenere war. Dass ihn noch immer jemand beobachtete und bewachte, dass jemand wartete.

Er begrub Tjarrko hinterm Haus in einer Ecke, in der früher einmal ein Gemüsebeet gewesen sein musste. Noch hatte es keinen Frost gegeben, aber der Boden war matschig und schwer zu bearbeiten. Außerdem war er untrainiert und körperliche Arbeit nicht mehr gewohnt. Der Schweiß lief ihm in Strömen den Rücken hinunter, während er grub. Er hatte den Geschmack von Blut im Mund, und die Übelkeit kam und ging in Schüben. Endlich war er soweit und trug den steifen Hundekörper zu der flachen Grube. Vorsichtig ließ er ihn hineingleiten. Eine Weile blieb er stehen und betrachtete das Tier. Der Regen und die Feuchtigkeit hatten sein struppiges Fell dicht an den Körper geklebt. Er sah auf einmal so klein und schmächtig aus, wie er da lag.

Dann begann er das Loch zuzuschaufeln.

Eine lähmende Leere hatte ihn überfallen. Er wusste, was er zu tun hatte, und trotzdem war er nicht in der Lage, es zu tun. Eine Kraftlosigkeit hatte sich seiner bemannt, die es ihm unmöglich machte zu handeln. Vielleicht war es auch nur die nackte Angst. Die Angst vor etwas Unausweichlichem, vor einem Treffen, dem er nicht aus dem Wege gehen konnte.

Er konnte es nur aufschieben.

Am dritten Dezember hatte es den ganzen Tag über fast ohne Unterbrechung heftig geschneit. Er ging hinaus in die weiße Natur. Der Pfad hinunter in das Erholungsgebiet war nicht mehr zu erkennen, und er stapfte seinem Gefühl nach durch den Schnee, das Gesicht im Wind. Zwischendurch blieb er stehen und strich sich den Schweiß von der Stirn. Tastend fuhr er über seine Wangen, auf denen sich die Stoppeln langsam zu einem Bart verdichteten.

Er betrachtete die kleinen Schneewehen und spürte, wie Schneeflocken gegen sein Gesicht schlugen, die Kälte den Weg unter seine Kleider fand. Er wusste, dass er nicht mehr länger warten konnte. Seit über einer Woche hatte er zum ersten Mal das Gefühl, dass jene betäubende Müdigkeit von ihm abzufallen begann, dass er langsam wieder auf dem Weg an die Oberfläche war.

Er ging weiter, wählte dieselbe Strecke wie früher, über den Fluss, hinauf zum Waldrand und dann in einem weiten Bogen zurück über die Uferwiesen. Hin und wieder ertappte er sich dabei, wie er sich umdrehte und nach dem Hund Ausschau hielt. Ungehalten rief er sich zur Ordnung und ging weiter. Als er zum Haus zurückkehrte, hielt er inne, schloss die Augen und holte tief Luft, ehe er die Tür öffnete und eintrat. Das hatte er sich so angewöhnt, ebenso wie er kaum noch das Telefon benutzte.

Er ging durch das Wohnzimmer ins Schlafzimmer und suchte ein paar Kleidungsstücke zusammen. Dann kehrte er ins Wohnzimmer zurück und sah sich um. Er benötigte nichts weiter, keines dieser Dinge hier konnte ihm im Moment von Nutzen sein. Am Schreibtisch zögerte er für den Bruchteil einer Sekunde, ehe er den Hörer abnahm und ein Taxi bestellte. Er stellte sich ans Fenster, zündete eine Zigarette an und wartete darauf, dass der Wagen auftauchte.

Es kostete ihn gut eine Woche, um die Informationen zu bekommen, die er wollte. Zu Anfang arbeitete er sich tastend voran, wusste nicht, wonach er suchte. Nach und nach wurden die Konturen immer klarer, und mit einem Schwindelgefühl betrachtete er das Bild, das sich darunter ergab.

Er wohnte im Hotel und zog innerhalb einer Woche dreimal um, in ein immer billigeres Quartier. Seine Anrufe führte er von verschiedenen Telefonzellen in der Innenstadt. Wiederholt versuchte er Harri Rajamäki zu erreichen, allerdings ohne Erfolg. Harri ging nicht an den Apparat, und keiner von denen, die er befragte, hatte ihn in den letzten Wochen gesehen. Er verzichtete darauf, mit Lasse Henning Kontakt aufzunehmen. Mit dieser Geschichte konnte er sich nicht an Lasse wenden.

Seine Prothese machte ihm Sorgen. Der beschädigte Verschluss griff nicht richtig, und er ging unsicher darauf. Aber in nächster Zeit würde er sowieso nichts unternehmen können, und so bemühte er sich auch gar nicht erst, bei der Werkstatt anzurufen. Er schob es in dem Bewusstsein beiseite, dass ihn jetzt nichts mehr von seinem eigentlichen Ziel abhalten durfte.

Gegen Ende der Woche mietete er einen Wagen. Automatik, um nicht schalten zu müssen. Er war seit dem Unfall kaum Auto gefahren. Aber die Technik beherrschte er noch, sie schien ihm in Fleisch und Blut übergegangen zu sein.

Mit zehn Jahren hatte er das erste Mal hinter einem Steuer gesessen, zwischen Jannes Beinen. Seit seinem fünfzehnten Lebensjahr hatte Janne ihn in regelmäßigen Abständen selbst fahren lassen, einmal um den Block oder auf dem Weg hinaus aufs Land. Und ehe er siebzehn geworden war, war er auch schon alleine unterwegs gewesen, dachte er lächelnd. Harri und er, genauer gesagt. Sie hatten Autos geknackt und waren gefahren, solange das Benzin reichte. Immer und immer wieder. Ebenso hartnäckig wie dumm. Er schüttelte den Kopf bei dem Gedanken daran.

Es hatte wieder zu schneien begonnen. Die Temperatur lag um den Gefrierpunkt, die Straßen waren matschig. Der Verkehr floss gemächlich. Ganz plötzlich war er wieder ruhig und entspannt. Er wusste noch nicht, wie er vorgehen sollte oder wohin es führen würde. Er wusste nur, dass er es tun musste. Und dass er sich endlich auf den Weg gemacht hatte.

Bernt Larsson starrte ihn ungläubig an. Dann schüttelte er den Kopf und lächelte. »Was ist denn passiert?«, fragte er. »Haben Sie entdeckt, dass Sie doch nicht ohne mich sein können?«

Nielsen sah ihn eine Weile schweigend an. »Etwas in der Richtung«, antwortete er schließlich.

Einen Augenblick später trat Bernt Larsson einen Schritt nach hinten und machte eine einladende Geste. »Kommen Sie doch herein«, sagte er, drehte sich um und ging in die Küche. »Das kommt etwas unerwartet für mich«, fuhr er fort. »Sie hätten mich vorher anrufen sollen.«

»Warum?«, fragte Nielsen mit einem Achselzucken. »Wenn Sie nicht zu Hause gewesen wären, hätte ich einfach auf Sie gewartet.«

Bernt Larsson ließ seinen Blick auf ihm ruhen, setzte sich dann und zeigte mit dem Kopf auf den gegenüberliegenden Stuhl. »Ich wäre vorbereitet gewesen«, sagte er.

Nielsen nickte und setzte sich. »Ja, das bestimmt«, sagte er. »Aber Sie werden es auch so schaffen, oder?«

Bernt Larsson sah ihn durchdringend an, wartete. John Nielsen lehnte sich nach hinten.

»Mögen Sie Theater, Larsson?«, fragte er schließlich. »Man könnte es fast glauben.«

Bernt Larsson sah ihn weiter unverwandt an, lächelte schwach. »Wollen Sie mir sagen, dass Sie Tickets übrig haben? Und dafür sind Sie fünfhundert Kilometer gefahren?«

Nielsen antwortete, ohne auf die Bemerkung einzugehen.

»Nein, das ist bestimmt alles andere als Theater für Sie.

250

Für Sie ist das Wirklichkeit. Sie werden ganz einfach eins mit der Rolle, die Sie spielen, nicht wahr?«

Bernt Larssons Lächeln wurde breiter. »Jetzt verstehe ich gar nichts mehr.«

»Ich fand die ganze Zeit schon, dass Sie zu viel wussten«, fuhr Nielsen fort. »Immer ein wenig zu viel. Über alles. Und ich war mir dessen auch bewusst. Aber ich *konnte* nicht sehen, was ich längst hätte sehen müssen. Sie haben mich die ganze Zeit dazu gebracht, in eine andere Richtung zu schauen. Das Merkwürdige ist, dass ich Sie eigentlich nie leiden konnte, und trotzdem habe ich geglaubt, was Sie mir erzählt haben. Sie sind so verdammt überzeugend!«

Bernt Larsson schüttelte den Kopf.

»Von was sind Sie eigentlich heimgesucht worden?«

Er lehnte sich über den Tisch und nickte zu Nielsens ausgestrecktem linken Bein.

»Sind Sie sicher, dass Sie nicht noch an einer anderen Stelle eine Prothese haben? An den Schultern, zum Beispiel?«

Nielsen nahm keinerlei Notiz von ihm.

»Und dann hatte ich Sie ja auch aus freien Stücken aufgesucht, das konnten Sie nicht im Vorhinein geplant haben. Bis ich Carina Holmlund noch einmal anrief und herausbekam, dass Sie ihr erlaubt hatten, Ihnen ruhig die Journalisten vorbeizuschicken, wenn sie die nicht mehr ertrug. Was sie auch tat, aber ich war vermutlich der Einzige, dem Sie eine Audienz gaben, nicht wahr? Kein anderer hat eine Plauderstunde bei Ihnen bekommen, laut meinen Informationen. Und hätte ich Sie nicht aufgesucht, wäre Ihnen sicherlich etwas eingefallen, um meine Aufmerksamkeit zu erregen, nehme ich an! Sie sind diesbezüglich sehr talentiert.«

Bernt Larsson hatte sich im Stuhl zurückgelehnt und lächelte abwartend.

»Obwohl das alles noch nicht viel aussagt, nicht wahr?«, fuhr Nielsen fort. »Das ließe sich alles durchaus plausibel erklären. Aber etwas anderes ist viel interessanter, finde ich. Sie sind zur See gefahren, haben Sie erzählt. Bis 1976. Und es stimmt, Sie haben bei der Amerika-Linie als Steward gearbeitet – eine Reise lang. Aber wenn man genauer hinsieht, scheint das auch die einzige geblieben zu sein. Was ist passiert? Sind Sie seekrank geworden?«

Da lachte Bernt Larsson laut auf.

»Wenn Sie darauf bestehen, kann ich Ihnen die Namen der alten Kähne geben, auf denen ich herumgeschippert bin. Obwohl ich nicht glaube, dass Ihnen die so viel nützen würden. Das ist lange her. Und Sie scheinen auch kein besonders begabter Ermittler zu sein.«

»Vielleicht stimmt das. Aber mir ist es immerhin gelungen, eine Sache herauszubekommen. Eine Verurteilung wegen Drogenmissbrauchs. In Stockholm, im Spätherbst 1971. Sie müssen im Frühling des folgenden Jahres entlassen worden sein.«

Nielsen machte eine kurze Pause.

»Im April vielleicht? Rechtzeitig für eine Reise gen Norden!«

Bernt Larsson blinzelte zu ihm herüber.

»Alle Achtung, was Sie da hervorgekramt haben. Aber das sagt auch nicht besonders viel aus, oder? Nur, dass ich weder Lust noch Grund gehabt habe, Ihnen davon zu erzählen. Ich wollte keine Beichte ablegen. Damals bin ich nach dieser Sache gleich wieder abgehauen und zur See gefahren. War draußen und bin herumgesegelt bis Mitte der Siebziger, wie ich gesagt habe.«

»Aha? Und dass Sie zusammen mit einem gewissen

Bengt Andersson verurteilt wurden, was sagen Sie denn dazu? Derselbe Bengt Andersson, den plötzlich ein so großes Interesse für den Fall Anna-Greta Sjödin erfasst hatte. Ein sehr merkwürdiger Zufall, oder?«

Bernt Larsson schwieg.

»Aber es gibt da eine andere Übereinstimmung, die noch viel merkwürdiger ist«, fuhr Nielsen fort. »Erinnern Sie sich daran, dass ich ein Foto von Ihnen gemacht habe? Ich hatte natürlich einen Hintergedanken dabei. Das Bild habe ich einigen Nachbarn von Bengt Andersson gezeigt. Und wen, glauben Sie, haben sie darauf erkannt? Ja, das wissen Sie natürlich. Da gab es keinen Zweifel. Auf dem Foto haben sie Bengt Andersson wiedererkannt. Oder vielmehr den Mieter, der sich als Bengt Andersson ausgegeben hatte.«

Er machte wieder eine kurze Pause.

»In Ihrer Branche muss das ein sehr praktikables Modell sein, oder? Zwei Namen und zwei Identitäten zu haben, die man beliebig wechseln kann. Zwei Körper, in die man klettern kann. Und solange Sie nicht allzu viel Aufsehen erregten, gab es kein größeres Risiko, von jemandem entdeckt zu werden. Und wenn es jemand getan hätte, wäre das auch keine Katastrophe gewesen. Früher zumindest nicht. Aber jetzt hat sich die Sachlage ein wenig verändert!«

Bernt Larsson wandte sich ab und saß eine Weile still da, schüttelte immer wieder den Kopf.

»Sie hätten es ruhen lassen sollen«, sagte er leise. »Sie hätten sich damit begnügen sollen. Warum mussten Sie nur so verflucht hartnäckig sein? Wofür soll das alles gut sein?«

»Sie meinen, dass ich dann meine Ruhe gehabt hätte«, sagte Nielsen. »Dass alles vorbei gewesen wäre? Und das soll ich Ihnen glauben?«

Bernt Larsson warf ihm einen Blick aus den Augenwinkeln zu.

»Ja, warum nicht? Ich habe doch gesagt, dass wir uns nicht wiedersehen würden. Obwohl das jetzt keine Bedeutung mehr hat, nicht wahr? Wir beide wissen doch, dass Sie jetzt etwas in Bewegung gebracht haben, das sich nicht so leicht wieder stoppen lässt.«

Er lachte leise.

»Das muss dieses Bein sein! Weil Sie ein Krüppel sind. Wenn ich es früher gewusst hätte, wäre es leichter gewesen. Ich verstehe nicht, wie ich so etwas übersehen konnte! Solche wie Sie sind immer schwierig. Das hat wohl irgendwie mit Kompensation zu tun. Sie beißen sich fest und lassen so leicht nicht wieder los. Wie Zecken.«

Nielsen bemerkte, wie sich Larssons Stimme veränderte, einen anderen Klang bekam. Auch sein Gesichtsausdruck war nun ein anderer, er wirkte gröber, verzerrter, als würde ein neues Gesicht zum Vorschein kommen.

»Und jetzt wollen Sie natürlich alles genau wissen, und ich soll es Ihnen erzählen. Sie meinen also, dass ich Ihnen alles sagen werde. Darum sind Sie doch wohl hier? Aber warum sollte ich das? Warum sollte ich Ihnen gegenüber auch nur ein einziges Scheißwort darüber verlieren, können Sie mir das verraten?«

Nielsen sah ihn an und zuckte mit den Schultern.

»Ich dachte, gerade das wollten Sie«, sagte er. »Dass jemand erfährt, wie gescheit und tüchtig Sie waren.«

Bernt Larsson lachte auf.

»Pfui Teufel, können Sie boshaft sein, Nielsen! Glauben Sie, dass ich davon bessere Laune bekomme, redseliger werde, wenn Sie so sind?«

Er beugte sich nach vorne und verengte die Augen zu Schlitzen

»Aber ein bisschen neugierig sind Sie schon, nicht wahr? Sie behaupten ja, dass ich Bengt Andersson war. Zumindest in den letzten dreißig Jahren. Und Kaj Härlin auch, wenn ich Sie recht verstehe. Wer war es dann, der vor ein paar Wochen bei Ihnen aufgetaucht ist? Wie passt das zusammen?«

Nielsen sah ihn ausdruckslos an, spürte aber, wie eine Gänsehaut seinen Rücken hinaufkroch. »Sie waren das. Die ganze Zeit«, sagte er und versuchte, seine Stimme fest klingen zu lassen.

Bernt Larsson schnalzte mit der Zunge.

»Das können Sie aber doch nicht ernst meinen! Haben Sie das vielleicht geträumt? Vielleicht haben wir beide geträumt? Nein, darin sind Sie bestimmt besser.«

Er wartete eine Weile.

»Sie hätten ihn eigentlich wiedererkennen müssen, finde ich. Den Finnen. Harri Rajamäki, hieß er nicht so? Klingt das bekannt?«

John Nielson stand abrupt auf. »Was zum Teufel...«

»Setzen Sie sich hin, verdammt noch mal!«, zischte Bernt Larsson. »Wenn Sie etwas erfahren wollen, müssen Sie sich schon ordentlich benehmen!«

Nielsen sank langsam wieder auf den Stuhl zurück.

»So ist es gut, ja!«

Bernt Larsson lehnte sich wieder nach hinten, lächelte und schüttelte den Kopf. »Sie müssten mir eigentlich danken! Auf jeden Fall würde das jeder normale Mensch tun. Er hätte Sie totgeschlagen, wenn er nicht gestoppt worden wäre. Es sah nicht so aus, als hätte er Sie besonders gerne gemocht, was?« Er schüttelte wieder den Kopf und lachte unvermittelt auf. »Glaubten Sie ernsthaft, dass ich das nicht merken würde, wenn er anfängt herumzuschnüffeln? Dass ich darauf nicht vorbereitet war? Ich wusste im Prinzip doch über jeden einzelnen Ihrer Schritte Bescheid und konnte mich vorbereiten. Und außerdem haben Sie ihn extrem schlecht bezahlt. Zumindest fand das Rajamäki. Ich habe ihm gesagt, dass Sie gerade eine Reihe von Artikeln schreiben, die mir schaden könnten. Und dass ich ihm gerne seinen Aufwand entschädigen würde, um herauszubekommen, was Sie wüssten. Es war keine große Kunst, ihn dazu zu bringen, die Seite zu wechseln. Ich habe einfach eine Null mehr geschrieben. Ich habe nie einen Dienstwilligeren gesehen! Der hätte auch Ihre Dreckwäsche durchwühlt, wenn ich es gewollt hätte. Und er war offenbar auch bereit, Ihren Schädel zu spalten. Vermutlich hat er gedacht, dass Sie ihn wiedererkannt haben. Hätte ich ihn nicht gestoppt, dann… Ja, wie gesagt, jetzt wäre ein kleiner Dank angebracht, finden Sie nicht?«

Nielsen war blass geworden. Er ließ sich gegen die Rückenlehne fallen.

»Harri«, sagte er und starrte auf die Tischplatte. Dann hob er seinen Blick und sah Bernt Larsson fest an. »Er wusste von meinem Unfall, wusste, was damals passiert war«, sagte er mit leiser Stimme. »Darum hat er auf mein Bein gezielt, er wollte nur, dass ich für einen Moment außer Gefecht war. Und dann wollte er nur noch raus, so schnell wie möglich.«

Er schwieg einen Augenblick.

»Sie haben ihn erschossen. Sie waren die ganze Zeit im Haus. Ich habe Sie nicht hereinkommen sehen. Sie haben beide im Haus auf mich gewartet.«

Bernt Larsson lachte und schnalzte mit der Zunge. »Ich sag es ja. Man glaubt, Ihnen einen Gefallen zu tun, aber Sie sind einfach nie zufrieden!«

»Warum?«, fragte Nielsen. »Er hatte doch nichts mit der Sache zu tun.«

Bernt Larsson warf ihm einen flüchtigen Blick zu, sein Lächeln war verschwunden. »Er wusste für meinen Geschmack zu viel. Ich konnte ihn nicht einfach laufen lassen. Dass es bei Ihnen passierte, ist purer Zufall gewesen. Ich hatte Rajamäki kommen lassen und hatte vor, ihn irgendwie einzusetzen. Ich wollte Sie überraschen, obwohl ich nicht so richtig wusste, wie. Wir haben beobachtet, wie Sie das Haus verließen. Und, wir waren gerade ins Haus gegangen, da kam der Köter angelaufen. Er hat wohl die Witterung von mir aufgenommen. Er konnte mich nie wirklich leiden, das haben Sie ja gesehen, nicht? Da wusste ich, wie die Überraschung aussehen sollte. Aber Sie kamen ein bisschen zu früh zurück. Ich sagte Harri, dass er Sie niederschlagen soll, stellte mich in die Küche und wartete. Und dann – tja, Sie wissen, das eine ergibt das andere, wie es eben so ist. Das war nicht geplant, aber ich habe erkannt, dass es funktionieren könnte. Und das hat es ja auch. Fast, auf jeden Fall.«

»Sie sind krank«, sagte Nielsen. »Verdammt krank.«

»Aha, meinen Sie das!«, erwiderte Bernt Larsson mit einem Achselzucken. »Ja, Sie müssen es vielleicht wissen.« Er wartete einen Augenblick, kaute auf den Lippen. »Oder Sie wissen eben gar nichts. Keinen blassen Schimmer haben Sie. Wer hier krank ist und wer nicht. Oder was passiert ist.«

Er beugte sich nach vorne und lächelte.

»Soll ich noch mehr erzählen? Oder vielleicht können Sie ja noch etwas erraten, da Sie doch so verdammt gescheit sind?«

Er wartete erneut, schüttelte den Kopf.

»Nein? Nichts? Sie fangen an, mich zu enttäuschen, Nielsen. Muss ich Ihnen alles auftischen, wie auf einer verdammten Pressekonferenz?«

In seinem Gesicht begann es zu zucken.

»Es stimmt. Ich bin ein paar Mal nach Hause zurückgekehrt«, sagte er dann. »Und da habe ich die Zwillinge kennengelernt. Anna hat den Kontakt hergestellt. Wir haben uns gefunden, das kann man wohl so sagen. Und ich kam dahinter, dass ich Dinge besorgen konnte, für die sie gut bezahlten. Ich war auch ab und zu auf ihren Partys. Aber inkognito. Von hier war außer Anna keiner dabei. Keiner, der mich von früher kannte und wiedererkannte.«

»Außer Kennet Eriksson«, warf John Nielsen ein.

»Da sehen Sie! Es geht doch! Obwohl das jetzt nicht so schwer war.«

Bernt Larsson legte seinen Kopf auf die Seite. »Ja, Kennet wusste einiges. Aber soweit ich informiert bin, hat er all die Jahre nicht gewagt, auch nur einen Mucks darüber zu sagen. Ich habe ihm ordentlich Angst eingejagt! Und er wusste, dass ich in der Nähe bin, dass es besser war, sich still zu verhalten.«

Er machte eine kurze Pause.

»Aber dann bin ich zufällig mit ihm zusammengestoßen, oben am Kahlschlag. Und mir dämmerte, dass man sich bei Trinkern nie ganz sicher sein kann. Nicht wahr, Nielsen? Man weiß nie, was sie als Nächstes anstellen.«

»Darum haben Sie dafür gesorgt, dass er verschwand?«, sagte Nielsen.

»Ich hatte es ihm damals schon gesagt«, begann Bernt Larsson, und seine Stimme war auf einmal kaum hörbar. »Dass er so gut wie tot ist. Als er versuchte, Dede zu vergewaltigen. Ja, ich war gezwungen, ihm gute Manieren beizubringen. Kaj, glauben Sie, dass er so etwas geschafft hätte? Er stand nur daneben. Er war so verdammt ängstlich. Wagte nichts auf eigene Faust. Aber ich wusste, dass man niemals zurückweichen durfte. Das habe ich früh gelernt. Das war schon in der Schule so, wenn sie versucht haben, mich zu erniedrigen. Es hörte nicht auf, bis ich einem ein Messer durch den Arm gestoßen und einem anderen im Speisesaal fast ein Auge ausgestochen habe. Danach hatte ich meine Ruhe. Und keiner hat gewagt, mich zu verpetzen. Ich habe ihnen gesagt, was sonst mit ihnen passieren würde. Und meinte jedes Wort. Dasselbe galt auch für Kennet. Aber er hat doch zumindest eine Zeit lang seine Ruhe gehabt, oder nicht?«

»Der Brand bei den Härlins, wie war das?«, fragte Nielsen schließlich. »Sie waren doch dabei, nicht wahr?«

Bernt Larsson sah ihn und lachte amüsiert. »Aha, jetzt Sie sind also doch interessiert? Nicht mehr so verdammt gehässig?« Er trommelte mit den Fingern auf dem Tisch und fuhr mit der Zunge über seine Lippen.

»Die Eltern konnten nicht mit mir. Das habe ich vom ersten Augenblick an gespürt. Und ich wusste auch, warum. Ich habe gesehen, was die so trieben, habe direkt durch sie hindurchsehen können!«

Er beugte sich nach vorne.

»Wussten Sie, dass die alte Härlin Dede nie erzählt hat, woher sie wirklich kam? Oder sagen wir, sie erzählte jedes Mal eine andere Version. Zuletzt kam sie allerdings der echten Version sehr nahe, dass sie nämlich auf einer ihrer Reisen das Kind gesehen und beschlossen hatte, dass sie es haben wollte. Sie hat dafür bezahlt, hat das Mädchen gekauft, muss man wohl eher sagen. Und schmuggelte es ins Land. Dede war ungefähr ein Jahr alt. Wie Inga und Göte Härlin die praktischen Dinge gelöst haben, weiß ich nicht. Aber wenn man ein bisschen einfallsreich ist – und bereit zu zahlen –, dann regelt sich der Rest meist ganz von alleine, nicht wahr? Dass sie krank war, haben sie bald gemerkt, aber nicht, wie ernsthaft es war. Das haben sie erst später festgestellt.«

Er schüttelte den Kopf.

»Sie hätten sie bekommen, um für ihre Sünden zu büßen, pflegten sie häufiger zu sagen. Und davon gab es ja auch einige.«

Er sah Nielsen durchdringend an.

»Göte Härlin konnte seine Finger nicht von ihr lassen. Von Inga bekam er wohl nicht, was er brauchte. Zumindest genügte es ihm nicht. Und sie war daran wohl auch nicht sonderlich interessiert. Sie hatte ihre Tabletten, das wussten Sie, nicht wahr? Hat sie wie eine verdammte Ratte in sich reingestopft.«

Er machte eine kurze Pause und leckte sich wieder über die Lippen.

»Das hatte schon früh angefangen. Als sie zehn war, wie Dede mir erzählt hat. Und die Alte wusste davon. Am Anfang behauptete sie, dass Dede sich das eingebildet habe. Später sagte sie dann gar nichts mehr. Tat so, als sei das etwas ganz Natürliches, aber nichts, worüber man reden musste. Natürlich wusste auch Kaj davon. Aber der war programmiert, konnte nur denken, wenn man ihm das befohlen hatte. Und sobald etwas geschah, was Unannehmlichkeiten mit sich gebracht hätte, sind sie umgezogen. Vielleicht ist Ihnen das aufgefallen, als Sie versucht haben, die Herrschaften genauer unter die Lupe zu nehmen? Die waren sich so sicher, dass sie ewig so weitermachen konnten. Aber sie haben sich geirrt. Es war genau einmal zu viel. Das war eine Woche vor dem Brand. Bis dahin hatte er sie ein ganzes Jahr lang in Frieden gelassen. Aber dann konnte Göte offensichtlich nicht mehr an sich halten.«

Er lachte auf.

»Ich war es, der ihr dann das Messer gab und ihr sagte,

dass man es ordentlich machen muss, wenn man will, dass
es endgültig ist. Sie ging ins Schlafzimmer, und ich konnte
die Alte schreien hören. Göte Härlin war unten im Keller
und kam hochgelaufen. Ich wusste, was zu tun war: Ich hab
ihn rücklings die Kellertreppe hinuntergestoßen. Er stürzte
geradewegs auf den Betonboden und brach sich das Genick.
Hat vermutlich gar nicht begriffen, was geschah. Die Alte
wimmerte noch im Schlafzimmer, ich verriegelte die Tür
und suchte Kaj. Er saß in einer Ecke und war steif wie ein
verdammter Stock. So hat er immer reagiert, wenn etwas
passierte. Konnte sich kaum bewegen. Ich scheuchte ihn in
den Keller. Er übergab sich, als er Göte dort liegen sah, aber
ich zwang ihn, mir zu folgen. Wir haben fast eine Stunde
lang Sprengstoff aus dem Lager in die Maschinenhalle und
in den Keller getragen. Und zusätzlich haben wir noch eine
Brennstofftonne dorthin gerollt. Alles Brennbare, das wir in
die Finger bekamen. Dede hat die ganze Zeit gehustet und
gekrampft. Kaj musste sie ins Auto tragen. Ich habe einen
Elektromotor kurzgeschlossen und eine Leitung gelegt.
Und dann hieß es nur noch, so schnell wie möglich von
dort wegzukommen.«

Er strich sich übers Gesicht und lachte wieder.

»Können Sie das glauben? Dass es tatsächlich gelang?
Ich dachte, dass sie spätestens nach ein paar Tagen nach
uns suchen würden. Aber nichts geschah. Und keiner hatte
uns gesehen. Das Auto hatte ich auf dem Weg zu ihnen ge-
klaut. Und keiner hatte den Wagen bemerkt, als wir wegfuhren.«

Er beugte sich wieder nach vorne und betrachtete Nielsen. Sein Blick war fiebrig und verschleiert.

»Ich wusste, dass ich gezwungen war, mich um sie zu
kümmern. Sie hatten ja nur mich. Ich habe sie mitgenommen. Es gab eine Bleibe draußen in Aspudden, wo wir

unterkommen konnten. Dreißig Quadratmeter. Fast drei Monate lang. Aber Dede ging es jeden Tag schlechter. Ich wusste, dass ich einen Ausweg finden musste. Zu dem Zeitpunkt bin ich ihm wieder begegnet. Und habe erkannt, wie wir das Problem lösen könnten.«

Er verzog die Lippen zu einem Grinsen.

»Bengt Andersson!«, sagte er und spuckte den Namen förmlich aus. »Er dachte, ich hätte Angst vor ihm, versuchte, mich für ihn arbeiten und sich den Arsch lecken zu lassen! Der hatte keine Ahnung, wie sehr er sich irrte. Kein Teufel würde nach ihm suchen, das war mir klar. Und auch nicht nach dieser Schlampe, mit der er herumzog. Es würde funktionieren, da war ich mir sicher. Ich würde ihnen ein neues Leben geben können!«

Er verstummte für einen kurzen Augenblick. Bewegte sich auf seinem Stuhl und wiegte sich von der einen zur anderen Seite.

»Zuerst hatte ich vor, es dort unten, in der Gegend von Stockholm durchzuziehen. Aber dann fing er an, von seinem Plan zu sprechen, in Häuser einzubrechen, deren Besitzer im Urlaub waren. Und mit einem Mal ergab sich alles wie von alleine. Es war keine Kunst, ihn nach Bräcke zu locken. Er war nicht besonders clever. Ich konnte ihn überzeugen, dass ich da eine alte Lidingö-Modelleisenbahn an der Hand hätte. Aber ich selbst hatte nicht vor, jemals nach Bräcke zurückzukehren. Ich wollte um nichts in der Welt zurück. Es sollte unterwegs passieren.«

Plötzlich lachte er auf und schüttelte den Kopf.

»Auf sie konnte man sich nie wirklich verlassen, wussten Sie das? Es war immer unberechenbar, was sie sich als Nächstes ausdachte. Sie nahm mit Anna Kontakt auf, können Sie sich das vorstellen? Erzählte von uns. Als wäre das Ganze nur ein Spiel für sie.«

Bernt Larsson schüttelte von neuem den Kopf und schwieg.

»Und hat sie ihr erzählt, was passiert ist?«, fragte Nielsen nach einer Weile. Bernt Larsson zuckte leicht mit den Schultern. »Ich weiß nicht, was sie ihr gesagt hat. Aber sie und Anna ... Da war etwas zwischen den beiden ... Vorher, ja, da waren die wie ein verdammtes Liebespaar ... So innig, da passte noch nicht einmal ein Finger zwischen die beiden ...«

Er lehnte sich nach vorne, die Arme fest um den Brustkorb geschlungen. »Sie müsse sie unbedingt treffen, sagte sie. Nur darum sind wir weiter nach Norden gefahren. Ich wusste, dass es nicht funktionieren konnte, dass sie niemals den Mund halten würde. Und ich wusste, was zu tun war.«

Er verstummte.

»Und Bengt Andersson und seine Braut?«, fragte Nielsen mit angehaltenem Atem.

Bernt Larsson starrte ihn mit stumpfem, fast schläfrigem Blick an. »Ich habe ihn aufgeschlitzt wie einen verdammten Sonntagsbraten. Und sie auch. Es war so verflucht heiß. Oder vielleicht wurde es das auch erst später. Wir hatten sie im Auto. Wir fuhren wie die Wahnsinnigen ... Dede hatte Anna schon angerufen und ausgemacht, dass wir uns treffen ... Wir haben den Waldweg runter vom Sommerhaus genommen und warteten ein paar Kilometer vom Haus der Sjödins entfernt auf sie ... Und sie kam mit, als wäre es das Natürlichste von der Welt. Sie muss doch etwas gemerkt haben, oder? Sie muss doch etwas gemerkt haben!«

Plötzlich fing er an zu zucken, schien Atemschwierigkeiten zu haben.

»Ich war gezwungen, es zu tun. Etwas anderes hätte doch keinen Sinn gehabt, nicht wahr?«

Wieder begann er hin und her zu schaukeln.

»Die Quelle! Dede wollte da unbedingt hin. Wir hielten am Fluss an, folgten seinem Lauf und bogen dann steil den Berg hinauf. Dort gibt es ein kleines Grottensystem. Einer der Gänge führte zu einer Quelle, einer Aushöhlung mitten im Felsen. Göte hat sie ihr einmal gezeigt, er kannte jede einzelne verfluchte Grotte in der Gegend. Er hat sie dorthin mitgenommen. Und sie wollte wieder zurück, in die Grotte. Sie behauptete, dass sie geheilt werden würde, wenn sie in die Quelle tauchte. Man konnte nicht mehr vernünftig mit ihr reden. Und mit Kaj schon erst recht nicht. Der schrie herum, dass wir uns selbst anzeigen und alles gestehen sollten. Das ging doch nicht, oder? Das wäre Wahnsinn gewesen. Ich hatte doch alles arrangiert.«

John Nielsen schloss für einen Moment die Augen.

»Sie haben die beiden auch getötet?«, sagte er leise.

Bernt Larsson hob den Kopf, starrte ihn mit leerem Blick an und schüttelte dann langsam den Kopf.

»Ich habe Dede nicht angefasst. Sie hörte einfach auf zu atmen. Lag da, regungslos. Ich habe sie in die Grotte getragen. Das war das, was sie sich gewünscht hatte. Dann habe ich den Eingang der Höhle versperrt. Aber Kaj kam angelaufen und fing an, an mir herumzuzerren. Er wollte sie da wieder rausholen. Aber das konnte ich nicht zulassen. Ich war gezwungen, ihn zu stoppen.«

»Was ist mit ihm passiert?«, fragte Nielsen.

Bernt Larsson, der in sich zusammengesunken war, richtete sich mit letzter Kraft wieder auf.

»Ich konnte das nicht zulassen«, wiederholte er still. »Und er hatte kein Recht, dort zu sein, bei ihr. Er hatte versagt! Also kam er zu den anderen, ein Stück weiter den Berg hoch. Sie haben ihn nicht entdeckt. Die würden ohne Hilfe vermutlich noch nicht einmal ihren eigenen Arsch finden. Hätte ich die Stelle nicht gezeigt, hätten sie nicht den geringsten Dreck gefunden.«

Unvermittelt beugte er sich sehr nahe zu Nielsen.

»Das ließ sich nicht verhindern. Das verstehen Sie, oder? Es ist, wie es ist. Nichts kann man verhindern. Nichts...«

Dann holte er Luft.

»Ich habe sie später gehört«, sagte er heiser. »Sie spricht seitdem mit mir. Sie will, dass ich sie nicht vergesse. Sie denkt nicht daran, mich vergessen zu lassen.«

Nielsen wartete einen Augenblick.

»Sie ist tot«, sagte er schließlich. »Sie ist seit dreißig Jahren tot, nicht wahr? Sie wird wohl nicht so viel Aufsehens von sich machen können.«

Bernt Larssons Gesicht wurde vollkommen ausdruckslos. Eingefallen und alt sah er auf einmal aus. Wieder begann sein Körper zu zucken. Leichte Spasmen, die sich nach unten fortzupflanzen schienen, sodass es aussah, als würde er auf dem Stuhl einen dilettantischen Tanz aufführen. Nielsen sah ihn an und musste unfreiwillig grinsen.

»Sie sind krank, Larsson«, sagte er. »Ich weiß nicht wie krank und wie viel davon gespielt ist. Und es kann auch auf ein und dasselbe herauskommen. Ich habe trotzdem kein Mitleid mit Ihnen.«

Er sah weg und schüttelte den Kopf.

»Wie konnten Sie nur glauben, dass es funktionieren würde? Desirée Härlin benötigte ärztliche Versorgung und Medikamente. Das wäre niemals gut gegangen. Und Kaj Härlin, wie hätte er als Bengt Andersson weiterleben sollen? Haben Sie wirklich geglaubt, dass es geht? Oder denken Sie sich das nur aus? Wieder nur Theater?«

Bernt Larsson hatte sich am Tisch festgeklammert, die Zuckungen nahmen langsam ab. Dann holte er einige Male tief Luft und streckte sich, als wäre er gerade aufgewacht. Er verschränkte die Arme über der Brust und zeigte Nielsen ein breites Lächeln.

»Vor nicht allzu langer Zeit waren Sie noch davon überzeugt, dass Kaj Härlin genau das getan hat – als Bengt Andersson zu leben. Dreißig Jahre lang! Oder habe ich Sie in diesem Punkt falsch verstanden?«

John Nielsen antwortete nicht, fixierte den anderen nur. »Ivarsson«, sagte er schließlich. »Das war doch alles gelogen, was Sie mir erzählt haben, oder? Um neuerlich Verdacht zu säen? Und er ist auch tot, nicht wahr?«

Bernt Larsson warf ihm einen Blick aus den Augenwinkeln zu, ein hasserfülltes Grinsen huschte über sein Gesicht. Dann entspannte er sich wieder, zuckte mit den Schultern und lächelte versonnen.

»Er hatte wohl immer schon diese Neigung zu Männern. Und als sie ihm erzählten, dass Kaj Härlin noch am Leben sein könnte, da war er vermutlich ganz außer sich. Also, was das anbelangt, musste ihm doch jemand die Augen öffnen.«

»Was ist mit ihm geschehen?«, fragte Nielsen.

Bernt Larsson legte den Kopf auf die Seite.

»Woher soll ich das wissen. Darüber können Sie ja ein bisschen grübeln! Aber das wird schon werden. So scharfsinnig wie Sie sind!«

Dann lachte er plötzlich laut auf.

»Und nun sind Sie hierher gekommen, um Gerechtigkeit walten zu lassen? Wie hatten Sie sich das denn vorgestellt?«

»Das werden Sie schon in die Hand nehmen«, erwiderte Nielsen. »Ist das nicht das, worum es hier eigentlich geht? Warum haben Sie Anna-Greta Sjödins Skelett überhaupt wieder ausgegraben? Und der Brief in den Achtzigern, den

266

haben doch Sie geschrieben? Sie wollten, dass jemand mit der Suche beginnt. Ist das nicht auch der Grund, warum Sie mich nicht in Ruhe lassen konnten?«

Bernt Larsson lächelte in einem fort, ohne zu antworten.

»Ich glaube nicht, dass ich besonders viel anstellen muss, um die Lösungen zu finden, ehrlich gesagt«, fuhr Nielsen fort. »Ich glaube, dass Sie sehr bald über diesen Grat klettern, auf dem Sie herumbalancieren. Ich glaube sogar, dass es Ihr tiefster Wunsch ist und dass Sie die ganze Zeit auf dem Weg dorthin waren.«

Bernt Larsson beugte sich weit über den Tisch.

»Dann glauben Sie also, dass ich bald das bekomme, was ich verdiene, ja? Wissen Sie denn, was ich verdiene?«

Jetzt fixierte er Nielsen mit beinahe glühenden Augen.

»Nichts!«, schrie er und stieß ein schrilles Gelächter aus. »Und genau das werde ich auch bekommen. Nichts!«

Nielsen erhob sich langsam.

»Ja, dann müssen Sie sich wohl auch keine Sorgen machen.«

Bernt Larsson schob seinen Stuhl nach hinten, öffnete die Schranktür zu seiner Rechten, holte die abgesägte Schrotflinte heraus und richtete sie auf Nielsen. Mit einer schnellen Bewegung entsicherte er das Gewehr.

»Hatten Sie vor, hier einfach so rauszuspazieren? Das ist aber nicht sehr höflich, finde ich. Vielleicht will ich ja, dass Sie bleiben.«

Nielsen erstarrte in seiner Bewegung und blieb, die Hände auf die Tischplatte gestützt, leicht gebückt stehen. Er sah, wie Bernt Larsson seinen Zeigefinger um den Abzug krümmte.

»Machen Sie keine Dummheiten«, sagte er heiser. »Sie schaffen es niemals, aus so einer Geschichte noch einmal rauszukommen.«

Larsson lachte.

»Was sagen Sie da? Ich schaffe das nicht? Glauben Sie nicht, dass ich in dieser Hinsicht ein bisschen mehr Erfahrung habe als Sie? Außerdem kann ich Ihnen vielleicht einen Gefallen tun«, fuhr er fort. »Was weiß man schon, vielleicht haben Sie sich ja bereits eine Felswand auf dem Weg hierher ausgesucht, gegen die Sie knallen wollen? Um es dieses Mal richtig zu machen? Dann können wir es doch genauso gut hier schon erledigen, finden Sie nicht?«

Er beschrieb mit dem Lauf Kreise und fingerte wieder am Abzug herum. Dann beugte er sich weit nach vorne und lächelte.

»Sie kennen dieses Gefühl, nicht wahr? Dieses Verlangen, einfach zu verschwinden. Alles verschwinden zu lassen, sich einfach aufzulösen. Ich weiß, dass Sie das kennen. Aber sich nie richtig getraut haben. Mit dem Auto, das zählt nicht, finde ich. Das ist feige, das müssen Sie schon zugeben! Wäre es nicht schön, wenn man ein wenig Hilfe dabei bekäme? Wenn man nicht alles selbst machen muss, wenn man sich nicht entscheiden muss, um diesen letzten Schritt zu tun, der so verflucht schwer ist. Wäre das nicht schön?«

Nielsen sah, wie Larsson den Finger fester um den Abzug spannte, und er spürte, wie ihm kalter Angstschweiß ausbrach, erst auf der Stirn, dann den Rücken hinunter und und in den Handflächen. Überall. Gleichzeitig überfiel ihn eine Müdigkeit, die ihm plötzlich ein merkwürdiges Gefühl von Sicherheit und Gleichgültigkeit gab. Er stand noch immer in der erzwungenen, gebückten Haltung.

»Machen Sie zum Teufel, was Sie wollen«, sagte er mit heiserer Stimme und richtete sich auf.

Bernt Larsson lächelte weiterhin.

»Sie erinnern sich, was ich gesagt habe? Was man im

Leben bekommt? Nichts. Wir bekommen gar nichts. Alle. Erinnern Sie sich daran, Nielsen!«

Dann drehte er plötzlich die Waffe um und steckte sich den Lauf in den Mund. Das kleine, wohlgeformte Gesicht bekam etwas Froschartiges, als der Mund von den breiten Gewehrläufen gedehnt wurde. Seine Augen weiteten sich, füllten sich mit Tränen. Dann drückte er ab.

Er hatte das Gefühl, endlos zu fallen.

Er erinnerte sich kaum, wie er nach Hause gekommen war. Als der Schuss sich löste, hatte er blitzschnell den Kopf weggedreht und sich mit den Händen die Ohren zugehalten. Eine ganze Weile war er so sitzen geblieben, stöhnend und sich von einer zu anderen Seite wiegend. Erst dann hatte er wieder die Augen geöffnet und auf die Leiche hinabgesehen.

An das, was darauf folgte, erinnerte er sich kaum noch: Schneewehen am Straßenrand, die Dunkelheit. Und dieses Gefühl, ganz allein zu sein. Kein Laut. Ein Nichts umgab ihn. Als würde er durch ein Vakuum fahren.

Jetzt fiel er.

Es hatte in dem Moment begonnen, als er aus dem Wagen gestiegen war, das Gefühl, dass die Erde unter ihm nachgab.

Es war kein gewaltsamer, unkontrollierter Fall. Eher so, als würde er langsam, gleichmäßig und unerbittlich nach unten gezogen werden. Was immer er auch tat oder wo er sich befand, es spielte keine Rolle. Er fiel unaufhörlich.

Er blieb in seinem Haus wohnen. War nicht in der Lage umzuziehen, sich überhaupt irgendwohin zu bewegen. Er konnte genauso gut dort bleiben, dachte er. Es spielte ohnehin keine Rolle, wo er war.

Bernt Larsson tauchte immer wieder in seinen Gedanken auf. Diese nur scheinbar zartgliedrige Gestalt. Erst nachdem er ihn offensichtlich ohne größere Anstrengung hochgehoben und ins Bett getragen hatte, war ihm bewusst geworden, dass dieser dünne Körper fast nur aus Muskeln bestand. Dass Bernt Larsson vermutlich rein physisch im Stande gewesen war, jedem beliebigen Menschen erheblichen Schaden zuzufügen, wenn er es wollte. Später dann hatte er auch darüber nachgedacht, wie schwer sein Alter zu schätzen war, dass er von weitem durchaus als ein Mittdreißiger durchgehen konnte. Zumindest eher als ein Fünfzigjähriger.

Aber es war wohl doch die Stimme gewesen, die seine Gedanken in Bewegung gesetzt hatte. Wie er seine Tonlage verändert, sozusagen die Stimme ausgewechselt hatte. Und plötzlich erinnerte er sich wieder an diese leise, schnarrende Stimme von dem Telefonat im vergangenen Frühling. Von diesem Augenblick an hatte er gewusst, was zu tun war.

Die kräftigen Schläge gegen die Tür ließen ihn zusammenzucken. Er öffnete nicht, sondern blieb mitten im Raum stehen und starrte auf die Haustür. Ihm brach der Schweiß aus. Als er hörte, wie ein Schlüssel ins Schloss gesteckt und umgedreht wurde, sah er sich hektisch im Zimmer um. Sein Blick fiel auf eine Wodkaflasche, die neben den Mülltüten im Flur stand. Er humpelte dorthin und hob sie auf. In dem Moment ging die Tür auf.

Zuerst erkannte er den Mann nicht wieder, der vor ihm stand und sich ohne zu grüßen an ihm vorbeidrängte und ins Wohnzimmer ging. »Das stinkt ja widerlich hier«, sagte er. »Und es sieht auch so aus.« Er nickte zu der Flasche in Nielsens Hand. »Haben Sie gesoffen?«

Plötzlich wusste er, wer vor ihm stand, und entspannte sich, spürte jedoch im selben Moment, wie Wut in ihm aufstieg.

»Sie haben schon verdammt lange keine Miete mehr gezahlt«, fuhr der Mann fort.

Nielsen sah ihn einen Augenblick schweigend an. Vor ihm stand der Enkelsohn seiner Vermieterin, den er nur einmal flüchtig bei seinem Einzug gesehen hatte. »Nur zwei Monate«, sagte er. »Es ist einiges passiert, was ich nicht vorhersehen konnte ...«

»Da pfeif ich drauf«, unterbrach ihn der andere. »Entweder Sie bezahlen jetzt oder Sie fliegen raus.«

Nielsen sah ihn überrascht an. »Machen Sie das immer so? Einfach ins Haus zu gehen, wann es Ihnen passt?«, fragte er dann.

Der Mann erwiderte seinen Blick und schnaubte dann verächtlich.

»Sie haben weder auf meine Anrufe noch auf meinen Brief reagiert. Sie hätten doch hier liegen oder einfach abgehauen sein können. Ich habe das Recht, nach meinem Eigentum zu sehen.«

Nielsen schüttelte nur den Kopf. »Das ist das letzte Mal, dass Sie das tun«, sagte er. »Und Sie müssen auch auf keine weiteren Mietzahlungen mehr warten. Das Haus wird ja ohnehin abgerissen. Was ich bisher bezahlt habe, reicht wohl.«

Der Mann starrte ihn an. Er war einen halben Kopf kleiner als Nielsen, aber breiter und bedeutend jünger, um die dreißig. »Dann können Sie gleich anfangen zu packen. Sie ziehen aus, während ich hier stehe und Ihnen dabei zusehe.«

Er machte einen Schritt nach vorne. Mit einer kurzen Bewegung schlug Nielsen die Flasche gegen die Wand und hielt das zersplitterte, spitze Oberteil vor das Gesicht des anderen, nur wenige Zentimeter von seinem Hals entfernt. Der Mann stand wie versteinert da, sein Gesicht war leichenblass. Nielsen drängte ihn rücklings aus der Tür. Dann senkte er die Flasche und beförderte ihn mit einem kräftigen Stoß nach draußen. Der Mann fiel mit den Knien auf den Boden, erhob sich schnell wieder und wich zum Zaun. »Du verfluchter Säufer!«, schrie er. »Die Polizei ist in fünf Minuten hier! Dann wirst du dafür bezahlen!«

Nielsen folgte ihm langsam nach. Dann blieb er stehen und zeigte mit der Flasche auf den Mann.

»Ich krieg dich«, sagte er mit ruhiger und kühler Stimme. »Wenn ich auch nur einen Piep von dir oder jemand anderem höre, dann bekommst du unangenehmen Besuch. Und ich halte immer, was ich verspreche. Du wirst schon sehen.«

Der Mann schwieg. Sein Blick war zunehmend verunsichert. Dann drehte er sich unvermittelt um und eilte hinunter zu seinem Auto, das auf dem Kiesweg geparkt war.

Ihn überkam ein Gefühl der Befreiung. Als er ins Haus zurückging, brodelte es in ihm, er konnte kaum an sich halten vor Lachen.

Abrupt bezwang er sein Gelächter, weil er erkannte, wem er ähnelte. Bernt Larssons Gesicht tauchte wieder vor ihm auf. Verzerrt von dem Lauf der abgesägten Schrotflinte, die er sich in den Mund gepresst hatte. Er verzog das Gesicht und versuchte, sein Unbehagen abzuschütteln. Er ging zum Telefon und blieb dort eine Weile zögernd stehen. Er wusste, dass er mit jemandem Kontakt aufnehmen, reden musste. Wollte sein Schweigen brechen. Langsam hob er den Hörer und wählte.

»Ach was, du bist es. Haben wir schon Frühling?«
Nielsen lächelte.

»Der kommt schon noch. Findest du, dass ich warten soll?«

»Nein, das ist nicht nötig. Und ich hab geahnt, dass du anrufen würdest.«

Lasse Hennings Stimme klang zerstreut und ein wenig niedergeschlagen.

»Aha?«, erwiderte Nielsen. »Aus einem bestimmten Grund?«

»Hast du nichts davon gehört? Das mit Harri?«

Nielsen schwieg, den Telefonhörer fest ans Ohr gepresst.

»Was gehört?«, fragte er schließlich.

»Man hat ihn letzte Woche gefunden«, sagte Lasse Henning. »Tot.«

Nielsen sagte eine ganze Weile nichts. Er spürte, wie er zu schwitzen begann und Schwierigkeiten hatte, Luft zu holen.

»Wie?«, stieß er endlich hervor.

Lasse Henning lieferte einen weitschweifenden Bericht.

»Die hatten den Eindruck, dass es aus der Wohnung stank. Das hat es wohl immer ein wenig, aber dieses Mal war es eindeutig schlimmer als sonst. Darum hat einer von den Mietern den Hauswirt benachrichtigt. Er lag im Flur. Der halbe Kopf war weggeschossen. Zuerst dachte man, dass es Selbstmord war, aber es lag keine Waffe rum. Und anscheinend ist es auch nicht in der Wohnung geschehen, sondern irgendwo anders. Er wurde erst später dorthin gebracht. Warum ist allerdings ein Rätsel.«

»Hat denn keiner etwas gesehen?«, fragte Nielsen mit heiserer Stimme. »Die anderen im Haus?«

Henning lachte leise. »Was glaubst du? Dort wird weder etwas gesehen noch gehört. Wenn man da wohnt, nimmt

274

man sich in Acht und will mit dem Ärger der anderen nichts zu tun haben.«

Er holte Luft.

»Und es ist ja auch nicht wirklich überraschend. Er ist wohl der falschen Person einmal zu viel auf die Füße getreten. Ich habe es fast geahnt, dass so etwas eines Tages passieren würde. Oder dass er mit zu viel Stoff erwischt wird.«

Nielsen schwieg und dachte an Bernt Larsson. Der Kerl ließ ihn nicht in Ruhe. Er hatte sich versichert, dass das Ganze weitergehen würde. Er hatte gewusst, dass Nielsen, nachdem die Leiche gefunden worden war, gezwungen gewesen wäre weiterzusuchen, die Puzzlestücke neu zusammenzulegen und das Rätsel aufzuklären. Sie wären weiterhin in Verbindung gewesen, aneinander gekettet. Noch nicht einmal jetzt fühlte er sich von seinem Griff befreit.

»Hast du nicht mit ihm gesprochen, Johnny? Hast du eine Ahnung, ob er gerade in eine heikle Sache verwickelt war?«

John Nielsen versuchte sein wachsendes Unbehagen abzuschütteln. Ihm war es zuwider, Lasse Henning anzulügen. »Er wollte sich wieder bei mir melden«, sagte er. »Aber das hat er nicht getan.«

»Tja, dieses Mal hatte er eine gute Ausrede«, sagte Lasse Henning lakonisch. Er seufzte.

»Obwohl es in gewisser Hinsicht traurig ist, dass es so weit kommen musste. Harri hatte auch seine guten Seiten, nicht wahr? Er war nur so verdammt hitzköpfig. Und schwach. Und das ist keine gelungene Kombination.«

Er schwieg eine Weile.

»Bist du noch an der Geschichte aus Bräcke dran?«

»Nein«, antwortete Nielsen. »Das ist jetzt vorbei.«

»Na, es war auch eine ganze Zeit lang still um die Sache«, sagte Lasse Henning nachdenklich.

Er verstummte wieder.

»Dann werden wir uns wohl wie verabredet sehen«, fuhr er fort. »Im Frühling. War das nicht so?«

»Natürlich«, erwiderte Nielsen. »Im Frühling, wenn er denn kommt.«

Eine Weile noch stand er mit dem Hörer am Ohr. Für einen Augenblick hatte er das unheimliche Gefühl, nicht der Einzige zu sein, der lauschte. Dass dort draußen noch ein Zuhörer war. Dann schüttelte er den Kopf und legte auf. Langsam ging er hinüber zum Sofa, ließ sich darin niedersinken, streckte seine Beine aus und schloss die Augen.

Wieder stand er draußen im Kahlschlag.

Um ihn herum die felsige, kahle Natur. Tief hängender Himmel. Noch immer dieselbe Eiseskälte. Er wollte weg von dort, aber seine Beine waren schwer wie Blei. Mit jedem Schritt wuchs seine Erschöpfung ins Unermessliche. Plötzlich wusste er, dass er dableiben musste, dass er niemals fortkommen würde.

Er zwang sich dazu, seine Augen aufzureißen, und atmete tief durch. Es musste ein Ende haben, beschloss er. Einmal musste es ein Ende haben. Er wollte sich jetzt ausruhen. Ausatmen können. Er hatte ein Recht dazu. Er musste das Ganze abschließen, einen Schlusspunkt setzen. Endlich.

Nahezu eine Stunde musste er auf Sune Bergman warten, der an einem Führungkräftemeeting in Östersund teilnahm. Er saß auf einem Stuhl direkt neben dem Eingang und blätterte in ein paar Zeitschriften. Ab und zu stand er auf, schlenderte umher und sah aus dem Fenster.

Es war Mitte Januar. Meterhoch lag Schnee, und die Temperatur war auf minus fünfzehn Grad gesunken. Die vorbeifahrenden Autos spritzten Schneefontänen hinter sich in die Luft. Er blinzelte in das Weiß. Die Kälte ließ die Welt sich zusammenkrümmen, fand er. Man bewegte sich langsamer, legte keine weiten Strecken zurück. Atmete sogar vorsichtig, nippte förmlich an der Luft. Am besten hielt man sich nicht im Freien, sondern im Haus auf. Vor einem Kamin, den man mit Holz fütterte. Dann konnte man den Flammenzungen zusehen, wie sie um das Holz tanzten, während die Kälte da draußen herumkroch, an den Wänden kratzte und an den Fensterscheiben leckte.

Bergman war ganz offensichtlich auf seinen Besuch vorbereitet worden, denn er zeigte kein Anzeichen von Erstaunen, als er durch die Tür kam und ihn erblickte. Er grüßte und lotste ihn in ein kleines Dienstzimmer.

»Ist es etwas Bestimmtes, was Sie wieder in unsere Gegend führt?«, fragte er. »Vielleicht Olle Ivarsson?«

Nielsen wollte antworten, doch Bergman war schneller.

»Wir haben eine Fahndung nach ihm rausgegeben, vielleicht haben Sie die gesehen? Aber wir haben noch nichts gefunden. Nicht die geringste Spur. Haben Sie eventuell von ihm gehört?«

Nielsen schüttelte den Kopf und sah ihn an. »Bernt Larsson«, sagte er schließlich. »Ich wollte mit Ihnen über Bernt Larsson sprechen.«

Bergman hob überrascht eine Augenbraue. »Dann haben Sie von seinem Selbstmord gehört?«, fragte er. »Warum wollen Sie mit mir über ihn reden?«

»Kannten Sie ihn vorher schon?«

Sune Bergman sah Nielsen nachdenklich an.

»Sie meinen, was er so getrieben hat? Natürlich wusste ich davon. Ich wusste, dass er ein Gauner war.«

»In welchen Ausmaß?«

Bergman zuckte mit den Schultern. »Tja, das ist nicht so

leicht zu beantworten. Er wurde ja vielerlei Dinge verdächtigt. Dies und das. Aber es gab nie genügend Beweise gegen ihn. Und es ging auch nie um Gewaltverbrechen. Dass er sich einfach erschießt war eine völlige Überraschung für alle. Ja, dass er überhaupt eine Waffe zu Hause hatte.«

»Hat Ivarsson über ihn gesprochen?«, fragte Nielsen.

»Ja, natürlich hat er einiges erzählt. Er kannte ihn ja von früher, als der noch ein kleiner Knirps war. Und er war laut Ivarsson schon damals ein sauberes Früchtchen.«

Bergman beugte sich nach vorne.

»Warum fragen Sie das? Glauben Sie, dass es da einen Zusammenhang gibt? Zwischen Ivarsson und Larsson?«

Nielsen strich sich nervös übers Gesicht. »Ich weiß einiges über Bernt Larsson, das Sie vielleicht auch wissen sollten.«

Während er erzählte, sah er, wie sich der Gesichtsausdruck von Sune Bergman veränderte: von Misstrauen über wachsende Verwirrung, dann Empörung und schließlich Wut.

»Was zum Teufel wollen Sie damit sagen!«, stieß er hervor, nachdem Nielsen seinen Bericht abgeschlossen hatte. »Dass Sie mitangesehen haben, wie er sich umgebracht hat, und sich einen Dreck darum geschert haben, es uns zu melden? Sie sind einfach abgehauen?«

»Sie waren nicht dabei«, erwiderte Nielsen. »Man kann nicht im Voraus sagen, wie man reagieren wird. Darauf hat man keinen Einfluss.«

»Sie haben sich fast einen Monat Zeit gelassen!«, brüllte Bergman. »Das ist verdammt noch mal strafbar! Ich werde dafür sorgen, dass...«

Er verstummte und schüttelte den Kopf.

»Und überhaupt alles, was Sie mir da erzählt haben, das ist doch krank! Was wollen Sie mir eigentlich einreden?«

278

Nielsen lehnte sich aufgebracht über den Tisch.

»Wie wäre es, wenn Sie mir zuhören würden anstatt zu brüllen! Glauben Sie im Ernst, dass ich hier sitze und Ihnen das zu meinem Vergnügen erzähle?«

Sune Bergman hob eine Hand.

»So, jetzt beruhigen wir uns beide wieder«, sagte er.

Er betrachtete Nielsen eine Weile.

»Wie soll ich denn wissen, ob etwas davon stimmt?«

Nielsen schwieg.

»Bengt Andersson«, sagte er schließlich. »Es kann überprüft werden, dass Larsson sich so nannte. So wie ich es auch gemacht habe, bei den Nachbarn. Und man könnte Bernt Larssons Aktivitäten in den Siebzigern nachgehen, zum Zeitpunkt von Anna-Greta Sjödins Verschwinden. Vielleicht gibt es auch eine Möglichkeit, die beiden anderen Leichen zu identifizieren, jetzt wo man von zwei potenziellen Opfern ausgehen kann. Und die Überreste der Geschwister Härlin müssten auch zu finden sein, wenn sein Bericht der Wahrheit entspricht. Aber das ist ja alles nur der bereits verjährte Teil der Geschichte, sozusagen. Kennet Eriksson und Ivarsson, bei den beiden hat er zu keinem Zeitpunkt ein Verbrechen zugegeben – nur indirekt. Und er sagte auch nichts darüber, wo ihre Leichen zu finden seien.«

Er holte Luft.

»Und Harri. Ich weiß nicht, ob es Beweise gibt, die belegen, dass er mit derselben Waffe erschossen wurde, mit der sich Larsson gerichtet hat. Und zudem sind es auch alles nur Indizien. Das Einzige, was wir haben, ist wohl meine Aussage.«

»Mit der Sie sich unmittelbar an die Polizei hätten wenden müssen«, warf Bergman unwirsch ein.

»Wer hätte mir denn geglaubt?«, sagte Nielsen.

Bergman breitete die Arme aus.

»Ich meine nur, dass es ein bisschen spät ist, jetzt als verantwortungsbewusster Bürger aufzutreten, das müssen Sie doch einsehen?«

»Wann hätte ich es denn tun sollen?«, sagte Nielsen. »Ich habe zu Anfang so wenig begriffen wie alle anderen auch. Und später – es ist so, wie ich es sage, wer hätte mir denn geglaubt? Hätten Sie es?«

Bergman starrte vor sich, schüttelte den Kopf.

»Ich weiß noch nicht einmal, ob ich Ihnen jetzt glaube. Ich weiß nicht, was ich glauben soll.«

Er heftete seinen Blick wieder auf Nielsen.

»Behaupten Sie ernsthaft, dass Ivarsson in irgendeiner Form in dieser Sache mit drinsteckte?«

Nielsen schwieg einen Moment.

»Ich hatte Sie gefragt, ob Ivarsson ein guter Polizist sei, als wir uns das erste Mal unterhielten«, sagte er schließlich. »Sie behaupteten, soweit ich mich erinnere, dass er das sei. Aber Sie hörten sich nicht sonderlich überzeugt an.«

Er machte eine abwehrende Geste zu Bergman, der gerade den Mund öffnete. »Sie müssen ihn nicht verteidigen. Er kann ja gut gewesen sein, das vermag ich nicht zu beurteilen. Aber er war nicht sonderlich beliebt, stimmt's?«

Erneut holte er Luft.

»Aber – nein, ich glaube nicht, dass er etwas mit Anna-Greta Sjödins Verschwinden zu tun hat. Dennoch, vielleicht steckt ja in dem, was Larsson mir erzählt hat, ein Fünkchen Wahrheit. Ich bin davon überzeugt, dass es eine offene Rechnung zwischen Ivarsson und Larsson gegeben haben muss. Was genau, das kann ich nicht sagen, aber eine Art gegenseitiger Missbrauch vielleicht. Da war viel zu viel Ablehnung – ja sogar Hass –, wenn sie voneinander sprachen, als dass da nichts dahinter gewesen wäre.«

280

Bergman musterte ihn regungslos.

»Und jetzt soll also Ivarsson ermordet worden sein? Von Bernt Larsson. Und seine Leiche ist versteckt. Gott weiß wo?«

Nielsen grinste müde.

»Ja. Zumindest ist es das, was ich glaube. Obwohl er es nie richtig zugegeben hat.«

Sune Bergman trommelte mit den Fingern auf der Schreibtischplatte. Dann wechselte er das Thema.

»Die Überreste von Anna-Greta Sjödin. Warum hat er sie überhaupt wieder ausgegraben, wenn es so ist, wie Sie sagen? Dazu hatte er doch in keiner Weise irgendeine Veranlassung, im Gegenteil!«

»Das hat er nicht mehr selbst entschieden«, antwortete Nielsen.

Er wartete einen Augenblick, ehe er fortfuhr.

»Er wollte entdeckt werden. Oder vielmehr, etwas in ihm wollte es, wollte endlich alles erzählen. Wenn er dort oben beim Kahlschlag nicht überrascht worden wäre, hätte er dafür gesorgt, dass das Skelett an anderer Stelle gefunden worden wäre. Etwas trieb ihn dazu, etwas, das er nicht unter Kontrolle hatte.«

»Aha, Sie sind jetzt auch noch Psychologe geworden?«, sagte Bergman trocken.

Nielsen schüttelte den Kopf. »Das musste ich gar nicht. Ich verstehe auch so, wie er funktionierte.«

Bergman betrachtete ihn mit forschendem Blick, ohne ein Wort zu sagen. Dann drehte er sich weg und schüttelte sich, als wollte er etwas Lästiges loswerden. »Verflucht, das kann ich wirklich nicht gebrauchen«, sagte er mit einem Seufzer. »Das kann keiner gebrauchen. Dass wir jetzt wieder in dieser Sache wühlen… Wissen Sie, wohin das führen wird? Wir werden bis zum Hals in bösem Getratsche und überflüssigem Schreibkram sitzen, genauso wie die Kollegen damals!«

Er warf Nielsen einen herausfordernden Blick zu.

»Sie kommen zu mir und erzählen mir eine Gruselgeschichte. Was soll ich Ihrer Meinung nach denn jetzt tun? Können Sie mir das sagen?«

»Ich weiß es nicht«, antwortete Nielsen. »Ich weiß es wirklich nicht.«

»Und trotzdem waren Sie gezwungen, hierher zu kommen und es mir zu erzählen?«

»Das war mir ein Bedürfnis«, sagte er. »Um es endlich zu einem Abschluss zu bringen.«

Sune Bergman schnaubte wütend. »Zu einem Abschluss? Dann hätten Sie mal lieber Ihr Maul halten sollen, nicht wahr?«

Er grinste und fuhr sich mit der Hand übers Gesicht.

»Ich weiß nicht, was ich glauben soll«, sagte er. Er richtete sich in seinem Stuhl auf und sah Nielsen lange an. »Nein, ich kann das alles nicht glauben«, sagte er. »Wenn Sie nicht noch konkretere Hinweise haben. Für mich klingt das alles wie ein Traum von Ihnen. Oder wie Fieberphantasien. Haben Sie schon mit einem Arzt gesprochen?«

Ihre Blicke trafen sich. Dann nickte Nielsen kurz und erhob sich.

»Vielleicht haben Sie Recht«, sagte er mit einem flüchtigen Lächeln. »Vielleicht sollte ich das einmal tun.« Er drehte sich um und ging zur Tür.

»Haben Sie vor, etwas darüber zu schreiben?«, hörte er Bergmans Stimme hinter seinem Rücken.

Nielsen schüttelte den Kopf.

»Es gibt nichts, worüber man schreiben könnte«, sagte er.

Er ging ins Café und setzte sich. Der einzige Zug nach Süden fuhr erst in ungefähr einer Stunde. Es bestand keine Gefahr, dass er ihn verpassen würde. Der Bahnhof lag gegenüber, auf der anderen Seite der E 14.

Er sah sich im Lokal um. Außer ihm saßen dort noch sechs Leute. Einige von ihnen waren in ein lautstarkes Gespräch über das Wetter vertieft. Ein Mann betrachtete ihn eingehend. Vielleicht hatte er ihn wiedererkannt, überlegte er. Aber das war mehr als unwahrscheinlich. Einfach ein weiteres, unbekanntes Gesicht, das man sich ansehen konnte. Jemand auf dem Wag nach Hause oder fort von hier.

Er saß am Fenster. Es schien wieder kälter geworden zu sein. Der Atem der Vorbeigehenden dampfte, in der Luft lag Eisnebel. Der Himmel war überzogen mit einer stahlblauen Haut. Er sah nach oben. Durch einen Riss in der Himmelsdecke schien es hellblau, und der Spalt wurde langsam breiter.

Plötzlich wurde ihm bewusst, dass sich etwas veränderte. Es fühlte sich an, als würde er aufhören zu fallen. Endlich hatte er wieder festen Boden unter den Füßen.

Unverwandt starrte er nach oben zu der blauen Stelle am Himmel, die zunehmend größer wurde. Vielleicht war das schon alles, was man erwarten, worauf man hoffen durfte, dachte er. Dass der Himmel aufklarte und einem das Atmen erleichterte. Für eine Weile wenigstens.